SCIENCE FICTION

Herausgegeben
von Wolfgang Jeschke

Ein Verzeichnis weiterer Bände dieser Serie
finden Sie am Schluß des Bandes.

CARMEN CARTER
PETER DAVID
MICHAEL JAN FRIEDMAN
ROBERT GREENBERGER

PLANET DES UNTERGANGS

STAR TREK
Raumschiff Enterprise

Roman

Deutsche Erstausgabe

Science Fiction

WILHELM HEYNE VERLAG
MÜNCHEN

HEYNE SCIENCE FICTION & FANTASY
Band 06/4899

Titel der amerikanischen Originalausgabe
DOOMSDAY WORLD
Deutsche Übersetzung von Andreas Brandhorst

2. Auflage

Redaktion: Rainer Michael Rahn

Printed in Germany 1992
Umschlagbild: Pocketbooks/Simon & Schuster, New York
Umschlaggestaltung: Atelier Ingrid Schütz, München
Technische Betreuung: Manfred Spinola
Satz: Satz- und Datentechnik Schaber, Wels
Druck und Bindung: Ebner Ulm

ISBN 3-453-05825-9

KAPITEL 1

Der Erste Offizier William Riker saß im Kommandosessel der *Enterprise* und träumte davon, Captain eines Raumschiffs der Galaxis-Klasse zu sein.

Als Kind hatte er viele Bücher über die Geschichte der Raumforschung gelesen und jene Männer und Frauen bestaunt, die ihre Schiffe vor Gefahren retteten, dabei manchmal sogar ihr Leben opferten. Admiräle planten Expeditionen in unbekannte Raumsektoren, aber ein Captain stellte den ersten Kontakt mit fremden Zivilisationen her und schuf neue Bündnisse für eine wachsende Föderation. Ein Captain war umgeben von einer abenteuerlichen Aura, und Riker hoffte noch immer, daß er eines Tages den Befehl über ein Raumschiff bekam, das bis in die fernsten Bereiche der Galaxis flog.

Er hatte sich nicht gewünscht, Erster Offizier zu werden und mit pedantischen Bürokraten zu verhandeln.

Das war der Nachteil von Tagträumen: Ihnen fehlten Einzelheiten. Der Captain genoß den ganzen Ruhm, weil er langweilige, banale Pflichten jemand anders überließ. Und dieser Jemand hieß Riker.

»Die K'Vin-Botschaft setzt sich mit uns in Verbindung, Commander.«

Riker setzte sich auf und straffte die Schultern. Das stundenlange Warten blieb nicht ohne Einfluß auf seine Haltung, doch Worfs Mitteilung weckte erneut einen Sinn für offizielle Würde in ihm.

»Wird auch Zeit. Bestätigen Sie den Kontakt auf mein Zeichen hin.«

Ungeduldig trommelte er mit den Fingern auf die Armlehne, während er beobachtete, wie einige Brükkenoffiziere zu ihren Posten zurückkehrten. Wesley Crusher wandte sich von der rückwärtigen Station ab, trat die Seitenrampe herunter und nahm am Navigationspult Platz. Lieutenant Solis blieb an der Operatorkonsole und krümmte so stark den Rücken, daß die Knochen knackten. Deanna Troi stand an einem Getränkespender und hatte es nicht ganz so eilig wie der Fähnrich, zu ihrem Platz in der Kommandosektion zu gehen, doch sie ließ ihren erfrischenden Drink ohne Klage zurück.

Riker ließ seinen Blick noch einmal durch den Kontrollraum schweifen, um festzustellen, ob alle Anwesenden aufmerksam genug wirkten. Dann sah er zum großen Projektionsfeld an der vorderen gewölbten Wand.

»In Ordnung, Lieutenant Worf.«

Die statische Darstellung eines Planeten wich dem Bild des Verwaltungsassistenten der Botschaft. Gezor gehörte zu einem ganz anderen Volk als die gedrungenen K'Vin, für die er arbeitete. Er war feingliedrig, hatte rosarote Haut und eine dichte Mähne aus lockigem schwarzem Haar, das ihm weit den Rücken hinabreichte.

»Ich wünsche Ihnen und Ihren Kollegen kühle Tage, Commander Riker.« Zwar sprach Gezor mit einem krächzenden Akzent, aber ansonsten beherrschte er die Föderationssprache tadellos. »Nach einer sorgfältigen Prüfung Ihres Antrags auf Aufenthaltserlaubnis erteilt die K'Vin-Botschaft provisorische Genehmigung für Lieutenant Worf und Lieutenant Geordi LaForge.«

»Provisorische Genehmigung?« Vage Besorgnis verlieh der Stimme des Ersten Offiziers einen unbeabsichtigt scharfen Klang.

»Ja«, sagte Gezor und blinzelte träge mit dicken Lidern. »Offenbar sind die Unterlagen für Lieutenant Commander Data nicht komplett. Ohne eine Vervollständigung der erforderlichen Informationen müssen wir ihm die Erlaubnis verweigern, K'Vin-Territorium zu betreten.«

Riker zwang sich zu einem freundlichen Gesichtsausdruck und begann mit der Erklärung. »Ich habe es in den Formularen vermerkt: Mehrere Fragen in Hinsicht auf Data können nicht beantwortet werden. Als Androide hat er weder biologische Eltern noch ...«

»Darüber hinaus warte ich nach wie vor auf Angaben bezüglich seiner Krankengeschichte«, meinte Gezor. Er sprach in einem gelassenen Tonfall, aber es gelang ihm trotzdem, den Ersten Offizier zu unterbrechen.

»Wie ich schon sagte ...« Rikers Stimme wurde lauter. »Data ist ein *Androide.* Er *hat* keine Krankengeschichte.«

»Dann sieht sich die K'Vin-Botschaft außerstande, Lieutenant Commander Data eine Aufenthaltserlaubnis zu gewähren. Da er kein Mitglied der Landegruppe sein kann, werden auch die anderen Anträge ungültig. Die provisorische Genehmigung für Lieutenant Worf und Lieutenant Commander LaForge wird hiermit für nichtig erklärt.«

Riker preßte die Lippen zusammen und bemühte sich, den Ärger zu unterdrücken. »Gezor, die Föderationsbotschaft auf Kirlos hat bereits ...«

»Die K'Vin tragen keine Verantwortung für die Unzulänglichkeiten der hiesigen Föderationsbotschaft. Woraus folgt: Wenn die Landegruppe der *Enterprise* versucht, K'Vin-Territorium zu durchqueren ...«

Riker sprang mit einem Satz aus dem Sessel und stand breitbeinig auf dem Kommandodeck. Er war groß und konnte kaum der Versuchung widerstehen, diesen Umstand zu nutzen, um andere Personen einzuschüchtern. Irgendwann fand er vielleicht heraus, wie es Captain Picard schaffte, ohne einen derartigen physischen Vorteil Autorität auszustrahlen. Bis dahin hielt Riker an der Entschlossenheit fest, alle seine Vorteile zu nutzen.

»Sie wissen ganz genau, daß unsere Leute das K'Vin-

Territorium durchqueren müssen, um die archäologische Fundstätte zu erreichen! Darum geht es ja gerade bei unserer Mission!«

Gezor runzelte unwillig die Stirn, als er diese Bemerkung hörte. »Nun, Commander Riker... In dem Fall rate ich Ihnen, ausführlich Antwort auf alle Fragen in den betreffenden Formularen zu geben. Nur dann sind wir in der Lage, Ihnen eine Genehmigung zu erteilen.«

Riker strich sich mit dem Zeigefinger über die Kehle.

Lieutenant Worf unterbrach den Kom-Kontakt mit der Botschaft. Gezors Gesicht verschwand, und einen Sekundenbruchteil später zeigte der Wandschirm wieder die Tagseite von Kirlos. Diesen Anblick bot das Projektionsfeld schon seit zwei Tagen, seit die *Enterprise* in einen stationären Orbit geschwenkt war. Auf Kirlos gab es keine Seen oder Meere; die Oberfläche präsentierte ein gleichförmiges Muster aus beigefarbenen und braunen Tönen.

»Kom-Kanal vorübergehend geschlossen«, sagte Lieutenant Worf.

Riker holte tief Luft und lockerte die Schultern.

»Wir wollen eine Landegruppe nach Kirlos schicken, aber die K'Vin legen uns dauernd Hindernisse in den Weg.« Er drehte sich zu Troi um, die neben dem leeren Sessel des Captains saß. »Warum?«

»Ich bin mit dem Volk der Sullurh nicht sehr vertraut«, erwiderte die Counselor und dachte an die verschiedenen Gesprächsnuancen. »Wie dem auch sei: Ich spüre keine direkte Feindseligkeit von Gezor. Er scheint ein loyaler Bediensteter der K'Vin zu sein, der ihre Vorschriften sehr genau nimmt.« Riker sah überrascht, daß Deanna lächelte. »Ich glaube, er langweilt sich nur.«

»Und ich sorge für Unterhaltung«, brachte der Erste Offizier gepreßt hervor. »Nun, mir reicht's.«

Er verschränkte die Arme, warf Kirlos einen finsteren Blick zu und überlegte. Der Teil des Planeten, den sie vom hohen Orbit aus beobachten konnten, offenbarte einen runden, flachen Bereich, den die Forscher ›Tal‹ nannten — ein interessantes Gebiet, aber nicht interessant genug, um Riker von seinem Groll abzulenken. Eine plötzliche Idee glättete die Falten in seiner Stirn. Er lächelte und ließ die Arme wieder sinken.

»Mr. Worf!« rief er fröhlich. »Öffnen Sie den Kom-Kanal zur K'Vin-Botschaft.«

Gezor erschien erneut auf dem Wandschirm. Sein Gesicht war ausdruckslos-höflich und verriet keine Reaktion auf die lange Unterbrechung des Kontaktes. Trotzdem leitete Riker seinen Vortrag mit einer beschwichtigenden Verbeugung ein.

»Gezor, als wir Vorbereitungen trafen, um Aufenthaltserlaubnis für die Landegruppe zu beantragen, kam es zu einem bedauerlichen Versehen. Lieutenant Commander Data hätte in der Ausrüstungsrubrik erwähnt werden sollen, da er zum Forschungsinstrumentarium gehört. Die Landegruppe benötigt ihn als hochentwickeltes technisches Gerät bei den Untersuchungen.«

Der Verwalter dachte über diese Erläuterung lange genug nach, um dreimal zu blinzeln. »Ja«, erwiderte er schließlich. »Dann müßte es möglich sein, allen Informationserfordernissen gerecht zu werden. Ich gestatte Ihnen, noch einmal die Aufenthaltserlaubnis für Lieutenant Worf und Lieutenant LaForge zu beantragen und bitte Sie, eine detaillierte Ausrüstungsliste mit allen notwendigen Angaben beizufügen. Bereiteten Sie sich auf den Datentransfer mit Anweisungen für diese Prozedur vor.«

Der Planet Kirlos kehrte auf den Wandschirm zurück und signalisierte das Ende des Kom-Kontakts mit der K'Vin-Botschaft.

»Weitere Formulare«, stöhnte Riker.

Wesley Crusher drehte seinen Sessel und sah den Ersten Offizier an. »Ich schätze, das gehört zur Verantwortungsbürde des Kommandos, nicht wahr, Sir?« fragte er und schmunzelte.

Riker grinste.

»Fähnrich Crusher...« Er trat näher und legte dem jungen Mann die Hand auf die Schulter. »Ich vernachlässige Ihr Interesse an dem Kirlos-Projekt. Wie egoistisch von mir, Sie bei lehrreichen Erfahrungen zu behindern.«

»Sir?« Wesley verlagerte unruhig das Gewicht im Navigationssessel.

»Dies ist eine ausgezeichnete Gelegenheit für Sie, sich eingehend mit einer anderen Herausforderung der Kommandopflichten zu befassen.« Riker blickte über die Schulter hinweg zu Lieutenant Worf. »Der Fähnrich kümmert sich um die weitere Kommunikation mit der Botschaft.«

»Ja, Sir.« Der Klingone starrte auf die übers Kom-Pult huschenden Lichter. »Der Transfer dauert an. Es scheinen ziemlich viele Daten zu sein.«

»Nun, geben Sie dem Fähnrich Bescheid, wenn alle Spezifikationen gespeichert sind. Ich gehe jetzt zum Captain — die Brücke gehört Ihnen.« Riker gab Wesley einen herzhaften Klaps auf den Rücken und schritt zum Bereitschaftsraum. Vor der Tür blieb er noch einmal stehen. »Beantworten Sie alle Fragen in den elektronischen Formularen mit großer Sorgfalt, Mr. Crusher. Die K'Vin legen Wert auf Gründlichkeit.«

»Ja, Sir.«

Fähnrich Crusher lächelte nicht mehr.

Es befanden sich keine Objekte auf dem Schreibtisch des Captains — mit einer Ausnahme. Geordi LaForge griff nach einer kleinen Statue und setzte sie vorsichtig ab. Das Kunstwerk war so perfekt ausbalanciert, daß es ohne einen Sockel stand.

Angesichts der Schönheit des Bildnisses gab Jean-Luc Picard seine übliche Zurückhaltung auf. Fasziniert beugte er sich vor, um es aus der Nähe zu betrachten.

Die Figurine zeigte den Angehörigen einer unbekannten humanoiden Spezies. Der gedrungene, muskulöse Körper schien mitten in der Bewegung eingefangen zu sein — in einem Sprung aus der Hocke. Die Säume des Umhangs und der lange, buschige Schwanz schwebten in der Luft. Picard hielt die Gestalt zunächst für einen Tänzer — bis er die gefletschten Zähne sah. Die Augen waren zu schmalen Schlitzen zusammengekniffen, und der Blick ähnelte dem eines Raubtiers, das sich anschickte, ein Opfer zu töten.

Die vorherrschende Farbe bestand aus einem satten Orange, aber es gab auch dünne, grün und weiß glänzende Adern. Die polierte Oberfläche schimmerte sogar im matten Licht des Bereitschaftsraumes.

»Um was für ein Material handelt es sich?«

»Arizit, eine sehr seltene Marmorart«, sagte Geordi.

»Ja, ich habe davon gehört. Aber ich sehe ihn jetzt zum erstenmal.« Der Captain streckte die Hand nach der Statue aus und zögerte. »Darf ich?«

»Nur zu«, erwiderte LaForge und gestikulierte ausladend. »Als ich Professor Coleridge auf Ihr Interesse an Archäologie hinwies, schickte sie dieses Artefakt, damit Sie es bewundern können.«

Riker kam rechtzeitig genug herein, um die letzten Worte des Chefingenieures zu hören. »Ja, aber sie überließ es mir, die dafür notwendigen Formulare auszufüllen.«

Picard war viel zu sehr auf die Statue konzentriert, um dem Ersten Offizier Beachtung zu schenken. Der Marmor lastete schwer in seiner Hand und fühlte sich kühl an. Vergeblich suchte er nach einem Makel; nirgends zeigte sich auch nur ein Kratzer.

»Und die Ruinen sind voll von solchen Überbleibseln der Ariantu-Kultur?«

»Ja. Dies ist offenbar ein eher unwichtiges Stück.« Geordi wich beiseite, als Riker an den Tisch herantrat, um einen Blick auf das Objekt in den Händen des Captains zu werfen. »Nassa — Professor Coleridge — meinte, die Gamma-Ebene von Kirlos sei während eines sehr kurzen Zeitraums evakuiert worden, aus Gründen, die wir nicht kennen. Als Folge davon ließen die dortigen Ariantu einen großen Teil ihres Besitzes zurück. Es dauert sicher nicht mehr lange, bis die Ausgrabungsgruppen einen ziemlich genauen Eindruck von ihrem täglichen Leben gewinnen.«

»Ah!« seufzte Picard, und in seinen Augen blitzte es neidisch. »Ich würde gern die Gelegenheit nutzen, um ...«

»Denken Sie nicht einmal daran, Captain«, warf Riker ein. »Sie müssen unter allen Umständen an Bord der *Enterprise* bleiben.«

Picard hob ruckartig den Kopf und maß den Ersten Offizier mit einem durchdringenden Blick — deutlicher Hinweis auf unterdrückten Ärger. »Ich bitte Sie, Nummer Eins. Jetzt übertreiben Sie es mit der Sorge um meine Sicherheit. Sie können mich nicht davon überzeugen, daß mir auf Kirlos irgendeine Gefahr droht.«

»Wer hat etwas von Gefahr gesagt? Ich habe es satt, mich mit Formularen herumzuplagen!« Riker schwang das Bein über die Rückenlehne eines Stuhls und nahm vor dem Schreibtisch Platz. »Wenn wir auch die Teilnahme des Captains bei dieser Mission beantragen, wollen die K'Vin vermutlich wissen, wie viele Haare auf Ihrem Kopf wachsen und was Ihre Mutter zum Frühstück gegessen hat, als Sie geboren wurden.«

»Ich verstehe«, sagte Picard gutmütig und lächelte andeutungsweise. »Nun, es war nur so ein Gedanke.« Dennoch verharrte sein sehnsüchtiger Blick auf der Statue und dem, was sie symbolisierte. Wie aus weiter Ferne hörte er eine Stimme, die aus dem Interkom-Lautsprecher drang.

»Lieutenant LaForge und Lieutenant Worf, bitte kommen Sie für die Immunbehandlung zur Krankenstation.«

Geordi berührte seinen Insignienkommunikator. »Bin

schon unterwegs, Doktor.« Riker sah ihm voller Mitgefühl nach, und der Chefingenieur schritt bereits durch die Tür, als Picard begriff, daß er den Raum verließ.

»Oh, ich habe ganz vergessen, ihm hierfür zu danken.« Der Captain stellte das Ariantu-Artefakt auf den Tisch, doch es fesselte ihn noch immer. Riker lehnte sich auf dem Stuhl zurück und verschränkte die Arme. Er unternahm keinen Versuch, Picards Aufmerksamkeit auf sich zu lenken. Die beiden Männer teilten ein angenehmes Schweigen.

Nach einer Weile hob der Captain den Blick zu seinem Ersten Offizier. »Die Landegruppe wurde von Ihnen zusammengestellt, Nummer Eins, und natürlich habe ich volles Vertrauen zu Ihrer Entscheidung.«

»Ja, Captain.«

»Aber Sie müssen zugeben, daß Sie eine recht ... ungewöhnliche Wahl trafen«, fügte Picard mit geheuchelter Gleichgültigkeit hinzu.

Riker nickte ernst. »Mag sein. Für gewöhnlich bleibt der Chefingenieur an Bord des Schiffes.«

»In der Tat. Aber in diesem Fall hat Nassa Coleridge ausdrücklich Geordi angefordert. Seinen Schilderungen entnehme ich, daß sie eine Art Mentor für ihn war, bevor er sich für die Ausbildung in der Starfleet-Akademie entschied. Sein VISOR ist bei der Suche in den Ruinen bestimmt sehr nützlich, und an Datas Eignung für derartige Forschungen kann überhaupt kein Zweifel bestehen.« Es gelang Picard nicht ganz, den Schatten eines Lächelns von seinen Lippen zu verbannen. »Aber warum Worf? Ich dachte, Lieutenant Keenan sei für einen Sicherheitseinsatz auf dem nächsten Planeten vorgesehen.«

»Worf hat sich freiwillig gemeldet.« Als der Captain erstaunt eine Braue wölbte, fuhr Riker fort: »Weshalb sollte ein Klingone nicht den Wunsch empfinden, sich mitten in umstrittenes Territorium zu beamen?«

»Von ›umstritten‹ kann wohl kaum die Rede sein!« erwiderte Picard in einem tadelnden Tonfall. Er entspannte sich, erreichte jedoch nicht die gleiche Zwanglosigkeit wie Riker. »K'Vin und Föderation sind seit dreißig Jahren auf Kirlos präsent, ohne daß es zu einer direkten Konfrontation kam. Ich habe sogar gehört, daß die beiden Botschafter Stephaleh und Gregach jede Woche Dyson spielen.«

»Was für ein Zufall«, kommentierte Riker ohne nähere Ausführungen.

»Ich verstehe allmählich.« Picard schüttelte in gespielter Mißbilligung den Kopf. »Der Sünde Lohn. Vielleicht ist der Lieutenant von jetzt an vorsichtiger bei seinen ›Spielen‹ mit den Angehörigen der Sicherheitsabteilung. Und auch bei den Einsätzen.«

Riker verbarg sein Lächeln, indem er sich über den Bart strich. »Darauf können Sie wetten, Captain.«

Dr. Beverly Crusher hielt den Injektor an Worfs Hals, und das Gerät entlud sich mit einem leisen Zischen. Fast sofort wollte sich der Klingone aufrichten, aber die Ärztin drückte ihn zurück. Es fiel ihr schwerer, als sie erwartet hatte.

»Ich bin noch nicht fertig, Lieutenant Worf.« Sie justierte das Instrument und hörte dabei ein dumpfes Knurren in der Kehle des Sicherheitsoffiziers.

Geordi wartete geduldig. »Warum die vielen Impfungen?«

»Nur eine Vorsichtsmaßnahme«, erwiderte Crusher und begann mit einer zweiten Injektion. »In den Tunneln von Kirlos leben die Angehörigen vieler verschiedener Völker. Biofilter hindern Krankheitserreger vielleicht daran, die Siedlung zu erreichen, aber es besteht trotzdem die Gefahr eines Kontakts mit mutierten Viren. Ich sorge dafür, daß Sie eine breitere Immunbasis bekommen.«

Dann fügte sie unüberlegt hinzu: »Ich rate Ihnen in erster Linie, genug Flüssigkeit aufzunehmen und an einem kühlen Ort zu bleiben. Nach den medizinischen Aufzeichnungen der Föderationsbotschaft zu urteilen, ist Überhitzung der Grund für die meisten Todesfälle.«

»Auf diese Weise stirbt ein Lasttier!« entfuhr es Worf, der bisher geschwiegen hatte.

Das unheilverkündende Knurren wurde lauter und ließ seine breite Brust erzittern. Crusher spürte die Vibrationen in den Fingerkuppen, als sie den kleinen Metallzylinder zum drittenmal an den Hals hielt. Um Worf von der letzten Injektion abzulenken, fragte die Ärztin: »Ich dachte, Keenan sei für diesen Einsatz vorgesehen.«

Der Klingone grollte. Seine Lippen teilten sich, und lange weiße Schneidezähne kamen zum Vorschein.

Crusher trat rasch von ihrem Patienten zurück und hätte fast den leeren Injektor fallen lassen. »Sie können jetzt gehen, Lieutenant«, sagte sie mit einem Rest von Würde.

O'Briens Hände schlossen sich so fest ums Pult, daß die Knöchel weiß hervortraten, und er spürte dabei die Verzweiflung eines Ertrinkenden. Wie viele Transportertechniker, die sich an ihre Pflichten gewöhnt hatten, fand er Gefallen an regelmäßigen Verkehrszeiten in seiner Domäne. Er arbeitete in einem relativ kleinen Raum, in dem es zu häufigen Begegnungen mit Besatzungsmitgliedern kam, und derart direkte Interaktionen brachten Probleme mit sich. Bei dieser besonderen Gelegenheit war Lieutenant Commander Data vor den übrigen Angehörigen der Landegruppe gekommen, und er zeigte nicht die Bereitschaft, schweigend auf seine Gefährten zu warten.

»Und was noch viel interessanter ist...«, fuhr der Androide fort und erwärmte sich für ein Thema, das er unmittelbar nach seinem Eintreffen im Transporterraum angeschnitten hatte. »Wenn man die magnetischen Eigenheiten und Rotationscharakteristika im Licht der jüngsten spektographischen Untersuchungen der geologischen Unterschichten betrachtet, so deuten die Kongruenzen darauf hin, daß wir es bei Kirlos mit einem künstlich konstruierten Planeten zu tun haben. Unglücklicherweise erklärt das nicht, warum ...«

Data unterbrach sich mitten im Satz. Der Glanz in den Augen des Transporterchefs O'Brien erinnerte ihn an etwas. Er hatte ihn oft in Picards Pupillen gesehen, kurz bevor ihn der Captain darum bat, still zu sein.

»Möchten Sie an dieser Stelle vielleicht etwas sagen?« erkundigte sich der Androide.

O'Brien zuckte zusammen und schien aus tiefer Benommenheit zu erwachen. »Nein, *Sir?*« erwiderte er, und Data fiel die seltsame Betonung des zweiten Worts auf; sie hob den Rangunterschied hervor. »Derzeit fällt mir keine passende Bemerkung ein.«

Der Androide dachte noch immer über die Mehrdeutigkeit dieser Antwort nach, als das Schott des Transporterraums mit einem leisen Zischen beiseite glitt.

»Ich beneide Sie, Data«, meinte Geordi, als er mit Worf hereinkam. »Sie brauchen der Krankenstation keinen Besuch abzustatten, bevor Sie sich auf einen Planeten beamen lassen.«

»Das stimmt«, bestätigte Data und wandte sich widerstrebend von O'Brien ab. »Allerdings habe ich eine geringfügige Rejustierung meiner thermostatischen Kontrollen vorgenommen. Nach den mir zur Verfügung stehenden Informationen herrschen selbst in den Tunneln von Kirlos Temperaturen bis zu ...«

Er klappte den Mund zu und neigte den Kopf von einer Seite zu anderen, als sein Blick Geordis hastig winkender Hand folgte. »Was hat es mit dieser Geste auf sich?«

»Sie bedeutet ›nicht jetzt‹, Data.« Der Chefingenieur lächelte. »Schon gut. Ich erkläre es Ihnen später.«

»Oh, danke.« Der Androide folgte Worf und gab sich mit dem Versprechen zukünftiger Aufklärung zufrieden.

»Transporterkoordinaten sind programmiert«, sagte O'Brien, als er auf die Anzeigen der Konsole sah. Er berührte einige Kontrollfelder und leitete damit die erste Stufe des Entmaterialisierungsvorgangs ein. »Übrigens: Ich dachte, Keenan sei für diesen Einsatz vorgesehen.«

Worfs Knurren hallte laut von den Wänden wider. Er starrte O'Brien finster an, als Geordi auf die Plattform trat.

Der Transporterchef gab Energie. »Auf Wiedersehen, meine Herren.«

Die Landegruppe verschwand in einer glitzernden Wolke aus gelbem Licht, und erst dann erlaubte sich O'Brien ein Lächeln.

KAPITEL 2

»Sie sind dran, Gregach«, sagte Stephaleh leise. Sie sprach immer sanft; das war eins ihrer Merkmale, schon seit dreiundfünfzig Jahren. Eine leise, sanfte Stimme, die manchmal über einen eisernen Willen hinwegtäuschte.

Ein erfülltes Leben lag hinter Stephaleh, und nach ihrer Berufung zum Botschafter auf Kirlos wurde es auch ruhiger. Die Zeit auf dem künstlichen Planeten verstrich nun in angenehmer Ereignislosigkeit, und Abwechselung brachten Abende wie dieser, beim Geschicklichkeitsspiel mit ihrem K'Vin-Kollegen, dem mürrischen Botschafter Gregach.

Sie sah über den Tisch und musterte ihren Gegner. Gregach saß zusammengekauert im Sessel, seine Hände fest um die Armlehnen geschlossen.

Ein typischer K'Vin: groß und träge, mit dicker grauer Haut. Gregach war schwerer als ein durchschnittlicher K'Vin, vor allem deshalb, weil es ihm an Bewegung mangelte. Durch das zusätzliche Gewicht wirkten seine grünen Augen noch kleiner.

Fasziniert beobachtete Stephaleh die beiden rudimentären Hauer, die aus Gregachs Kiefern ragten — typisch für sein Volk, eine Erinnerung an die Raubtiervergangenheit der K'Vin. Und eine Warnung: Man durfte diese Geschöpfe nicht unterschätzen.

Vor fast hundert Jahren hatten sich die K'Vin der Vereinten Föderation der Planeten angeschlossen, aber schon nach kurzer Zeit kam es zu Spannungen. Die K'Vin waren zu wild, neigten zu sehr dazu, sich in die inneren Angelegenheiten anderer Welten einzumischen und die Erste Direktive zu mißachten.

Als sich die Kontroversen zuspitzten, unterbrachen die K'Vin alle offiziellen Verbindungen zum interstellaren Völkerbund und beschritten einen eigenen Pfad. Nur eine Brücke brachen sie nicht hinter sich ab: Auch weiterhin unterhielten sie eine Botschaft auf der gemeinsamen Welt Kirlos.

»Gregach?«

»Mhm?«

»Sie sind dran, Botschafter. Noch immer.«

»Ja, Sie haben recht.«

Er grübelte immer bei einer Partie Dyson, und Stephaleh hatte mehrmals vorgeschlagen, an ihren gemeinsamen Abenden darauf zu verzichten. Doch Gregach lehnte ab und bestand darauf, daß sie spielten.

Er schüttelte den Kopf. Das Spiel war nicht sehr schwer, aber es erforderte viel Gedankenarbeit. Er brauchte nur ein kleines Rohr, gerade oder gebogen, aus dem nahen Kasten zu nehmen und es der Konstruktion hinzuzufügen. Seine eigenen Elemente glänzten in einem dunklen Purpur — im Unterschied zu dem hellen Gelb der Gegenpartei. Wer als erster eine Kugel schuf, errang den Sieg. Allerdings: Jeder Spieler durfte sich das Werk des Gegners aneignen, das daraufhin die Farbe wechselte.

Gregach schnaufte triumphierend, als er eine fast fertige Kugel Stephalehs übernahm, doch sie reagierte mit einem Manöver, durch das er seine Sphäre verlor. Er beobachtete die komplexe Konstruktion im matten Licht und schnitt eine Grimasse, als ihm seine begrenzten Möglichkeiten klar wurden. Stephaleh gewann erneut — wie immer.

Er musterte sie und fragte sich, warum er die Gesellschaft der Andorianerin als so angenehm empfand — angenehm genug, um ständig Niederlagen im Spiel hinzunehmen und trotzdem gute Laune zu bewahren. Eins stand fest: Ihre Beziehung basierte nicht auf Ähnlichkeiten.

Die K'Vin waren klein und untersetzt, im Gegensatz zur hochgewachsenen und anmutigen Stephaleh, die von Andor stammte. Selbst im fortgeschrittenen Alter wirkte sie sehr elegant und schien nach wie vor zu den anstrengendsten gymnastischen Übungen in der Lage zu sein, während ihr hellblaues Gesicht kaum Falten zeigte.

Aber die Jahre waren nicht *völlig* spurlos an ihr vorbeigegangen. Die Kopffühler hingen ein wenig nach unten, und das weiße Haar auf dem Kopf lichtete sich allmählich. Doch man mußte sie gut kennen, um die subtilen Veränderungen zu bemerken.

Als sie vor rund drei Jahren auf Kirlos eintraf, bestand ihr erster Annäherungsversuch darin, Gregach zum Essen einzuladen. Zu seiner großen Überraschung hatte sie sich gründlich über sein Volk informiert und servierte eine exzellente Mahlzeit: gebratenen Inlati, einen leckeren Fisch aus den Meeren der K'Vin-Heimatwelt. An jenem Abend schlug sie ein Spiel vor, und eine Partie hatte die nächste zur Folge. Innerhalb von drei Jahren schenkten ihnen diese Spiele zahlreiche unterhaltsame Stunden.

Gregach machte sich nichts vor. Dies war der letzte diplomatische Auftrag vor Stephalehs Pensionierung — oder ihrem Tod —, und sie wollte keine Probleme. Es gelang ihr meisterhaft, seine Sympathie zu gewinnen, und der K'Vin leistete keinen Widerstand. Der Einsatz auf diesem Planeten brachte ihn nicht auf dem Karrierepfad weiter, doch er war entschlossen, ihn so weit wie möglich zu genießen.

Außerdem bot Stephaleh weitaus stimulierendere Gesellschaft als die Soldaten seiner Eskorte — größtenteils enttäuschte Männer, die ihren Kummer jeden Abend in Alkohol ertränkten. Wenn er sie benötigt hätte, um interessante Gespräche zu führen oder geistreiche Witze zu hören, wäre sein Aufenthalt auf Kirlos viel langweiliger gewesen.

An diesem Abend speiste Gregach in der Föderationsbotschaft. Es handelte sich um ein höheres Gebäude als die K'Vin-Niederlassung — seine andorianische Kollegin mochte sich hier wohl fühlen, aber er zog es vor, dem Boden näher zu sein. Wenigstens befand sich der Speisesaal im Erdgeschoß, und die Abendmahlzeit war immer heiß und fertig, wenn er eintraf.

Er brachte nie ein Gefolge mit, das ihn an einer direkten, offenen Konversation mit Stephaleh gehindert hätte. Sie war eine ausgezeichnete Gastgeberin und erriet die Wünsche ihrer Gäste. Die Andorianerin schien immer genau zu wissen, ob er an Erkältung oder Erschöpfung litt und traf entsprechende Vorbereitungen für den Abend.

»Gregach?«

Er unterbrach seine Überlegungen. »Ja, ja, ich weiß.«

Er wählte ein gewölbtes Stück, setzte es in seine dritte Konstruktion und vervollständigt damit eine Halbkugel. Sie ragte vom runden Tisch auf und sah seltsam aus: Am Rand glitzerte sie, und der Rest schien das Licht zu absorbieren.

»Jetzt sind Sie dran«, sagte er.

»Danke«, erwiderte Stephaleh und fügte scherzhaft hinzu: »Ich wäre fast eingeschlafen.« Sie betrachtete die verschiedenen Formen. Eine, die von Gregach gestohlene Kugel, erschien vielversprechend — es fehlte nur noch eine zentrale Achse.

Sie nahm ein gerades Stück aus ihrem Kasten und stellte fest, daß es bereits Abnutzungserscheinungen aufwies. Dann schob sie es in die Konstruktion; eine Achse entstand.

»Noch ein Zug, und ich habe gewonnen, Botschafter«, kündigte sie lächelnd an.

Gregach brummte kehlig und verärgert. Er schloß seinen eigenen Kasten und gab sich damit geschlagen.

»Es hat keinen Zweck, die Agonie zu verlängern«, sagte er.

Schweigend demontierten sie die Kugeln und beeilten sich nicht, den gemeinsamen Abend zu beenden. Gregach fragte sich müßig, wie seine Vorgänger Kirlos ohne solche Ablenkungen ertragen hatten.

Es war eine unfreundliche Welt, deren Bewohner unter der Oberfläche lebten, inmitten der Ruinen einer Zivilisation, die längst nicht mehr existierte und noch immer ein Rätsel darstellte. Ein extrem heißer Planet — besonders für K'Vin —, ohne kühlende Brisen.

Aber schon seit fünfunddreißig Jahren teilten ihn die K'Vin mit der Föderation. Es lag nicht etwa daran, daß Kirlos eine spezielle Bedeutung hatte; diese Welt diente vielmehr dazu, sich nicht aus den Augen zu verlieren und in einzelnen Individuen die Hoffnung zu erhalten, daß irgendwann beide Mächte wieder zueinanderfanden, erneut zu Verbündeten wurden.

Als Gregach eine der komplizierteren Strukturen auseinandernahm, verglich er sie mit seiner unterbrochenen Karriere. Kurz vor der Versetzung hierher beschrieb man ihm den Planeten als einen überaus wichtigen Ort, doch er zweifelte nicht daran, daß es seine Vorgesetzten schon damals besser gewußt hatten. Man hielt Kirlos für eine völlig unwichtige Welt, eine Art Abstellkammer für den militärischen Helden des vorherigen Regimes.

Doch selbst nach Jahren auf Kirlos träumte Gregach noch immer von der Grenze, von Planeten wie Slurin und Lethrak, wo die wirklich wichtigen Ereignisse stattfanden.

»Danke dafür, daß Sie den Antrag bezüglich der Föderationsoffiziere und ihrer Ausrüstung genehmigt haben«, sagte Stephaleh.

Gregach winkte ab. »Schon gut. Mein Assistent hat sich darum gekümmert.« Er legte die letzten Stücke in den Kasten. »Ich vermute, die Landegruppe trifft bald ein, oder?«

Stephaleh nickte und lehnte sich zurück. Ihr Rücken schmerzte, und die Kissen halfen nur wenig. Sie empfand eine Fortsetzung des Gesprächs mit dem K'Vin-Botschafter zunehmend als Belastung, sehnte sich statt dessen nach einem Bad in Duftwasser. »Ja, sehr bald. Offenbar kennt unsere Archäologin einen der Offiziere — den Chefingenieur.«

»Der mit den Augen?«

»Alle Mitglieder der Landegruppe haben Augen, Freund. Ich meine jenen Mann mit dem VISOR; er kann uns bestimmt bei der Arbeit helfen.« Stephaleh streckte die Finger, damit sie sich nicht erneut verkrampften, so wie beim Abendessen.

»Stellen Sie sich vor, Ihr ganzes Leben lang alles durch Filter zu sehen, ohne die Dinge so zu erkennen, wie sie wirklich sind«, fuhr Gregach fort.

Die Andorianerin rutschte auf ihrem Stuhl zur Seite und rückte ein Kissen zurecht. »Er sieht weitaus mehr als Sie oder ich. Sein Sehvermögen ist einzigartig in der ganzen Galaxis. Trotzdem gibt es Beschränkungen. Und ich habe gehört, daß ihm das Gerät Schmerzen bereitet.«

»Meinem Volk gefällt es nicht sonderlich, Starfleet-Personal in der Nähe von Kirlos zu wissen«, entgegnete Gregach. »Man befürchtet eine Eskalation der Feindseligkeiten zwischen uns.«

Sie lachten beide, als sie an Feindseligkeiten auf dieser trockenen, heißen Welt dachten, die keine wertvollen Ressourcen besaß.

»Die Offiziere kommen hierher, weil Professor Coleridge darum bat«, erinnerte Stephaleh den K'Vin. »Ich habe nichts damit zu tun. Darüber hinaus wurde der Besuch von Ihrem Volk genehmigt. Sie graben Löcher in den Boden, finden einige Artefakte, die uns etwas mehr über die Ariantu verraten — und dann verlassen sie den Planeten wieder. Welchen Schaden können sie anrichten?«

»Hmmph«, brummte Gregach. »Starfleet hat den Befehl erhalten, die K'Vin auszuspionieren — das behauptet jedenfalls mein Volk. *Ich* bin der gleichen Meinung wie *Sie,* aber die Präsenz eines Schiffes der Föderationsflotte hat dafür gesorgt, daß einige Leute in meiner Heimat zu den Waffen greifen. Konnten die Offiziere nicht mit einem Shuttle kommen?«

»Sie wissen doch, daß die Reichweite von Shuttles beschränkt ist, Gregach. Außerdem: Ich fände es interessant, mir einen Kreuzer der neuen Galaxis-Klasse anzusehen. Dies ist der erste in unserem Raumsektor. Es sollen recht beeindruckende Schiffe sein.«

»Und mit genug Feuerkraft, um Kirlos zu verheeren.«

»Vielleicht ist die *Enterprise* hier, um etwas gegen die Händler zu unternehmen, die Sie auf Ihrer Seite des Planeten zulassen«, scherzte Stephaleh. »Im Ernst, Gregach: Warum öffnen Sie Ihren Markt den Ferengi? Es ist kein Geheimnis, daß sie gestohlene Waren verkaufen — von romulanischem Bier bis zu Iridium.«

»Und weshalb erlaubt die Föderation rhadamanthanischen Schiffen, geraubte Unterhaltungspakete zu transportieren?« konterte der K'Vin und nahm damit die Herausforderung an. »Meine Regierung kann die Rechte kreativer Arbeit nicht schützen, wenn es die Föderation zuläßt, daß andere Völker das Material kopieren und Hunderte von Credits unter unserem Preis anbieten.«

»Der Handelsbeauftragte der Föderation hat bereits Ermittlungen in Hinsicht auf Rhadamanthaner, Ferengi und Ditelaner eingeleitet. Wir bemühen uns, aber wie ich hörte, hat die K'Vin-Regierung bisher auf keine einzige Anklage der Föderation reagiert.«

Gregach schnaubte, rieb mit einem Finger über den rechten Hauer und suchte dort nach Unebenheiten — eine Geste, der er sich nie ganz bewußt wurde. »Lassen Sie uns keine gegenseitigen Vorwürfe erheben, Stephaleh. Verzichten Sie bitte darauf, an diesem Abend einen zweiten Sieg anzustreben. Niemand von uns kann auf die Entscheidungen der jeweiligen Regierungen Einfluß nehmen.«

Die Andorianerin nickte und griff nach ihrem Glas. Es ähnelte ihrer Spezies, war groß, dünn und hellblau.

Stephalehs Assistent Zamorh eilte ins Zimmer. Hastig kam er näher, schnaufte und keuchte dabei. Gregach erinnerte sich daran, daß die Hitze dieser Welt manchmal sogar den Sullurh zusetzte, obwohl sie sich vor allen anderen Völkern auf Kirlos niedergelassen hatten.

»Botschafter ...«, brachte Zamorh hervor. »Die *Enterprise* hat uns mitgeteilt, daß die Landegruppe nun hierhergebeamt wird.« Er schnappte immer wieder nach Luft.

»Danke. Wir begrüßen sie im Transporterraum.« Stephaleh stand auf. Es tat ihr bestimmt gut, sich zu bewegen, und sie begrüßte die Abwechslung.

»Erinnern Sie sich an unsere Übereinkunft, Botschafter«, sagte Gregach, als sie durchs Gebäude schritten.

Daraufhin ging die Andorianerin etwas langsamer und musterte ihren Kollegen. »Selbstverständlich. Aber ich teile Ihre Einstellung nicht, und deshalb sollten Sie Ihre Ansicht sowohl den Besuchern als auch der Professorin erläutern. Ich bin sicher, sie gefällt ihr genausowenig wie mir.«

»Sie muß sich damit abfinden, ebenso wie die Föderation. Mir persönlich ist es völlig gleichgültig, was geschieht. Aber ich spreche für die K'Vin-Regierung, und die kann nicht einfach ignoriert werden.«

»Das liegt auch gar nicht in meiner Absicht, wie Sie sehr wohl wissen.« Stephaleh nahm Anstoß daran, daß Gregach dauernd die Verantwortung auf seine Regierung abwälzte. Andererseits vermutete sie, daß die Entscheidungen an höheren Stellen in der K'Vin-Kommandohierarchie getroffen wurden und ihm gar keine andere Wahl blieb, als sie zu akzeptieren.

Die beiden Botschafter und Zamorh wanderten durch einen Korridor und begegneten dabei nur einigen wenigen Personen, deren Abendschicht noch nicht beendet war. Der Sullurh ging voraus, führte sie an Kunstwerken vorbei, die Stephaleh von Andor mitgebracht hatte. Die Bilder zeigten Schlachten und Belagerungen aus der Vergangenheit ihrer Heimat. Es erfüllte Gregach mit einer gewissen Zufriedenheit, daß die Andorianer eine kriegerische Geschichte hatten, wenn auch nicht in dem Ausmaß wie die K'Vin.

Er dachte an die Völker, deren Aufstieg mit Kampf begonnen hatte und die schließlich den Frieden wählten. Es fielen ihm nur wenige ein, deren Evolution nicht von Aggression begleitet wurde und die trotzdem einen hohen technischen Entwicklungsstand erreichten. *Der Tötungsinstinkt,* fuhr es ihm durch den Sinn. *Er spielt eine zentrale Rolle.* Er verdrängte diesen Gedanken und betrat den Transporterraum, wo glänzendes Metall und die Felswände der ursprünglichen Ariantu-Struktur eine seltsame Einheit bildeten.

Ein menschlicher Techniker stand hinter der Konsole und wartete auf den Transfer. Auch der Sicherheitschef der Botschaft war zugegen, ein Mensch namens Powell, kräftig gebaut und dunkelhaarig. Stephaleh hatte ihn aus einer Gruppe von Starfleet-Offizieren gewählt, die auf einen Planeten versetzt werden wollten. Er leistete ihr gute Dienste, obgleich es ihm an Erfahrung mangelte.

Die Andorianerin hob den Kopf, als sie mit ihren sensiblen Fühlern den sich ankündigenden Transfer vor allen anderen Personen im Raum wahrnahm. Funkelnde Säulen entstanden, und in ihnen formten sich die Konturen von drei Gestalten. Stephaleh sah überrascht, daß der Androide namens Data viel menschlicher wirkte, als sie es für möglich gehalten hatte. Sie wußte natürlich, daß diese erstaunliche Maschine vor etwa achtundzwanzig Jahren auf einer fernen Welt gefunden worden war, und es faszinierte sie, ihr nun direkt gegenüberzustehen.

Der dunkelhäutige Mann mit dem VISOR verließ die Transferplattform als erster und lächelte offen. »Hallo. Ich bin Geordi LaForge. Wenn ich vorstellen darf ... Sicherheitsoffizier Worf und Lieutenant Commander Data.« Er deutete auf seine beiden Begleiter. Data nickte mit ausdruckslosem Gesicht. Der gefährlich aussehende Klingone Worf starrte nur, als er zusammen mit dem Androiden von der Plattform trat.

»Ich bin Botschafterin Stephaleh n'Ehliarch. Dies ist Botschafter Gregach; er vertritt die K'Vin-Hegemonie.« Die Andorianerin verneigte sich aus den Hüften, während Gregach das menschliche Gebaren nachahmte und die Hand ausstreckte. Stephaleh wußte, daß es ihm nicht darum ging, die Bräuche eines anderen Volkes zu respektieren; er wollte vielmehr einen Eindruck von der Kraft dieser Männer gewinnen. Der K'Vin zuckte zusammen, als sich Worfs Finger um seine Hand schlossen, und ein Lächeln umspielte Stephalehs Lippen.

»Ich schlage vor, wir suchen jetzt ein Zimmer auf, wo wir es gemütlich haben und uns unterhalten können«, sagte sie. »Möchten Sie etwas zu trinken?«

Zamorh verharrte vor der verzierten Vitrine im großen Empfangsraum und öffnete sie; hinter der kunstvoll geschmückten Tür kam eine Kühleinheit zum Vorschein. Er füllte mehrere Gläser mit Fruchtsaft und Synthehol, stellte sie auf ein Tablett und wandte sich damit an die Gäste. Data und Worf lehnten ein Getränk ab, doch Geordi griff zu und entschied sich für einen Saft. Gregach wählte Synthehol und beklagte leise den Umstand, daß es auf der Föderationsseite von Kirlos kein anständiges Bier gab. Stephaleh griff ebenfalls nach einem Glas mit Fruchtsaft und blieb mitten im Zimmer stehen.

»Ich heiße Sie alle auf Kirlos willkommen und wünsche Ihnen einen angenehmen Aufenthalt.« Sie hob ihr

Glas. Die anderen erwiderten die Geste und tranken einen Schluck. Nach der offiziellen Begrüßung ließ sich die Andorianerin in einen großen, mit Kissen gepolsterten Sessel sinken. Zamorh hatte ihn so aufgestellt, daß er sich im Zentrum der allgemeinen Aufmerksamkeit befand.

»Ich hoffe, wir brauchen nicht zu förmlich zu sein, Lieutenant Commander LaForge«, begann sie und lächelte herzlich.

»Natürlich nicht, Botschafterin«, erwiderte er und schmunzelte. »Wir sind nur Leute, die benötigt werden, um irgendwo Löcher zu graben. Übrigens: Wo ist Professor Coleridge?«

»Zamorh hat sie bereits benachrichtigt. Um ehrlich zu sein ... Wir haben nicht damit gerechnet, daß Sie so schnell die Aufenthaltserlaubnis bekommen.«

»Nun, unser Erster Offizier, Commander Riker, fand eine Möglichkeit, die Vorbehalte des zuständigen Verwaltungsassistenten auszuräumen. Er heißt Gezor, nicht wahr? Sehr tüchtig.« Geordi richtete diese Worte an Gregach, der auf einem Stuhl mit hoher, gerader Rückenlehne saß. »Ihre Mitarbeiter sind ausgesprochen gründlich.«

Gregach nickte und hob sein Glas an die Lippen. Er wollte dem Gespräch stumm zuhören, um die Starfleet-Offiziere richtig einschätzen zu können. LaForge war der geborene Anführer, gab sich lässig und locker. Das VISOR weckte Abscheu in dem K'Vin, aber gleich darauf begriff er die Dummheit einer solchen Empfindung. Der bleiche Androide schien funktionell und nützlich zu sein, wirkte jedoch nicht wie ein Soldat. Der Klingone hingegen sah grimmig und bedrohlich aus, obwohl er entspannt saß. Gregach dachte voller Sehnsucht an die Zeit, die er als junger Mann an Bord eines Schiffes der Grenzpatrouille verbracht hatte: Damals war es gelegentlich zu Gefechten mit imperialen Kreuzern gekommen. Die Klingonen konnten harte und entschlossene

Gegner sein, stellten damit eine echte Herausforderung dar. Gregach erhoffte sich eine Möglichkeit, mit Worf zu sprechen, bevor er an Bord des Föderationsschiffes zurückkehrte.

Eine Zeitlang plauderte die Gruppe: Wo war die *Enterprise* gewesen? Welche Welten hatte sie besucht? Gregach bemerkte, daß Zamorh immer in der Nähe weilte, um weitere Getränke anzubieten oder mit einer Serviette Kondensat von den Gläsern zu wischen.

Stephaleh spürte, wie die Müdigkeit sie mit bleierner Schwere erfaßte. Sie war nicht daran gewöhnt, lange aufzubleiben. Abgesehen von den Abenden mit Gregach ging sie früh zu Bett — immer früher, wie es ihr erschien. Ihre Benommenheit wuchs, und mehrmals unterdrückte sie ein Gähnen. Vielleicht sollte sie eine stimulierende Flüssigkeit trinken, zum Beispiel eine Tasse Kaffee. Ihre Gedanken glitten fort, zu den unterirdischen Flüssen Andors …

Irgendwann verließ Zamorh das Zimmer und kam einige Minuten später mit einer hochgewachsenen, dunkelhäutigen Frau zurück, einer Terranerin, die mit zielstrebigen, langen Schritten ging. Sie trug einen schlichten dunkelblauen Overall, der einige Flecken aufwies, und eine undefinierbare Mütze. Darunter säumte glattes schwarzes Haar ein vertrautes Gesicht mit mandelförmigen Augen, hohen Wangenknochen und einem breiten, ausdrucksstarken Mund.

Ein Sullurh folgte ihr, und es fiel ihm schwer, mit der Frau Schritt zu halten. Unter anderen Umständen wäre er Stephaleh vielleicht gar nicht aufgefallen, aber sie hatte ihn erwartet.

LaForge sprang auf, bevor die andorianische Botschafterin etwas sagen konnte. Ein breites Grinsen erhellte seine Miene. »Professor Coleridge!« rief er. Geordi schwieg überrascht, als die Frau das Zimmer durchquerte und ihn so fest umarmte, daß einem kleineren Mann die Luft weggeblieben wäre.

»Ich bin froh, Sie wiederzusehen Geordi. Sogar sehr froh. Oh, Sie sind jetzt Commander. Ausgezeichnet.«

Geordi tastete kurz zu den Schulterabzeichen und zuckte mit den Achseln. Er lächelte noch immer, und Dutzende von Fragen lagen ihm auf der Zunge. Aber er stellte sie nicht und beschloß statt dessen, zuerst die Vorstellung hinter sich zu bringen. Er nannte die Namen der anderen Offiziere, winkte dann und fügte hinzu: »Das ist Nassa Coleridge, die größte Archäologin aller Zeiten!«

»Freut mich, Sie kennenzulernen«, sagte die Professorin. »Mein Gehilfe Thul. Er wurde mir unmittelbar nach meiner Ankunft zugewiesen, und dafür danke ich dem Himmel.« Der kleine, unscheinbare Sullurh nickte kurz und trat beiseite.

»Und nun, Geordi LaForge ... Lassen Sie uns Platz nehmen und überlegen, wie wir Ihnen Arbeit beschaffen.« Coleridge setzte sich zwischen Gregach und Data. Es war schon recht spät, aber sie schien bereit zu sein, alle Einzelheiten der bevorstehenden Ausgrabungen zu erörtern.

Das fiel auch Stephaleh auf. »Wie ich schon sagte: Ich habe erst später mit dieser Zusammenkunft gerechnet«, begann sie, massierte sich das linke Bein und versuchte, den Krampf zu lindern, der erste stechende Pein verursachte. Sie räusperte sich. »Zuerst einige Hintergrundinformationen. Botschafter Gregach und ich kamen vor zwei Jahren überein, Kirlos für umfangreiche archäologische Untersuchungen zu öffnen — immerhin sind wir alle an der Ariantu-Kultur interessiert. Es ist von großer wissenschaftlicher Bedeutung, so viele Artefakte wie möglich zu finden, da wir vielleicht keine anderen Hinweise auf diese untergegangene Zivilisation erhalten. Aus diesem Grund haben wir beide beschlossen, eine von der Föderation durchgeführte Ausgrabung zu genehmigen, die auf der K'Vin-Seite des Planeten stattfinden soll. Botschafter?«

Gregach beugte sich vor und straffte den Rücken. »Professor Coleridge hat um Ihre Hilfe gebeten, Lieutenant Commander LaForge. Der Grund: Ihr VISOR. Allerdings muß ich betonen ...« — bei diesen Worten sah er Worf an —, »... daß die Bevölkerung beider Seiten nicht durch militärische Präsenz beunruhigt werden darf.«

Der Klingone knurrte. »Ich gehöre zu Starfleet, und die Flotte ist keine militärische Organisation. Wir vertreten nur die Ansicht, daß ... Umsicht angebracht ist, wenn man es mit dem Unbekannten zu tun hat.«

»In der Tat«, pflichtete ihm Gregach bei. Dann wandte sich der K'Vin an Stephaleh. »Was die Zeit betrifft ... Wir haben uns auf eine Woche geeinigt, eine Woche, mehr nicht ...«

Coleridge zögerte einige Sekunden lang, bevor sie erwiderte: »Als ich den Antrag stellte, hatte ich *zwei* Wochen gefordert. Es hat mich mehrere Stunden gekostet, Gezors dumme Formulare auszufüllen.« Sie gestikulierte verärgert. »Jetzt gewähren Sie mir nur die Hälfte der notwendigen Zeit.«

»Tut mir leid, Professor«, sagte Stephaleh. »Die Politik interessiert Sie vielleicht nicht, aber Botschafter Gregach und ich müssen uns an Anweisungen halten und gewisse Prioritäten achten. Ein Starfleet-Schiff, das zwei Wochen lang in der Umlaufbahn bleibt, könnte Unruhe bei den Bürgern verursachen und sogar Furcht wecken.«

Erneut dachte Coleridge nach, bevor sie Antwort gab. »Dieser Meinung kann ich mich nicht anschließen, Botschafterin. Ich brauche Geordi, und er meint, daß ich auch Data benötige. Außerdem habe ich Vorbereitungen für zwei Wochen getroffen.«

»Sie müssen sich mit einer Woche zufriedengeben, Professor.« Stephaleh versuchte, freundlich zu klingen. »Sehen Sie es aus diesem Blickwinkel: Sie können morgen beginnen, einen Tag früher.«

»Na schön. Was ist mit dem Transport der Dinge, die wir finden?«

»Ich habe entschieden, ein maximales Gewicht für die Artefakte festzulegen, die aus dem K'Vin-Territorium gebracht und von der Föderation untersucht werden dürfen«, sagte Gregach. »Wenn Sie über das Limit hinausgehen, verlangen wir Entschädigung, und dann sind neue Verhandlungen erforderlich. Um so etwas zu vermeiden, Professor Coleridge, bitte ich Sie, sich mit einer Tonne zu begnügen.«

»Das ist sehr großzügig, Botschafter«, entgegnete die Archäologin verblüfft. Sie hatte sich kaum mehr als zehn oder zwanzig Kilo erhofft. »Nun, wie Sarek einmal sagte: ›Es ist immer gut, das Unerwartete zu akzeptieren.‹«

»Surak, Professor«, ließ sich Data vernehmen.

»Wie bitte?« fragte der Androide.

»Ihr Zitat. Es stammt aus den frühen Schriften Suraks. Sarek ist ein Botschafter.«

»Natürlich.« Coleridge lächelte. »Entschuldigen Sie.«

Worf lauschte aufmerksam und gelangte zu dem Schluß, daß seine Einschätzung des politischen Klimas auf Kirlos den Tatsachen entsprach.

Die kriegerischen K'Vin hatten es zugelassen, von der Föderationsdiplomatie gezähmt zu werden. Offenbar gab es keinen Grund für den Klingonen, sich auf irgendwelche Auseinandersetzungen zu freuen.

Dann bemerkte er Zamorh und Thul, die in einer Ekke des Zimmers miteinander flüsterten. Beide wirkten angespannt und begnügten sich mit knappen, zischenden Kommentaren.

Die Sullurh sind ein seltsames Volk, dachte Worf.

Als Sicherheitsoffizier an Bord der *Enterprise* hatte er gelernt, allen Fremden mit Argwohn zu begegnen, bis sie sich als vertrauenswürdig herausstellten. Er zweifelte sogar an der Zuverlässigkeit einiger Besatzungsmitglieder, die er nicht gut kannte.

»Dann sind wir uns also einig«, sagte Coleridge. »Wir beginnen morgen. Zuerst transferiere ich einige der von mir gefunden Artefakte zur *Enterprise,* damit sie zum Institut weitergeleitet werden können.«

Stephaleh nahm ein erneutes Gähnen zum Anlaß, die Besprechung zu beenden. »Es stehen Zimmer für Sie bereit, meine Herren«, sagte sie zu den Starfleet-Offizieren. »*Ich* muß mich jetzt zurückziehen und wünsche Ihnen eine gute Nacht.« Sie stand auf.

Zamorh eilte zur Tür und hielt sie geöffnet, als die müde Andorianerin in den Korridor schritt.

Gregach erhob sich ebenfalls und sah das *Enterprise*-Trio an. »Während Ihres Aufenthalts möchte ich Sie und Professor Coleridge zu einem Dinner einladen. Dann zeige ich Ihnen, warum die Föderation bestrebt ist, uns als Verbündete zurückzugewinnen — wegen unserer kulinarischen Spezialitäten. Lieutenant Worf ... Ich bin sicher, für *uns* gibt es speziellen Gesprächsstoff. Gute Nacht.«

KAPITEL 3

CAPTAINS LOGBUCH:
STERNZEIT 43197.5

Eine Prioritätsnachricht von Starbase 105 teilt uns mit, daß ein Föderationsplanet im Nachbarsektor angegriffen wurde. Die Situation auf Tehuán ist kritisch: Es kam zu hohen Verlusten und starken Beschädigungen der Siedlung. Da keine anderen Schiffe in der Nähe sind, bekam die *Enterprise* den Auftrag, unverzüglich Hilfe zu leisten.

Picard beendete den Eintrag, indem er das elektronische Logbuch ausschaltete. Natürlich bedauerte er die Zerstörungen auf Tehuán, aber gleichzeitig freute er sich darüber, endlich wieder aktiv werden zu können. Kirlos bot nicht das wissenschaftliche Interesse einer unerforschten Welt, und die K'Vin-Restriktionen in bezug auf Starfleet-Personal ermöglichten keinen Landurlaub. Mit Ausnahme der drei Mitglieder der Landegruppe würde sich niemand darüber beklagen, dieses Sonnensystem zu verlassen. Picard dachte an Worf und reduzierte die Zahl auf zwei.

»Captain zur Brücke.«

Rikers Stimme brachte Jean-Luc ins Hier und Jetzt zurück. »Ich bin unterwegs, Nummer Eins«, antwortete er und stand auf. Als er zum Kontrollraum ging, unterbrach er seine philosophischen Überlegungen hinsichtlich der Tehuán-Tragödie und wandte seine Aufmerksamkeit praktischeren Dingen zu.

»Statusbericht.«

Riker stand auf. »Wir sind bereit, die Umlaufbahn zu verlassen, sobald die Landegruppe an Bord gebeamt worden ist.«

»Was?« Auf dem Weg zum Kommandosessel blieb Picard abrupt stehen. Er beobachtete, wie sich die Wangen des Ersten Offiziers verfärbten — deutlicher Hinweis darauf, daß er sich mühsam zu beherrschen versuchte. »Warum befindet sie sich noch nicht an Bord?«

»Gemäß der planetaren Vorschriften habe ich die Föderationsbotschaft über den Rückruf der Landegruppe informiert. Irgendwie erfuhr auch die diplomatische Niederlassung der K'Vin davon, woraufhin Gezor Einwände erhob.«

»Und?« Picard sah ungeduldig zum Wandschirm. Zeit war ein wesentlicher Faktor bei jeder Hilfsmission, und er wollte den interstellaren Raum im Projektionsfeld betrachten, nicht Kirlos.

»Die K'Vin drohen damit, daß diese ›ungerechtfertigte Maßnahme‹ eine Annullierung der Aufenthaltserlaubnis zur Folge haben könnte und wahrscheinlich dazu führt, daß den Besatzungsmitgliedern der *Enterprise* jeder Zugang zum K'Vin-Territorium untersagt wird.«

»Ist das alles?« brummte Picard. »Nun, ich kann mir ein schlimmeres Schicksal vorstellen. Setzen Sie sich mit dem Transporterraum in Verbindung und teilen Sie O'Brien mit, er soll die Landegruppe auf mein Zeichen hin an Bord beamen.«

»Ja, Sir!«

Riker hob die Hand zum Insignienkommunikator, ließ sie jedoch wieder sinken, als ein schrilles Pfeifen erklang. Die Brückenoffiziere zuckten zusammen. Statik knisterte aus den Kom-Lautsprechern, und ein unregelmäßiges Streifenmuster ersetzte die Darstellung des Planeten im großen Projektionsfeld.

»Captain.« Der taktische Offizier an der rückwärtigen Station hob besorgt den Kopf. »Ich empfange Prioritätssignale von ...«

Eine hellblaue Andorianerin erschien auf dem Wandschirm.

»Botschafterin Stephaleh«, sagte Picard und hob überrascht die Brauen. Seine bisherigen Kontakte mit der Föderationsdiplomatin waren kurz, aber zwanglos gewesen; jetzt stand ihm offenbar ein Gespräch anderer Art bevor. Er wußte genug über Andorianer, um die Haltung der Kopffühler zu deuten — Stephalehs Stimmung zeichnete sich durch einen auffallenden Mangel an guter Laune aus.

»Captain Picard, ich möchte Ihre dringende Mission nicht mit Höflichkeitsfloskeln aufhalten und komme sofort zur Sache. Es wäre mir lieber, wenn die Landegruppe der *Enterprise* auf Kirlos bliebe.«

Picard antwortete mit der gleichen Offenheit. »Es tut mir leid, Professor Coleridge Unannehmlichkeiten zu bereiten, aber leider muß sie andere Helfer ...«

»Es geht mir nicht um die Professorin«, sagte Stephaleh, und ihre Fühler erzitterten kurz. »Es handelt sich um eine diplomatische Angelegenheit. In der K'Vin-Botschaft hat man die Fortschritte bei den archäologischen Ausgrabungen mit großem Interesse verfolgt, und eine Unterbrechung des Projekts wird Botschafter Gregach sowie seine Mitarbeiter verärgern. Es entspricht nicht meinem Wunsch, den Unwillen der K'Vin zu erregen.«

Riker trat an die Seite des Captains. »Soweit ich das feststellen kann, besteht nur die Gefahr, den Verwaltungsassistenten Gezor zu verärgern.«

»Sie sind politisch naiver, als ich dachte, Commander Riker. Gezors Groll ist auch der des K'Vin-Botschafters.«

»Aber es sind keine gewöhnlichen Mitglieder der Crew«, wandte Picard ein. »Wir sprechen hier von Senior-Offizieren: der Chefingenieur, der Leiter unserer Sicherheitsabteilung und Data, der in unserer Kommandohierarchie an dritter Stelle kommt.«

»Haben Sie keinen Ersatz für diese Personen? Ich wußte nicht, daß die *Enterprise* so unterbesetzt ist, Captain. Ihre Lage ist alles andere als beneidenswert.«

Die sanfte Stimme der Botschafterin konnte erstaunlich sarkastisch klingen. Picard erinnerte sich: Stephaleh stand in dem Ruf, eine sehr zähe Verhandlungspartnerin zu sein.

»Nun, meine Besatzung ist natürlich vollständig, aber ich ...«

»Captain, ich kann Ihnen nicht befehlen, die Landegruppe auf Kirlos zu lassen. Ich möchte jedoch betonen, daß der bisherige De-facto-Frieden zwischen Föderation und K'Vin-Hegemonie auf einer sorgfältigen Vermeidung von Konflikten beruht. Es liegt mir nichts daran, die Stabilität dieses Friedens auf die Probe zu stellen. Ein Verbleiben der Landegruppe auf Kirlos wird den Interessen der galaktischen Diplomatie gerecht.«

»Bitte entschuldigen Sie, Botschafterin Stephaleh.« Picard kapitulierte mit einem Nicken. »Angesichts der besonderen Umstände erlaube ich meinen Offizieren, bis zu unserer Rückkehr auf dem Planeten zu bleiben.«

Sofort verblaßte Stephalehs Bild auf dem Wandschirm.

»Ich danke Ihnen für Ihre Kooperationsbereitschaft, Captain.«

Kirlos erschien wieder im Projektionsfeld.

Der freundliche Ausdruck verschwand aus Picards Gesicht. Er sah seinen Ersten Offizier an. »Nummer Eins, stellen Sie einen Kontakt mit der Landegruppe her und teilen Sie ihr mit, daß wir aufbrechen.«

Der Captain nahm im Kommandosessel Platz und gab einige Anweisungen für den bevorstehenden Flug.

Sobald die *Enterprise* den Orbit verlassen hatte, sollte ein Warpmanöver mit hoher Geschwindigkeit eingeleitet werden. Picard beendete seine Order mit einem knappen Befehl: »Ausführung.«

Das Raumschiff raste davon, und die Sterne im Projektionsfeld verwandelten sich in bunte Streifen.

»Galaktische Diplomatie«, wiederholte der Captain leise und richtete seinen Blick erneut auf den Ersten Offizier. »Vielleicht fürchtet Stephaleh nur um ihre wöchentliche Dyson-Partie mit Gregach. Andererseits müssen wir natürlich in Erwägung ziehen, daß sie die Wahrheit sagt.«

Riker setzte zu einer Erwiderung an, aber Picard kam ihm zuvor. »Niemand an Bord dieses Schiffes ist unersetzlich — nicht einmal der Captain. Wir kommen auch ohne die Landegruppe zurecht. Aber ich denke dabei ans Prinzip. Es gefällt mir nicht, Mitglieder meiner Crew auf einem abgelegenen Provinzplaneten zurückzulassen, ohne daß sie auf das Potential eines Raumschiffs zurückgreifen können.«

Diesmal reagierte Riker sofort, als Picard eine Pause einlegte, um Luft zu holen. In seinen Augen blitzte es verschmitzt, als er sagte: »Auch ich mache mir Sorgen um sie, Sir. Ich hoffe nur, daß sie noch leben, wenn wir zurückkehren.«

Längeres Schweigen folgte, und der Captain versuchte, an seinem Ärger festzuhalten. »Ich nehme Ihre Besorgnis zur Kenntnis, Nummer Eins.« Picard lächelte unwillkürlich. Er hatte Stephaleh gegenüber eine Niederlage erlitten, aber sie genügte nicht, um seine Vernunft zu betäuben.

Auf Kirlos drohte bestimmt keine Gefahr.

Nur sehr selten fragte sich Geordi LaForge, wie es sein mochte, mit Augen zu sehen. Die Blindheit war ein Teil von ihm, und deshalb fiel es ihm sehr schwer, sich vorzustellen, das Sehvermögen der meisten anderen Menschen zu teilen. Aus diesem Grund hatte er nicht die Gelegenheit genutzt, sein VISOR gegen eine ›normale‹ visuelle Wahrnehmung einzutauschen.

Doch wenn jemand bestimmte Strukturen und Farben beschrieb oder wenn er leises Pfeifen hörte, mit dem ein Besatzungsmitglied die gute Figur einer Frau bewunderte — eine Figur, die in infraroten Bildern viel von der erotischen Ausstrahlungskraft einbüßte —, so wünschte sich der Chefingenieur manchmal, normal zu sehen.

Es geschah nicht häufig, daß er sich über seine Blindheit freute.

Jetzt war das der Fall.

Verzweifelt klammerte er sich auf dem Rücksitz des Gleitschlittens fest, der mit geradezu entsetzlicher Geschwindigkeit durch die Straßen von Kirlosia raste. Die Luft zischte an ihm vorbei; ab und zu hörte er Flüche und Verwünschungen. Geordi fühlte sich völlig hilflos — Nassa Coleridge saß am Steuer.

Zum hundertstenmal überprüfte er den Sicherheitsgurt. »Professor!« rief er. »Wir brauchen uns nicht so sehr zu beeilen!«

»Was?«

»Ich sagte, wir brauchen uns nicht — schon gut.« Er gab auf, als der Fahrtwind seine Worte zurückschleuderte.

Auf dem Gepäcksegment des Antigravschlittens war ein Behälter festgeschnallt, der verschiedene archäologische Instrumente enthielt. Geordi drehte den Kopf, um sich zu vergewissern, daß sie die große Tasche nicht unterwegs verloren hatten; der zweite Schlitten befand sich direkt hinter ihnen.

Worf flog ihn. Zwar lächelte der Klingone nie, aber die von ihm ausgehenden infraroten Emissionen verrieten Geordi den enormen Spaß des Sicherheitsoffiziers.

Hinter Worf saß Data und hielt sich gut fest. Vermutlich wollte der Klingone Mut und Durchhaltevermögen des Androiden testen. Er hätte es sich sparen können: Data war nicht aus der Ruhe zu bringen.

»Möchten Sie die interessante Route nehmen, Geordi?« hatte Coleridge gefragt. Es klang so harmlos und völlig unschuldig, daß LaForge keinen Verdacht schöpfte. Selbst wenn er argwöhnisch gewesen wäre — mit einem solchen Wahnsinn hätte er nicht gerechnet.

Sie sausten jetzt über den sogenannten Strip, und Passanten sprangen hastig beiseite. Trotz der vorbeifauchenden Luft glaubte Geordi, ein amüsiertes Knurren des Klingonen zu hören. Der Chefingenieur hatte sich oft gefragt, was Worf amüsant fand. Jetzt wußte er es.

Plötzlich bog die Professorin von der breiten Straße ab und setzte die Fahrt durch schmale Gassen fort. Für jemanden, der sich in Kirlosia nicht auskannte, mochten sie wie ein verwirrendes Labyrinth wirken, aber Nassa Coleridge verringerte die Geschwindigkeit nicht und schien genau zu wissen, wohin sie den Gleitschlitten lenkte. Geordi dachte dankbar an seine Starfleet-Ausbildung, die es ihm ermöglichte, mit Banalitäten wie Schwindel fertig zu werden. Andernfalls wäre ihm bei den häufigen Zickzack-Manövern speiübel geworden.

Nach einer Weile bremste Coleridge, um es Worf und Data zu erlauben, wieder zu ihr aufzuschließen, doch die Entfernung schrumpfte kaum. Allerdings: Der Fahrtwind zischte jetzt weniger laut, und dadurch erschien ein Gespräch nicht mehr ausgeschlossen.

»Alles in Ordnung mit Ihnen, Geordi?« rief Coleridge über die Schulter hinweg.

LaForge atmete tief durch und erwiderte: »Ja, Professor!«

»Seit Ihrem Studium ist viel Zeit vergangen. Nennen Sie mich Nassa.«

Coleridge hatte ihr Haar zu einem Chignon zusammengebunden, bevor die Fahrt begann, doch jetzt hatten sich mehrere Strähnen daraus gelöst. Als Geordi den Mund öffnete, spürte er sie an den Lippen.

»Dort vorn!« Die Archäologin streckte den Arm aus.

Hinter ihnen auf dem zweiten Schlitten sah Worf Schilder in verschiedenen Sprachen, und sie alle vermittelten die gleiche Botschaft: Hier begann ein K'Vin-Forschungsbereich, in dem nur autorisierte Personen zugelassen waren.

Geordi rechnete mit einer weiteren Herabsetzung der Geschwindigkeit. Er vermutete, daß sie bald anhielten und den Weg zu Fuß fortsetzten.

Er irrte sich.

»Dort ist es!« rief Coleridge und nickte in die entsprechende Richtung. »Das große Loch.«

Der Schlitten neigte sich mit einem jähen Ruck nach unten, und LaForge schnappte nach Luft. »Steigen wir hier nicht aus?«

»Die Gamma-Ebene befindet sich acht Kilometer weiter unten«, lautete die Antwort. »Zuviel für einen gemütlichen Spaziergang, oder?«

Der Scooter fiel wie ein Stein, und Geordi sah eine etwa hundert Meter durchmessende Öffnung im Boden. Wenige Sekunden später verschlang sie den Schlitten.

An den Wänden glänzten Streben aus transparentem Aluminium. Lampen leuchteten in regelmäßigen Abständen, aber mit seinem VISOR benötigte der Chefingenieur überhaupt kein Licht, um sich zu orientieren. Der Pfad führte steil nach unten, und aus einem Reflex heraus schlossen sich Geordis Hände fester um den Rand des Antigravschlittens, obwohl der Sicherheitsgurt verhinderte, daß er von seinem Sitz rutschte. Einmal mehr kämpfte er gegen wachsendes Unbehagen an.

Schon nach kurzer Zeit fühlte er Druck in den Ohren und schluckte mehrmals.

»Hier sehen Sie das Ergebnis von vielen Monaten Arbeit!« rief Coleridge. »Beeindruckend, nicht wahr? Überall fanden wir Spuren der Ariantu-Kultur: hier eine Tasse, dort die Reste einer Statue. Wir fügen eine Art Puzzle zusammen, und wenn es fertig ist, zeigt es uns das Bild einer vor langer Zeit untergegangenen Zivilisation.«

»Was hat es mit dem ... Bild auf sich?« fragte Geordi und versuchte, nicht daran zu denken, daß sie jederzeit gegen die Wand des Tunnels prallen konnten.

»Wahrscheinlich wird es die Erinnerungen der K'Vin an die Ariantu bestätigen«, antwortete Coleridge. »Das heißt ... Festhalten!«

Sie steuerte den Schlitten durch eine scharfe Kurve, und Geordi keuchte.

Zwar waren sie nur knapp einer Kollision entgangen, aber die Archäologin fuhr ruhig und gelassen fort: »Die Ariantu stammten von Raubtieren ab und müssen sehr aggressiv gewesen sein. Nach der gegenwärtigen anthropologischen Theorie sind sie vielleicht mit den Om'raii verwandt gewesen.«

»Ach?«

»Ja, es gibt viele Parallelen. Allerdings war den Ariantu eine noch kriegerischere Natur zu eigen. In den K'Vin-Legenden gibt es Hinweise auf Ariantu-Gruppen namens Paacs.« Die Professorin buchstabierte das Wort.

»Also nicht P-a-x«, sagte Geordi, und seine Hände blieben um den Rand des Scooters geschlossen. Erlag er Wunschdenken, oder wurde der Schlitten tatsächlich langsamer?

»Der lateinische Begriff für ›Frieden‹? Nein, ganz sicher nicht. Die meisten gefundenen Scherben sind Überbleibsel von Kriegerstatuen oder Waffen. Festhalten!«

»Ich *halte* mich fest, schon seit einer ganzen Weile.«

»Gut. Wir setzen jetzt zur Landung an.«

Der Tunnel verbreiterte sich, und Coleridge lenkte den Schlitten nach rechts. Die plötzliche Veränderung verblüffte Geordi.

Überall sah er nun Stege und Korridore, die sich auf beiden Seiten erstreckten, so weit das Auge — beziehungsweise das VISOR — reichte. Darüber hinaus nahm LaForge jetzt ein langsames, beständiges Pochen wahr. An verschiedenen Stellen ragten kompliziert anmutende Aggregate auf. Er staunte wortlos: Der Komplex schien mehre Kilometer lang zu sein, und das technologische Niveau verschlug ihm die Sprache. Er konnte die grundlegenden Funktionen einiger Anlagen zumindest erraten und begriff gleichzeitig, daß er Jahre gebraucht hätte, um auch nur einen kleinen Teil dieser Maschinen zu verstehen.

»Jetzt sind Sie baff, was?« fragte Coleridge. Der Schlitten glitt langsam zu einer breiten Rampe.

»Das ist noch untertrieben«, brachte Geordi ehrfürchtig hervor. »Wo sind wir hier?«

»In der Gamma-Ebene.«

»Die Oberfläche ist Alpha, Kirlosia Beta und jetzt Gamma. Allmählich erkenne ich ein Muster.«

»Sie lernen noch immer schnell.«

Der Scooter erreichte die Rampe. Die Archäologin ließ das Triebwerk aufheulen — reine Effekthascherei, fand LaForge — und schaltete es aus. Als sie zum Gepäcksegment ging, um die Halteriemen des Ausrüstungsbehälters zu lösen, hörte Geordi das dumpfe Summen des anderen Schlittens. Worf manövrierte ihn geschickt über die Rampe und hielt ebenfalls.

»Irgendwelche Probleme, Lieutenant?« erkundigte sich Coleridge mit einem Hauch von Spott.

»Nein«, entgegnete Worf steif. »Allerdings muß ich feststellen, daß Sie uns mit einer gewissen ... Aggressivität hierhergeführt haben.«

»›Ein Führer muß führen‹«, erwiderte die Professorin und schlang sich die große, rucksackähnliche Tasche auf den Rücken. Sie bat nicht um Hilfe und schien auch keinen Wert darauf zu legen, welche zu bekommen; deshalb schwieg Geordi und blieb tatenlos stehen. »Das hat John F. Kennedy gesagt«, fügte sie hinzu.

»Harry S. Truman«, berichtigte Data und verließ seinen Platz auf Worfs Schlitten.

Coleridge musterte ihn verwundert. »Ich bin sicher, das Zitat stammt von Präsident Kennedy.«

»›Ein Führer muß führen; sonst eignet er sich nicht für die Politik.‹ Harry Truman, geboren 1884, gestorben 1972. Seine Wahl zum Präsidenten erfolgte im April ...«

»In Ordnung.« Coleridge lächelte und hob die Hände. »Sie haben gewonnen.« Sie drehte den Kopf zu Geordi und fragte aus dem Mundwinkel: »Ist er eigentlich immer so?«

»Ja.«

»Wie ertragen Sie ihn?«

»Mit Geduld. Mit viel Geduld.«

»Hm.« Die Professorin winkte. »Wir sind jetzt acht Kilometer unter Kirlosia. Dieser Bereich ist der Traum eines jeden Ingenieurs. Sie sehen hier die technischen Eingeweide von Kirlos — soweit wir bisher wissen.«

»Es handelt sich also um jene Anlagen, die Kirlos Stabilität geben?«

Coleridge nickte. »Wir haben sie gerade noch rechtzeitig gefunden. Viele Maschinen wiesen bereits Defekte auf. Luftfilterung, Gravitation, alle Dinge, die man auf einem natürlichen Planeten als selbstverständlich erachtet — sie haben hier ihren Ursprung. Niemand weiß, seit wann die Aggregate arbeiten ... Wir haben die notwendigen Reparaturen vorgenommen und Kirlos damit gerettet.«

»Und nun? Finden die Ausgrabungen hier statt?«

»Nein. Ich zeige Ihnen den Ort. Kommen Sie.«

Die Archäologin trat eine andere Rampe hinunter und ging so schnell, daß Geordi laufen mußte, um nicht den Anschluß zu verlieren. Erneut überraschte sie ihn — die Frau war mindestens zwanzig Jahre älter als er. »Sie halten sich in Form, Nassa«, schnaufte er.

»Zan meint, ich sei davon besessen«, sagte sie, ohne sich umzudrehen.

»Zan ...« LaForge zögerte. »Ihr Mann?«

»Ja.«

»Aber Sie sprechen im Präsens von ihm. Bitte verzeihen Sie mir diese Frage, aber ist er nicht …?«

»Tot, ja. Das stimmt.«

Ihre Stiefel klackten über das Metall der Rampe. Die Umgebung gab Geordi ein immer deutlicher werdendes Gefühl von der Energie, die notwendig war, um den künstlichen Planeten Kirlos vor dem Zerfall zu bewahren. Überall schien Kraft zu pulsieren.

Hinter ihm kommentierte der Androide: »Ich verstehe nicht, warum Sie im Präsens von Ihrem verstorbenen Ehemann sprechen. Das deutet auf eine besorgniserregende Störung der Realitätswahrnehmung hin.«

»Data!« entfuhr es Geordi scharf.

Aber Nassa Coleridge stimmte nur ein angenehm klingendes Lachen an. »Ich habe keine Probleme dabei, die Realität wahrzunehmen, Mr. Data. Es gefällt mir nur, auf diese Weise von Zan zu reden. Dadurch fühle ich mich ihm näher. Aber glauben Sie mir: Ich weiß, daß er nicht mehr lebt. Ein dummer Unfall.« Sie schüttelte den Kopf. »Man ändert sein Leben für jemanden, und dann stirbt er einfach.«

»Auf welche Weise haben Sie Ihr Leben geändert?« erkundigte sich der Androide.

Geordi blieb stehen und drehte sich um. »Ich bezweifle, ob Sie das etwas angeht, Data«, sagte er leise. »Oder sind Sie anderer Ansicht?«

Data setzte zu einer Antwort an, aber Coleridge, die noch immer mit langen Schritten ging, rief ihnen zu: »Es ist nicht nötig, daß Sie versuchen, meine Gefühle zu schützen, Geordi. Es macht mir nichts aus, Datas Neugier zu befriedigen.

Ich habe als einfache archäologische Praktikantin angefangen, Data«, fuhr die Professorin fort, während ihr die anderen hastig folgten. Selbst Worf ließ sich vom Tempo der dunkelhäutigen Frau beeindrucken. »Ich war nur Nassa Gant, als ich Zan Coleridge kennenlernte, einen gelehrten und liebevollen Mann, der sich überhaupt nicht für Ausgrabungen interessierte. Er zog das Universitätsleben vor. Ich liebte ihn genug, um mir einzureden, als Dozentin zufrieden zu sein. Wir heirateten, und zehn Jahre verbrachte ich damit, Studenten für die Archäologie zu begeistern.«

Coleridge zögerte, und LaForge blieb verblüfft stehen, als sie ihm auf die Wange klopfte. »Dann begegnete ich diesem jungen Burschen. Sie haben doch nichts dagegen, wenn ich davon erzähle, oder?« Sie wartete keine Antwort ab. »Als Geordi zur Universität kam, wußte er nicht, was er mit seinem Leben anfangen sollte. Er nahm an meinem Kursus teil und stand so dicht davor, Archäologe zu werden.« Bei diesen Worten hielt sie Daumen und Zeigefinger aneinander.

»Kein Wunder«, erwiderte der Chefingenieur und lächelte. »Sie verstanden es gut, Faszination zu wecken.«

»Weil ich selbst fasziniert war«, sagte Coleridge. Sie ging weiter, und Geordi fragte sich, wann sie endlich ihr Ziel erreichten.

Nassa schien seine Gedanken zu erraten. »Der Höhenunterschied beträgt nur einige Dutzend Meter, aber die Rampe beschreibt einen weiten Bogen. Sehen Sie?« Die Professorin deutete nach oben, und LaForge blickte in die Richtung, aus der sie kamen: Die Rampe führte spiralförmig an den Wänden des Schachtes entlang, mit einem nur geringen Neigungswinkel.

»Wie dem auch sei ...«, erklang wieder Coleridges Stimme. »Das Problem ist: Oft kann die Archäologie ziemlich langweilig sein. Meiner Ansicht nach war Geordis Forschungsgeist zu ungeduldig, um die Freude zu genießen, nach dreißig Tagen umfangreicher Ausgrabungsarbeiten eine Tonscherbe zu finden. Starfleet schien für ihn besser geeignet zu sein, und ich wies ihn darauf hin.«

LaForge dachte daran, daß es noch einige andere Personen und Faktoren gab, die ihn dazu bewogen hatten, sich für eine berufliche Laufbahn bei Starfleet zu entscheiden. Aber Nassa Coleridge stellte zweifellos ein wichtiges Element in dieser Gleichung dar, und er sah keinen Grund, ihr zu widersprechen. Deshalb schmunzelte er und sagte: »Ich habe mich immer nach Aufregung gesehnt.«

»Und dann, vor einigen Jahren, fiel Zan einem Unfall zum Opfer.«

»Können Sie die Umstände näher beschreiben?« fragte Data.

Coleridge schwieg einige Sekunden lang und antwortete dann mit untypischer Melancholie: »Ein Verkehrsunfall. Entschuldigen Sie bitte, aber ich möchte keine Einzelheiten nennen.«

»Natürlich«, entgegnete Data sanft. Geordi runzelte überrascht die Stirn. Wußte der Androide, daß es manchmal sehr schwer fiel, Kummer zu überwinden? Es handelte sich um eine rein menschliche Eigenschaft. Offenbar erzielte Data große Fortschritte dabei, Gefühle zu deuten.

Nassa hob die Hände, löste den Chignon und schüttelte das schwarze Haar. Es fiel ihr über die Schultern. »Nach Zans Tod hielt mich kaum mehr etwas an der Universität, und ich kehrte zu den Ausgrabungen zurück. Ah, jetzt ist es nicht mehr weit.«

Sie mußte sich ducken, um eine Tür zu passieren. Geordi brauchte den Kopf nicht einzuziehen, was ihn an die Größe der Professorin erinnerte. Data schritt ebenfalls hoch aufgerichtet durch den Zugang, aber Worf beugte den Oberkörper ein ganzes Stück nach vorn.

Ein dunkler Tunnel schloß sich an die Pforte an, und nach einigen Metern endete er an einem weiteren offenen Portal. Geordi schritt noch immer durch die Finsternis, als Coleridge sagte: »Wir sind da.« Ihre Stimme hallte dumpf wider, als erklinge sie in einem großen Raum.

LaForge folgte der Archäologin und verharrte neben ihr. Die Bezeichnung ›großer Raum‹ erschien ihm völlig unangemessen. Er befand sich nun in einer riesigen, viele Kilometer weiten und hohen Höhle.

Und sie war leer.

Vollständig leer — abgesehen von den Stellen, wo Ausgrabungen stattfanden.

»Willkommen in Delta«, verkündete Coleridge.

Geordi blickte nach unten, und sein VISOR zeigte ihm den Boden der Kaverne. »Poröses Felsgestein«, meinte er.

»Es gibt ein altes terranisches Wort dafür: Makadam«, erwiderte die Professorin. »Allerdings enthält das Material Komponenten, die auf der Erde nicht existieren.«

Plötzlich ertönte eine andere Stimme dicht neben Geordi, so unerwartet, daß er zusammenzuckte. »Es freut mich, daß Sie endlich eingetroffen sind, Doktor.«

Er drehte sich um und erkannte Thul. Der Chefingenieur hatte Coleridges Sullurh-Assistenten völlig vergessen.

Worfs Tonfall verriet, daß es ihm ebenso ergangen war. »Woher kommen Sie?« fragte er scharf.

Thul deutete zu einer Transmitterzelle, identisch mit denen in den Straßen von Kirlosia. »Jenes Gerät brachte mich hierher«, antwortete er höflich. »Ich hoffe, ich habe Sie dadurch nicht verärgert.«

»Sie ...« Geordi wandte sich an Coleridge. »Man hat hier einen Transmitter installiert?« entfuhr es ihm ungläubig.

»Ja.« Nassa nickte ruhig.

»Warum haben *wir* ihn nicht benutzt?« erkundigte sich LaForge. »Warum statt dessen der halsbrecherische Flug mit den Antigravschlitten?«

»Weil Sie sich nach Aufregung sehnen«, sagte Coleridge mit der geduldigen Nachsicht, die man Kindern entgegenbringt. »Erinnern Sie sich? Und Sie müssen zugeben, daß es wirklich aufregend war.«

Geordi seufzte und wanderte langsam zu den Ausgrabungsstellen. »Wir arbeiten dort drüben«, sagte Coleridge. Thul ging nun rechts hinter ihr. Worf blieb ein wenig zurück und nutzte die Gelegenheit, um mit Data zu sprechen.

»Thul«, knurrte der Klingone leise. »Man kann ihn viel zu leicht aus den Augen verlieren.«

»Er drängt sich nicht in den Vordergrund«, kommentierte Data nachdenklich. »Manche Leute halten so etwas für eine positive Charaktereigenschaft.«

»Ich nicht«, grollte Worf.

»Was schlagen Sie vor?« fragte der Androide.

Worf überlegte kurz. »Vielleicht sollte ich ihn erschießen«, sagte er und bewies damit seinen eher sonderbaren klingonischen Humor.

Data hob die Brauen. »Das scheint mir eine sehr extreme Maßnahme zu sein.«

»Sie irren sich. Unter extremen Maßnahmen verstehe ich etwas ganz anderes.«

»Ja, das stimmt vermutlich«, sagte Data. »Nun, ich muß Sie bitten, nichts gegen Thul zu unternehmen, auch wenn seine Unauffälligkeit Sie mit Zorn erfüllt.«

»Ist das ein Befehl?« fragte Worf kühl.

Data blinzelte. »Das halte ich für den richtigen Ausdruck. Allerdings wäre es mir lieber, wenn Sie einen guten Rat darin sehen. Darüber hinaus hoffe ich, daß Sie ihn beherzigen, denn die Alternative besteht aus einem Verfahren vor dem Kriegsgericht.«

Unterdessen unterhielt sich Geordi mit Nassa. »Wozu diente dieser Ort?«

»Was glauben Sie?«

»Der Lehrer befragt den Schüler?«

»Eine Archäologin holt die Meinung eines gebildeten Mannes ein.«

LaForge dachte nach. »Raumhafen. Nur das ergibt einen Sinn.«

»Wir teilen diese Ansicht. Es gibt nur ein Problem.«

»Welches?«

»Es fehlen Hangarschotten.«

Geordi blieb stehen und sah Coleridge an. »Keine Öffnungen?«

»Nicht einmal verborgene. Wir sind hier von massivem Fels umgeben, ohne einen Weg herein oder hinaus. Wenn hier einst Raumschiffe untergebracht wurden — wie gelangten sie ins All?«

»Nun, da fallen mir gleich mehrere Möglichkeiten ein«, sagte Geordi langsam. »Lokale Raum-Zeit-Verzerrungen oder Wurmlöcher.«

»Wurmlöcher?«

»Ja. Gewissermaßen Abkürzungen durch den gekrümmten Raum. Gravitationstunnel mit Löchern an beiden Enden. Man passiert das eine und kommt am anderen heraus. Aber natürliche Wurmlöcher sind instabil, und es wären sehr komplizierte technische Anlagen notwendig, um die betreffenden energetischen Strukturen zu kontrollieren. Selbst wir sind noch nicht dazu imstande.«

»Mit ›wir‹ meinen Sie sicher den Gipfel der Zivilisation.« Coleridge lächelte, trat an den Rand der Ausgrabungsstelle heran und streifte die Ausrüstungstasche vom Rücken. »Hier beginnen wir mit den Untersuchungen. Wir haben diesen Ort mit sorgfältigen wissenschaftlichen Methoden gewählt.«

»Zum Beispiel?«

»Ich wies mit dem Zeigefinger auf eine Karte und sagte: ›Genau hier.‹ Nun, ich hoffe, Sie nutzen Ihr VISOR, um die Höhle zu sondieren und eventuell einen besseren Platz zu finden.«

Geordi sah sich um und beobachtete die anderen Ausgrabungen, wo ausschließlich Angehörige der K'Vin-Hegemonie tätig waren. Sie starrten mißmutig zu den Repräsentanten der VFP, bevor sie sich wieder auf ihre Arbeit konzentrierten.

»Ich bin gern bereit, Ihnen jede mögliche Hilfe zu gewähren, Nassa«, sagte LaForge. »Das gilt sicher auch für Worf und Data. Aber eins möchte ich schon jetzt betonen: Wir müssen weiterhin mit den bitterbösen Blikken der anderen Archäologen rechnen.«

»Sie können Blicke wahrnehmen?«

»Ich spüre Feindseligkeit«, erklärte Geordi. »Ihre Entschlossenheit, hier zu graben, verdient Bewunderung, aber es deutet alles darauf hin, daß wir mitten in einem politischen Durcheinander stecken.«

Nassa schnaubte verächtlich. »Ich überlasse die Politik den Politikern. Sie ist nur eine Geräuschkulisse für die eigentliche Arbeit, die wir hier leisten. Sollen sich Typen wie Gezor darüber aufregen. Ich muß mich um wichtigere Dinge kümmern.«

KAPITEL 4

Gregach hatte angenommen, daß dieses Gespräch nur einige Minuten dauern würde. Jetzt mußte er noch etwas länger auf das Abendessen warten.

Er glaubte bereits, den Spilat zu schmecken — keine Synthomasse, sondern einen echten, erst vor kurzer Zeit und auf die traditionelle Weise getöten Spilat, so daß sein Gift noch nicht in das weiche, süße Fleisch geraten war ... In Scheiben geschnitten, gewürzt und nur leicht angebraten, damit der grüne Saft reichlich floß ...

»Es überrascht mich, daß Sie dagegen sind, Gezor«, sagte Gregach und drängte die verlockende Vorstellung beiseite. »Eine große Ausgrabung bietet mehr Arbeit für Ihr Volk.«

Der Sullurh hob die Schultern bis zu den Ohren, eine Geste, die alles bedeuten konnte: Faszination, Verwirrung, auch Gleichgültigkeit — es kam auf den jeweiligen Kontext an. In diesem Fall tippte Gregach auf Indifferenz.

»Ich bin nicht direkt ›dagegen‹, Botschafter. ›Besorgt‹ wäre ein angemesseneres Wort.«

Der Sullurh war nicht einmal halb so schwer wie Gregach und rund anderthalb Köpfe kleiner. Hinzu kam seine geduckte Haltung. Manchmal schien Gezor in den Mauern der Botschaft zu verschwinden, aber wenn er etwas zu sagen hatte, so hielt es Gregach für besser, ihm gut zuzuhören.

Man konnte Gezor nicht als übermäßig intelligent bezeichnen — immerhin *war* er ein Sullurh —, aber oft zeigte er ein faszinierendes intuitives Verständnis für gewisse Dinge. Außerdem informierte er sich ständig darüber, was andere Leute beschäftigte. Dafür fehlte dem Botschafter die Zeit; er dachte in erster Linie an seine politischen Schachzüge, mit denen er mehr Prestige in der Hegemonie zu erringen hoffte.

»Ihre Ausführungen überraschen mich ein wenig«, sagte Gregach. »Mit ihrem kleinen Projekt hat Coleridge viele Arbeitspläze für Ihr Volk geschaffen.«

»Es geht mir nicht um mein Volk«, erwiderte Gezor. »Ich bin zuerst ein Bediensteter dieser Botschaft und erst an zweiter Stelle Sullurh.«

Der K'Vin-Diplomat nickte. »Natürlich. Etwas anderes wollte ich nicht andeuten.« Gezor hatte sich sehr um einen guten Ruf in der Botschaft bemüht. Es war nicht fair, seinen Charakter zu kritisieren, indem man ihn mit den gewöhnlichen Sullurh verglich. »Aber *welche* Einwände erheben Sie gegen die Föderationsarchäologin?«

Gezor verzog das Gesicht, und dadurch wirkten seine rosaroten Augen noch größer. »Irgend etwas an ihr erscheint mir ... unangebracht«, erwiderte der Sullurh und suchte nach den richtigen Worten. »Sie ist zu ... extrovertiert. Zu humorvoll. Normalerweise zeichnen sich Archäologen nicht durch solche Eigenschaften aus, ganz gleich, aus welchem Volk sie stammen.«

Mag sein, gab Gregach zu. *Aber solche Abweichungen von der Norm sollten eigentlich nicht besorgniserregend sein.* »Worauf wollen Sie hinaus? Halten Sie Coleridge für eine Spionin?«

Ein oder zwei Sekunden lang starrte ihn Gezor stumm an. »Vielleicht.« Eine kurze Pause. »Und dann die Starfleet-Offiziere ...«

Nicht ohne Genugtuung stellte Gregach fest, daß er in dieser Hinsicht ebenfalls Verdacht geschöpft hatte — bis Stephaleh seinen Argwohn mit aufrichtiger Offenheit ausräumte.

Für jeden der Offiziere gab es einen praktischen

Grund, der den Besuch auf Kirlos erklärte. Aber vielleicht sollten diese Gründe darüber hinwegtäuschen, daß es sich bei dem angeblichen archäologischen Projekt um einen Trick handelte. Wenn das stimmte ... Bestand Stephalehs Pflicht als Föderationsbotschafterin nicht darin, das Ablenkungsmanöver zu unterstützen, trotz ihrer guten, freundschaftlichen Beziehungen zu Gregach?

Der K'Vin rief sich innerlich zur Ordnung. Warum gingen ihm solche Gedanken durch den Kopf? Durch ein doppeltes Spiel ergaben sich überhaupt keine Vorteile für die Föderation. Wenn sie militärische Informationen gewinnen wollte, so erwartete sie eine Enttäuschung. Und mögliche Hoffnungen, ihre Position gegenüber den K'Vin zu verbessern, mußten ebenfalls unerfüllt bleiben.

Es gab keine Geheimnisse auf Kirlos. Und daher hatte Heimlichtuerei überhaupt keinen Sinn.

Gregach sah sich außerstande, das Mißtrauen des Sullurh zu teilen. Wie die meisten Dinge im Leben stellte die hiesige Föderationsmission wahrscheinlich genau das dar, was sie zu sein schien. Täuschung war die Ausnahme, nicht die Regel — eine Erkenntnis, zu der sich Gregach während seiner Zeit als Soldat durchgerungen hatte.

»Ich bin Ihnen dankbar für die Warnung«, sagte er schließlich. »Und ich versichere Ihnen, daß ich die Ausgrabungen überwachen lassen werde. Aber ich verbiete weder Coleridge noch den Starfleet-Offizieren, dort Untersuchungen anzustellen.«

Wenn sein Assistent diese Entscheidung für falsch hielt, so ließ er sich nichts anmerken. Andererseits: Gezor war sehr aufmerksam. Er wußte bestimmt, daß eine Fortsetzung der Diskussion nichts nützte.

Der Sullurh hob erneut die Schultern. »Wie Sie wünschen, Botschafter.«

Gezor ist der perfekte Gehilfe, dachte Gregach. Loyal,

verständnisvoll … Außerdem begriff er sofort, wann es besser war, ein Thema fallenzulassen.

Der K'Vin drehte den Sessel, sah zum Bildschirm an der Nordwand und setzte sich mit Stephaleh in Verbindung. Wie immer dauerte es eine Weile, bis seine Kom-Signale die verschiedenen Kontrollen in der Föderationsbotschaft passierten.

Er nahm kaum zur Kenntnis, daß Gezcr den Raum verließ. Während er auf den Kom-Kontakt mit Stephaleh wartete, dachte Gregach wieder an die bevorstehende Mahlzeit und das saftige Fleisch eines frisch geschlachteten Spilat.

Worf beobachtete das Gebäude: funkelnde konkave Wände, die wie planlose Anordnung seltsam geformter Fenster. Es ragte vier Stockwerke weit empor, dominierte in diesem Teil der Stadt und stand in einem auffallenden Kontrast zu dem eintönigen Grau des ›Himmels‹ über der Beta-Ebene.

Der Klingone brummte.

»Das ist es also«, sagte Geordi.

»Ja«, bestätigte Coleridge. »Unser neues Handelszentrum.« Sie lachte heiser und kehlig — ein Geräusch, das Worf nicht unangenehm fand. »Das leerste Gebäude in der Stadt, meine Herren. Wenn sich dort irgendwann mehr als zwanzig Personen aufhalten, esse ich auf der Stelle meinen Tricorder.«

Data musterte die Archäologin, und LaForge bemerkte seinen Blick. »Nur eine Redewendung. Sie beabsichtigt nicht, das Gerät wirklich zu verspeisen.«

Der Androide nickte. »Ich bin mit dem Ausdruck vertraut, Geordi. Commander Riker hat einige Variationen davon verwendet.« Er wandte sich wieder an die Professorin. »Meine Frage betrifft Ihre Schätzung bezüglich der Personen im Handelszentrum. Da Platz in Kirlosia so hoch im Kurs steht, sollte man meinen, daß kein Gebäude über längere Zeit hinweg leer bleibt.«

»In der Tat«, erwiderte Coleridge. »Das sollte man eigentlich meinen.« Sie wählte ihre Worte mit großer Sorgfalt — *wie eine Klingonin,* dachte Worf. »Wenn man dieses Bauwerk für einen anderen Zweck errichtet hätte, wäre es sicher bis zu den Dachsparren voll. Aber die Kirlosianer ziehen es vor, ihre Geschäfte an weniger öffentlichen Orten abzuwickeln.«

Datas Miene deutete darauf hin, daß es ihm nicht gelang, die volle Bedeutung dieses Hinweises zu erfassen. Worf versuchte, sie klarer zum Ausdruck zu bringen, obgleich sich Klingonen nicht ihrer Handelserfahrungen rühmten.

»Keine Zeugen, keine Steuern«, sagte er.

»Genau«, pflichtete ihm die Archäologin bei und warf dem Sicherheitsoffizier einen dankbaren Blick zu. Sie sprach zum erstenmal mit einem Androiden und wußte daher nicht, wie komplex sie ihre Erklärungen gestalten durfte. »Die Händler sind verpflichtet, für ihre Gewinne Steuern zu zahlen, Data — nicht nur an die Föderation, sondern auch an die Regierungen ihrer Heimatwelten. Darüber hinaus bieten sie manchmal Waren an, die bei uns als legal gelten, woanders jedoch verboten sind. Aus diesem Grund finden viele geschäftliche Transaktionen abseits der Öffentlichkeit statt.«

»Ich verstehe«, entgegnete Data. »Aber wenn es einen Gegensatz zwischen den Bedürfnissen der Händler und dem Zweck eines derartigen Gebäudes gibt, wieso wurde es dann errichtet?«

Geordi lachte leise. »Das ist eins der großen Geheimnisse des Lebens. Man nennt es Bürokratie.«

Der Klingone hatte einen anderen Namen dafür. *»Crakh-makh borguh«*, brummte er. Die wörtliche Übersetzung lautete: »Plage von Aasfressern.«

Coleridge drehte sich zu ihm um und schmunzelte. *»Crakh-makh togh-uruk selah«,* intonierte sie. »Mögen die Aasfresser an deinem Fleisch ersticken.«

Worf sah die menschliche Frau nun mit anderen Augen. Sie hatte Schwierigkeiten mit der Aussprache, aber sie gab sich wenigstens Mühe. Die meisten Nichtklingonen hätten sich bei diesen Worten die Zunge zerbrochen.

Die Professorin wurde ihm immer sympathischer, und er würdigte ihre Bemühungen mit einem knappen Nicken. *»Mugh-dar kocghlat«*, knurrte er.

»Und in unserem Blut ertrinken.«

Das Schmunzeln der Archäologin verwandelte sich in ein breites Grinsen.

»Worüber reden Sie da?« fragte Geordi.

Coleridge hob die breiten Schultern. »Über Bürokratie. Das aktuelle Thema, nicht wahr, Mr. LaForge?«

Geordi runzelte die Stirn. Worf wußte, daß es ihm nicht gefiel, ausgeschlossen zu werden, insbesondere dann, wenn es um Scherze ging. Andererseits: Er hatte einmal behauptet, die klingonische Sprache klinge so, als gurgele jemand mit Metallspänen. Worf brachte diesmal kein Mitleid für ihn auf.

»Großartig«, kommentierte der Chefingenieur. »Ich hoffe, Sie vergnügen sich. Warten Sie nur, bis ich Data Quantenmechanik-Witze erzähle. Ich bezweifle, ob Sie ...«

Er bekam keine Gelegenheit, seine Spöttelei zu beenden. Plötzlich krachte es ohrenbetäubend laut, und Flammen leckten aus dem Handelszentrum. Rote Glut folgte ihnen, kroch aus allen Fenstern des großen Bauwerks.

»Mein Gott!« hauchte Coleridge.

Aber es war noch nicht vorbei. Es hatte gerade erst begonnen.

Eine zweite Explosion zerstörte das obere Stockwerk, und die Flammen breiteten sich aus, gierten auch nach den Dächern kleinerer Gebäude in der Nähe.

Hunderte von Personen stürmten schreiend durch die Straßen, stießen sich in ihrer Hast gegenseitig zu Boden.

Für Worf kam dieser Anblick einem wuchtigen Fausthieb zwischen die Augen gleich, denn er weckte vergessen geglaubte Erinnerungen an die Verheerungen auf Khitomer: Er sah romulanisches Phaserfeuer, das vom Himmel herabloderte, schließlich einen klingonischen Knaben, der durch qualmende Ruinen kroch.

Jetzt spürte er die gleiche Hilflosigkeit — eine Konfrontation mit dem Chaos, ohne den Gegner identifizieren und ihn bekämpfen zu können.

Jemand berührte ihn am Arm. Worf wirbelte herum und riß seinen Strahler hervor.

Doch er starrte keinen Feind an, sondern Geordi.

»Worf!« rief er, um den Lärm zu übertönen. »Wir müssen diesen Leuten helfen, sie in Sicherheit bringen!«

Allmählich faßte sich der Klingone wieder, holte tief Luft und ließ den Atem zischend entweichen. Dichte Rauchschwaden wogten umher.

»Stimmt was nicht mit Ihnen, Worf?«

Er war nun ruhiger und begriff, daß die eigentliche Gefahr von dem Durcheinander in den Straßen ausging. Wenn es ihnen gelang, dort Ordnung zu schaffen, konnten die Verluste auf ein Minimum beschränkt werden.

Data und Coleridge eilten bereits zum zerstörten Handelszentrum und bahnten sich dabei einen Weg durch die Menge der Fliehenden. Falls es in dem Gebäude Überlebende gab ... Data war sicher imstande, sie zu finden und zu retten.

»Worf?«

Mit einem kurzen Blick teilte er Geordi mit, daß nie irgendein Anlaß bestanden hatte, sich Sorgen um ihn zu machen.

»Ihre Befehle, Sir?«

»Was? *Ich* soll *Ihnen* Befehle erteilen, während es hier *drunter und drüber* geht? *Sie* sind der Sicherheitsoffizier. Sorgen Sie für Sicherheit!«

Das genügte dem Klingonen. Mit langen Schritten

marschierte er los, richtete den Phaser nach oben und feuerte. Die Entladung sorgte für den gewünschten Effekt.

»*Dort* entlang!« donnerte er und deutete nach Westen, in den Teil der Stadt, wo die Gebäude unbeschädigt geblieben waren. Dutzende von Kirlosianern wandten sich in die entsprechende Richtung.

Stephaleh sah aus dem Fenster ihres Büros und beobachtete die Flammenkrone über dem Handelszentrum. Rauchwolken wuchsen und erfaßten auch den Rest des Föderationssektors.

»Ist alles unter Kontrolle?« fragte sie.

»Ja, Botschafterin«, erklang hinter ihr Zamorhs atemlose Stimme. »Man hat den betroffenen Bereich evakuiert, und für die nahen Gebäude besteht keine Brandgefahr mehr. Doch das Handelszentrum ist vollständig zerstört.«

»Und die Personen darin?«

»Es waren insgesamt drei«, sagte der Sullurh. »Zwei von ihnen wurden nur leicht verletzt. Die dritte, ein Maratekkaner namens Rammis, kam ums Leben.«

Stephaleh nahm diese Auskunft mit einem leisen Zischen entgegen. »Ohne den Androiden von der *Enterprise* wären alle drei gestorben.« Sie zögerte, als sich ihre Wadenmuskeln kurz verkrampften — eine schmerzhafte Erinnerung an die eigene Sterblichkeit. »Und die Ursache der Explosionen? Sind bei den Ermittlungen bereits konkrete Resultate erzielt worden?«

»Noch nicht«, antwortete Zamorh. »Allerdings dürfte klar sein, daß Absicht dahintersteckt. Ich halte einen Unfall für ausgeschlossen. In dem Gebäude gab es nichts, das explodieren konnte.«

Stephalehs Kopffühler zuckten ungeduldig, doch sie unterdrückte ihren Ärger. Niemand hatte härter gearbeitet als Zamorh, um die Rettungsgruppen der Botschaft zu mobilisieren und sie zum Handelszentrum zu schicken. Ohne ihn wäre sie gezwungen gewesen, sich selbst darum zu kümmern. Normalerweise lehnte sie es ab, Aufgaben zu delegieren, doch körperliche Anstrengungen über längere Zeit hinweg fielen ihr immer schwerer. Lautlos verfluchte sie das Altern …

»Botschafterin?«

»Ich bin mir darüber klar, daß es sich nicht um einen Unfall handelt«, sagte Stephaleh. »Meine Frage galt Bombenresten, möglichen Hinweisen auf die Verantwortlichen und dergleichen.«

»Bitte entschuldigen Sie, daß ich Sie nicht sofort verstanden habe, Botschafterin.« Die Schuhe des Sullurh kratzten über den glatten Boden. »Leider lautet die Antwort nein. Bisher hat man noch keine wichtigen Indizien gefunden.« Das Kratzen wiederholte sich. Für die meisten intelligenten Spezies wäre es unhörbar gewesen, aber als Andorianerin nahm Stephaleh es ganz deutlich wahr. »Allerdings kann man trotzdem gewisse Schlüsse ziehen.«

Die Diplomatin wandte sich von Rauch und Flammen jenseits des Fensters ab. »Schlüsse?« wiederholte sie.

Zamorh war klein, selbst für einen Sullurh, und in dem geräumigen Büro wirkte er noch kleiner, sogar zierlich. Vor vielen tausend Jahren hatte die Hauptnahrung der Andorianer aus Tieren dieser Größe bestanden — doch derartige Instinkte lagen nun tief begraben unter den kulturellen Errungenschaften der Zivilisation.

»Ja, Botschafterin. Vielleicht gefallen sie Ihnen nicht.«

Diese Bemerkung stimulierte Stephalehs Interesse. »Bei den Gottheiten — was veranlaßt Sie zu dieser Vermutung?«

»Ich glaube, daß die K'Vin verantwortlich sind«, sagte der Sullurh langsam.

Stephaleh maß ihn mit einem durchdringenden Blick. Diese Möglichkeit war ihr noch nicht in den Sinn gekommen. »Und das Motiv?«

»Ganz einfach, Botschafterin: Neid.«

Sie lächelte schief. »Auf was, Zamorh? Auf ein leeres Gebäude, durch dessen Bau Föderationsgelder verschwendet wurden? Das Handelszentrum ist zweifellos die schlechteste Idee, mit der ich mich in den fünfunddreißig Jahren meines diplomatischen Dienstes abfinden mußte. Warum sollten die K'Vin ausgerechnet *darauf* neidisch sein?«

Der Sullurh blieb ungerührt — er scheute nur selten verbale Auseinandersetzungen mit der Botschafterin. »Sie sehen keine Vergeudung darin, sondern eine Erinnerung an unsere Absicht, für immer auf Kirlos zu verweilen. Es paßt den K'Vin nicht, daß wir Anspruch auf diesen Planeten erheben — den sie seit den Anfängen ihrer interstellaren Raumfahrt begehren.«

Stephaleh verschränkte die Arme vor der schmalen Brust und musterte Zamorh. »Sie sprechen von ferner Vergangenheit«, sagte sie nach einer Weile. »Seit den letzten Feindseligkeiten zwischen Hegemonie und Föderation ist viel Zeit verstrichen. Und das gilt in erster Linie für Kirlos. Um der Gottheiten willen, Zamorh: Würde Gregach Dyson mit mir spielen, wenn er mich für einen Feind hielte?«

Der Sullurh zog die Schultern zu seinem dreieckigen Ohren empor. »Warum nicht? Es erscheint mir klug, die Schwächen eines Gegners zu testen, bevor man ein wichtigeres Spiel beginnt.«

Stephaleh wanderte nachdenklich durchs Büro. »Warum erwähnen Sie das erst jetzt?«

Zamorh begegnete ihrem Blick, und seine großen rosaroten Augen blinzelten nicht. »Es wurde noch nie zuvor ein Gebäude zerstört.« Diese Erklärung genügte kaum, und deshalb fügte er hinzu: »Ich weiß, daß Ihnen die Dyson-Partien mit Botschafter Gregach gefallen, und ich wollte keine grundlosen Unstimmigkeiten schaffen.« Der Sullurh sah zum Fenster. »Doch jetzt bedauere ich, nicht schon eher darauf hingewiesen zu haben.«

Falten bildeten sich in Stephalehs Stirn. »Warum hat Gregach dem archäologischen Projekt zugestimmt? Warum sollte er mit der einen Hand Zusammenarbeit anbieten und mit der anderen Feindschaft säen?«

Zamorh überlegte einige Sekunden lang. »Vielleicht um Verwirrung zu stiften«, erwiderte er. »Außerdem: Die Ausgrabungen haben noch nicht begonnen, Botschafterin. Die K'Vin gaben uns nur ihr Wort.«

Stephaleh setzte ihre unruhige Wanderung fort und dachte dabei an die Theorie des Sullurh. Die K'Vin waren natürlich nur eine von mehreren Möglichkeiten. Viele Gruppen und Individuen auf Kirlos mochten mit Zufriedenheit auf die Zerstörung des Handelszentrums reagieren: Händler, die nicht zur Föderation gehörten und die vom Gebäude symbolisierte Kontrolle ablehnten; kirlosianische Institutionen, in denen bisher geschäftliche Konferenzen stattgefunden hatten und die um ihren Einfluß fürchteten, wenn das Handelszentrum eines Tages zum bevorzugten Tagungsort wurde. Oder Rowdys, die Spaß an sinnlosen Zerstörungen fanden.

Aber die K'Vin ... Je gründlicher sich Stephaleh mit dieser Vorstellung befaßte, desto plausibler erschien sie ihr. Schmerz ging damit einher, wie jene Steifheit im Rücken, die sie nun jeden Morgen plagte. *Wenn mich Gregach wirklich getäuscht hat, wenn er immer nur eine Maske trug, hinter der sich Verschlagenheit verbirgt ...*

Nein.

Sie durfte sich nicht von Zamorhs Argwohn anstekken lassen. Es war zu früh, um jemandem die Schuld zu geben; noch fehlten Beweise.

Etwas anderes kam hinzu: In ihrer langen diplomatischen Karriere hatte Stephaleh gelernt, den Charakter anderer Personen zu beurteilen. Sie irrte sich nie. Dieser Instinkt behauptete nach wie vor, daß Gregach kein falsches Spiel trieb. *Zweifellos ist er zur Täuschung fähig,* dachte sie. *Aber* mich *kann er nicht täuschen.*

Sie verharrte und sah Zamorh an. Er stand noch immer wie angewurzelt und wartete auf ihre Entscheidung — die ihm bestimmt mißfiel.

»Ich respektiere Ihre Meinung«, sagte Stephaleh. »Aber in diesem Fall stimme ich Ihnen nicht zu. Wie dem auch sei: Mir sind die Hände gebunden, bis Untersuchungsergebnisse vorliegen.« Sie musterte den Sullurh. »Ich möchte, daß Sie die weiteren Ermittlungen leiten.«

Zamorh neigte kurz den Kopf. »Wie Sie wünschen, Botschafterin.«

Sein Gebaren wirkte kühl; Zamorh mochte es nicht, wenn man ihm widersprach. Er nahm so etwas persönlich.

Aber Stephaleh schätzte auch diese Eigenschaft ihres Assistenten: Er verteidigte seine Überzeugungen, und zu ihnen gehörte der unerschütterlich feste Glauben an das Recht der Föderation, auf Kirlos präsent zu sein.

»Danke«, sagte die Botschafterin. »Sie können jetzt gehen.«

Der Sullurh verließ das Büro.

KAPITEL 5

PERSÖNLICHES LOGBUCH DES CAPTAINS

Die von Starfleet übermittelten Beschreibungen des Angriffs auf Tehuán gaben uns nur einen groben Eindruck — die Verwüstungen sind weitaus schlimmer, als wir zunächst dachten. Kein Wunder: Worte werden der Wirklichkeit nur selten gerecht.

Eine dicke Schicht aus schwarzem Staub erstreckte sich in dem tehuánischen Tal. Sie bedeckte Gebäudetrümmer, Narben aus geborstenem Gestein und verbranntes Gras, verlieh den entwurzelten Bäumen einen aschgrauen Ton. Leichter Wind wirbelte die feine Patina auf; sie schluckte das Licht der Sonne, verwandelte den Tag in Dämmerung.

»Verdammt, das Zeug ist überall«, sagte Beverly Crusher.

Sie spürte bereits erste Staubkörner unter dem Uniformkragen und am Rücken, ignorierte sie ebenso wie die Hitze und den beißenden Rauch. Mit den Augen einer Ärztin beobachtete sie die Kolonisten in der Nähe und beurteilte ihre Verletzungen. Schließlich glitt ihr Blick zu einer reglosen Gestalt, die auf einer Decke kauerte. Bei einer raschen Untersuchung stellte sich heraus, daß Staub unter den blutigen Verband und in die noch immer offene Beinwunde der Frau geraten war.

»Wir haben es aufgegeben, die Verbände zu wechseln«, brummte ein Mann und kniete neben der Ärztin. »Dadurch wird nur alles schlimmer.« Das dunkle Pulver klebte ebenso an ihm fest wie an den anderen Siedlern, doch Schweiß rann ihm über die Wange, offenbarte blasse Haut und Bartstoppeln.

Das improvisierte Krankenhaus bestand nur aus hohen Wänden, die den Verwundeten kühlenden Schatten spendeten. Trotzdem fühlte sich die Haut der Frau heiß und trocken an. Crushers Medo-Scanner bestätigte eine gefährliche Infektion im Blutkreislauf.

»Sie hätte längst transferiert werden sollen, Dr. Stoller.« Beverly berührte ihren Insignienkommunikator. »*Enterprise,* beamen Sie diese Frau direkt in die Krankenstation.«

Fasziniert sah der Mann, wie eine glitzernde Wolke die Verletzte umhüllte und entmaterialisierte. »Es tut mir leid ... Ich wußte nicht, daß es ihr so schlecht geht.« Er stand ruckartig auf und schwankte. »Für diese Arbeit bin ich der falsche Doktor. Mit Pflanzen kenne ich mich besser aus als mit Menschen ...«

Crusher erhob sich und streckte den Arm aus, um Stoller zu stützen. Sie widerstand der Versuchung, ihn ebenfalls zur *Enterprise* zu schicken: Seine Verletzungen waren nicht so schlimm, und in der Krankenstation wimmelte es bereits von Kolonisten — einige von ihnen rangen mit dem Tod. Sie überhörte die Proteste des Botanikers und führte ihn zu einer niedrigen Mauer, wo er Platz nehmen konnte.

»Warten Sie hier. Man wird Sie gleich behandeln.«

Beverly blickte über die Ruinen und sah zu dem Personal aus ihrer Abteilung. Pfleger und Krankenschwestern folgten ihr wie eine blaue Welle, die über eine staubige Ebene spülte. Sie gingen mit langen, eiligen Schritten und kümmerten sich um jene Siedler, bei denen Crusher kleine Signalgeber zurückgelassen hatte.

Eine Person löste sich aus der Hauptgruppe und trat

auf sie zu. Als Edwards näher kam, bemerkte Crusher die Verwirrung in ihren Zügen.

»Ich habe etwas Seltsames gefunden, Doktor.«

Bevor Beverly Gelegenheit bekam, sich eine Erklärung anzuhören, zirpte es im Lautsprecher ihres Kommunikators, und Rikers Stimme erklang. »Die Rettungsmannschaften haben einen weiteren Überlebenden unter einem eingestürzten Gebäude lokalisiert. Es wurden ernste innere Verletzungen festgestellt, die eine unverzügliche Operation erfordern.«

»Verstanden.« Crusher gab der *Enterprise* Anweisung, sie an Bord zu beamen, während die Krankenschwester noch immer ruhig neben ihr wartete. Sie erinnerte sich an Edwards' Auftrag und ihren Hinweis auf eine Entdeckung, aber Beverlys Neugier wich Gedanken an den bevorstehenden chirurgischen Eingriff.

»Was auch immer Sie gefunden haben, Edwards — es muß bis später warten.«

Dann fühlte Crusher das Prickeln des Transporterstrahls. Die Ruinen von Tehuán lösten sich auf.

Riker stolperte über einen umgestürzten Balken und verfluchte die hinter dem Horizont versinkende Sonne. Als er beschlossen hatte, zum Hauptlager zurückzukehren, genügte das Licht noch, um die Umgebung deutlich zu erkennen, doch nun verbargen sich viele Trümmer in Schatten und Schemen.

»Will?« Deanna Trois Stimme erklang in der Dunkelheit vor ihm.

Er ging in die entsprechende Richtung und wich einer Mauer aus lockeren Steinen aus. Die Counselor stand dahinter. Etwas weiter entfernt hockten sechs Personen vor einer matt glühenden Chemolampe. Der Abstand war zu groß für Riker, um die Wärme zu spüren, doch der Lichtschein entfaltete eine beruhigende Wirkung.

»Das sind die Leute?« fragte er. Über fünfzig Kolonisten hatten den Transfer zur *Enterprise* abgelehnt, um den Rettungsgruppen auf Tehuán zu helfen, doch nur wenige von ihnen besaßen wichtige Informationen.

»Ja, die Augenzeugen.«

Riker setzte sich wieder in Bewegung, doch Troi hielt ihn am Arm fest.

»Solche Siedler sind von Natur aus stark und sehr widerstandsfähig. Aber der rätselhafte Angriff hat sie zutiefst erschüttert, selbst jene, die keine Verletzungen erlitten. Du solltest sie besser nicht nach Einzelheiten fragen, Will.«

Der Erste Offizier schüttelte den Kopf. »Gerade die *Details* muß ich in Erfahrung bringen, Deanna. Wir wissen noch immer nicht, wer für den Überfall die Verantwortung trägt.«

Troi runzelte die Stirn, ließ jedoch die Hand sinken und schritt mit Riker zu dem freien Platz inmitten der Trümmer. Die Kolonisten rückten etwas zusammen, damit sie sich setzen konnten. Picards Stellvertreter musterte die hohlwangigen Gesichter, als Deanna ihm die Siedler nacheinander vorstellte.

»Bitte schildern Sie mir, was hier geschehen ist«, sagte er.

Ein junger Mann namens Shaun schauderte und sah nervös zum Himmel, während sich die anderen noch näher an die Lampe heranschoben. Er griff nach dem schwarzen Staub und ließ ihn durch die Finger rieseln.

»Dies war der beste Boden auf dem ganzen Planeten«, brachte er heiser hervor und stockte mehrmals. »Jetzt ist er zu Staub verbrannt, zusammen mit den Feldfrüchten. Wir bauen hier ... Wir *haben* hier eine besondere Art von Pilzen angebaut. Sie zeichnen sich durch einen hohen Nährwert aus und dienen auch zur Herstellung von Medikamenten ...«

»Shaun«, unterbrach Riker den Kolonisten. Trotz Deannas Warnung vertraute er auf den Mut dieser Leute. Jeder von ihnen hätte an Bord der *Enterprise* in Sicherheit sein können. Statt dessen entschieden sie, auf Tehuán zu bleiben. »Bitte beschreiben Sie mir den *Angriff.*«

Der junge Mann schwieg, und schließlich antwortete die Frau an seiner Seite. Clark holte tief Luft; die Erinnerungen konfrontierten sie mit neuem Entsetzen.

»Sie kamen abends, als ich auf dem Feld war und einige Pilze für die Analyse sammelte. Zuerst hielt ich sie für Meteore, aber sie glänzten immer heller und flogen wie ein Kometenschwarm. Plötzlich änderten sie die Richtung, und da wußte ich, daß es sich nicht um ein natürliches Phänomen handelte. Trotzdem empfand ich keine Furcht.«

»Wie viele Schiffe haben Sie beobachtet?« fragte Riker.

»Mindestens acht«, erwiderte eine Botanikerin namens Delia. »Vielleicht auch zehn.« Die anderen nickten zustimmend.

»Und wie sahen sie aus?« Wieder schloß sich Stille an.

»Ich konnte sie nicht klar erkennen«, sagte Delia nach einer Weile und zuckte mit den Schultern. »Es blitzte und gleißte, als sie das Feuer eröffneten. Und sie schossen auf ... alles: Häuser, Lagerhallen, Felder, Straßen.« Sie deutete zu dem hohen, zerklüfteten Gipfel des Berges, der am Talrand aufragte. »Sie feuerten sogar auf Cahuapetl und lösten einen Felssturz aus, der den östlichen Teil der Siedlung beschädigte. Ich hörte das Zischen von aufsteigendem Dampf, als die Strahlen den Río Pequeño trafen.«

Falten entstanden in Rikers Stirn, als Delia ihren Bericht beendete. »Und das eigentliche Ziel des Angriffs?«

»Es gab keines!« entfuhr es einer Biochemikerin namens Delaplace. »Die Fremden schossen einfach, ohne erkennbare Ziele. Ohne einen Sinn. Sie verwüsteten das Tal, und anschließend verschwanden sie wieder.« Ihre Hände zitterten.

»Wir waren völlig wehrlos«, murmelte ein Mann.

Blanc verzog das Gesicht. »Wir haben kein Verteidigungssystem, keine Waffen. Beim nächstenmal finden wir vielleicht alle den Tod ...«

»Ich hoffe, daß es kein nächstes Mal gibt«, sagte Riker fest. Auch ohne die empathischen Fähigkeiten der Counselor spürte er, wie sich Angst ausbreitete. »Die *Enterprise* bleibt hier, um die Kolonie zu schützen, bis keine Gefahr mehr droht. Das verspreche ich Ihnen.«

Die Erleichterung in Trois Zügen wies darauf hin, daß er mit diesen Worten der Panik vorbeugte. Trotzdem blickte Shaun noch einmal zum dunklen Nachthimmel empor. Eine automatische Reaktion — die Furcht war bereits zu tief in ihm verwurzelt, um ihn innerhalb weniger Minuten davon zu befreien.

Rikers Entschlossenheit, die tehuánischen Siedler zu schützen, wurde zu einem persönlichen Schwur.

Wesley Crusher hörte das laute »Herein!« des Captains, atmete tief durch und betrat den Bereitschaftsraum. Nicht zum erstenmal besuchte er Picard ohne eine Einladung in seiner privaten Domäne, aber eine derartige Entscheidung erforderte noch immer Mut und auch Verzweiflung.

In dem Zimmer bekam es der junge Fähnrich mit weiteren Problemen zu tun. Picard wandte ihm den Rücken zu und blickte aus dem Panoramafenster. Er schien Wesley überhaupt nicht zu bemerken.

»Captain?« Wes zuckte unwillkürlich zusammen, als er das viel zu deutliche Vibrieren in seiner Stimme hörte.

Nach einer langen Stille drehte der Captain den Sessel herum und musterte den Jungen ernst. »Die Borg hätten das Tal auf Tehuán nicht einfach verwüstet, sondern alles Technische gestohlen.«

»Sir?«

»Und die Ferengi hätten keine Energie verschwendet, indem sie auf Felder und Flüsse feuerten. Entspricht das auch Ihrer Ansicht?« Picard benutzte wieder das förmliche Sie.

»Ja, Sir.« Wesley nickte. »Ich glaube ...«

»Zehn Raumschiffe, die gewöhnliche Phaser verwendeten.« Bei diesen Worten runzelte der Captain die Stirn. »So heißt es jedenfalls im vorläufigen Bericht der Landegruppe.«

»Was die Landegruppe angeht, Sir ...« Wesley sah nun die Chance, sein Anliegen vorzutragen. Rasch nutzte er die gute Gelegenheit. »Ich bitte um Erlaubnis, mich freiwillig melden zu dür ...«

»Erlaubnis verweigert, Fähnrich.«

»Aber ...«

Die Falten fraßen sich tiefer in Picards Stirn. »Man hat Sie nicht der Landegruppe zugeteilt, Fähnrich Crusher. Ihr plötzliches Eintreffen auf Tehúan würde Commander Riker nur von seinen Pflichten ablenken. Wenn er mehr Hilfe braucht und weitere Besatzungsmitglieder anfordert, können Sie sich für den planetaren Dienst melden.«

»Ja, Sir«, sagte Wesley und versuchte, die Enttäuschung aus seiner Stimme fernzuhalten. Er trat einen kleinen Schritt in Richtung Tür und wünschte sich zur Brücke zurück.

»Ich verstehe Ihr Interesse an den Aktivitäten auf dem Planeten.« Picards Stirn glättete sich, aber der Fähnrich blieb im Fokus seiner Aufmerksamkeit. »Vermutlich ist eine gewisse Reife notwendig, um zu erkennen, daß man im Kontrollraum ebenso vielen Herausforderungen begegnet wie als Mitglied einer Landegruppe.«

»Ja, Sir.«

»Wie ich sehe, sind Sie nicht überzeugt.« Der Captain winkte und bedeutete dem Jungen, am Schreibtisch Platz zu nehmen. »Bitte nennen Sie mir den wichtigsten ökonomischen Faktor der tehuánischen Kolonie.«

»Es gibt nur einen«, erwiderte Wesley, als er sich

setzte. Inzwischen bereute er, seinen Platz auf der Brükke verlassen zu haben. »Landwirtschaft.«

»Und welches Jahreseinkommen beziehen die Siedler aus dem Export ihrer Produkte?«

Wes hatte sich nur kurz mit den allgemeinen Informationen über Tehuán befaßt und war froh, auch die zweite Antwort zu kennen. »Sie arbeiten mit Verlust. Die Kolonie wurde erst vor kurzer Zeit gegründet, und daher wird es noch eine Weile dauern, bis man dort einen Überschuß erwirtschaftet.«

Picard nickte. »Anders ausgedrückt: Die Kolonisten sind alles andere als reich, und das kommerzielle Potential der Siedlung spielt kaum eine Rolle.« Er zögerte und schien einige Sekunden lang auf einen Kommentar zu warten. Dann stellte er eine weitere Frage. »Was ist mit der strategischen Bedeutung des Planeten?«

»Er hat keine. Tehuán befindet sich abseits der wichtigsten Handelsrouten.« Der Junge setzte sich auf. »Sir!« entfuhr es ihm. »Der Angriff ergibt überhaupt keinen Sinn!«

»Genau«, bestätigte Picard. »Warum sollte jemand die Kolonie überfallen?«

Er blickte wieder zum Panoramafenster und beobachtete die wolkenverschleierte Planetenkugel. »Meine Aufgabe besteht darin, dieses Rätsel zu lösen.«

Der Captain war so sehr in Gedanken versunken, daß er gar nicht hörte, wie sich die Tür des Bereitschaftsraumes hinter Wesley schloß.

Der zweite Tag auf Tehuán war noch schlimmer für Riker.

Als der Morgen dämmerte, brach er mit den Suchgruppen auf, um die Toten zu bergen. Zwar benutzten sie Antigravheber und schweres Gerät für Erdbewegungen, aber schon nach kurzer Zeit bildete Schmutz dicke Krusten auf Haut und Uniform. Das Klettern in den Trümmern und Ruinen verursachte stechende Muskelschmerzen. Außerdem durften sie diesmal nicht mit einer Belohnung für ihre Bemühungen rechnen — es drangen keine Stimmen mehr unter dem Schutt hervor.

Am Nachmittag ließ die leichte, kühlende Brise nach. Riker schwitzte in der schwülen Luft und beobachtete, wie man eine Leiche aus den Resten eines zerstörten Gebäudes zog. Der zuständige Krankenpfleger sah auf die Anzeigen seines Medo-Scanners und schüttelte den Kopf. Die Untersuchung war eine reine Formsache: Bereits am vergangenen Tag hatten die Sensoren festgestellt, daß keine Überlebenden mehr in den Ruinen waren.

»Das erinnert mich an etwas«, sagte Ravitch und bedeckte den Leichnam mit einem Tuch. »Lieutenant Edwards möchte Sie sprechen.«

Der Erste Offizier seufzte resigniert, stieg über Trümmer hinweg und näherte sich einem Bereich, den er normalerweise mied. Mehr als zehn lange Bündel lagen dort vor einer Mauer, und nur die Größe gab einen Hinweis darauf, was sie enthielten.

Edwards leitete das hiesige Äquivalent eines Leichenschauhauses.

»Sind Sie empfindlich?« fragte sie und sah zu Riker auf.

»Nicht besonders«, entgegnete er.

»Gut. Dann sehen Sie sich das hier an.«

Edwards kniete neben der Leiche eines Kolonisten, doch ihr Körper schirmte den Torso ab. Der Erste Offizier schnitt eine Grimasse, trat näher heran und starrte nach unten. Der Anblick des entstellten Gesichts ließ Übelkeit in ihm entstehen. Als er den Schock überwunden hatte, versuchte er, sich auf Edwards' Worte zu konzentrieren.

»... in der Nähe eines Felssturzes gefunden. Eine Autopsie wird uns Aufschluß über die Todesursache geben.«

»Ist sie nicht offensichtlich?« Riker zögerte kurz, ging

dann in die Hocke und betrachtete die schwarzen Flekken an Hals und Kopf. »Das sind Phaserverbrennungen. Allem Anschein nach hat ihn der Strahl eines angreifenden Schiffes getroffen.«

»Die Verbrennungen stammen *nicht* von einem Phaser«, widersprach Edwards. »Sie sehen ähnlich aus, aber die Gewebeveränderungen unter den verkohlten Stellen erscheinen mir sehr seltsam. Und dies ist schon die dritte Leiche mit solchen Merkmalen.«

Zu Rikers Erleichterung zog sie eine Decke über den verbrannten Kopf. Nachdenklich wippte er auf den Zehen. »Vielleicht haben die Angreifer eine neuartige Waffe eingesetzt.«

»Gerichtsmedizin ist nicht mein Fachgebiet. Ich bin außerstande, diese besonderen Verletzungen zu erklären.«

»Lassen Sie die Leiche zur *Enterprise* beamen und sofort untersuchen.«

»Commander Riker ...«, sagte Edwards. »Aufgrund meiner persönlichen Erfahrungen mit Dr. Crusher vermute ich, daß sie derzeit keine Zeit mit Autopsien verschwenden möchte.«

»Sie wird sich Zeit dafür nehmen müssen, wenn es der Captain verlangt«, erwiderte Riker ernst.

KAPITEL 6

Geordi zog den rechten Stiefel an und lächelte, als er aus dem Fenster des Quartiers sah, das ihnen die Botschaft der Vereinten Föderation der Planeten zur Verfügung gestellt hatte. »Sind Sie bereit, das Nachtleben von Kirlosia kennenzulernen, Data?«

Der Androide saß geduldig auf einem nahen Stuhl und neigte den Kopf zur Seite. »Es würde mich überraschen, wenn sich die nächtlichen Aktivitäten in der Stadt beträchtlich von denen am Tag unterscheiden«, entgegnete er nachdenklich. »Immerhin ist die Tag-Nacht-Einteilung auf Kirlos willkürlicher Natur.«

LaForge seufzte. Er wußte, daß über Kirlosia große Lampen strahlten — wenn sich ihr Licht trübte, begann die Nacht —, aber Datas Hinweis darauf nahm ihm einen Teil der Vorfreude. Natürlich hatte es keinen Sinn, deshalb Vorwürfe gegen den Androiden zu erheben. »Ja, stimmt«, sagte er. »Aber wir versuchen trotzdem, uns zu vergnügen. Einverstanden?«

»In Ordnung«, erwiderte Data, um den schwindenden Enthusiasmus des Chefingenieurs nicht weiter zu untergraben.

Einige Minuten später trafen sie Worf und Coleridge im Foyer. Data bemerkte, daß Thul nicht zugegen war. Um so besser. Klingonen standen in dem berechtigten Ruf, bei manchen Dingen irrational zu sein, und Worfs Antipathie dem harmlosen Sullurh-Assistenten gegenüber gehörte zweifellos dazu.

Das Erscheinungsbild der Archäologin erstaunte Geordi. Vorher hatte sie einen schlichten Overall getragen, doch jetzt präsentierte sie sich in einer purpurnen, bis zum Boden reichenden Kombination aus Kleid und Umhang. An der einen Seite wies das Gewand einen breiten, bis zum Oberschenkel reichenden Schlitz auf. Coleridge drehte sich einmal um die eigene Achse. »Gefällt es Ihnen?«

Es bereitete Geordi ein wenig Unbehagen, seinen früheren Mentor in dieser Aufmachung zu sehen. Dennoch lächelte er. »Sehr.«

Sie verließen das Gebäude und wandten sich nach rechts. Coleridge begann sofort damit, ihre Verantwortung als Fremdenführerin wahrzunehmen.

»Dies ist die Botschaftsallee«, sagte die Professorin. »Sie führt von der VFP-Botschaft dort ...« — sie deutete in die Richtung, aus der sie kamen — »... zur diplomatischen Niederlassung der K'Vin.« Jetzt zeigte ihr ausgestreckter Arm ins Halbdunkel. Die K'Vin-Botschaft war so weit entfernt, daß selbst der VISOR-Träger Geordi sie nicht sehen konnte, aber er nickte freundlich, als sei sie ganz deutlich zu erkennen. »Die Allee ist eine der beiden geraden, normalen Straßen in der ganzen verdammten Stadt. Die andere heißt Strip — wir sind mit den Antigravschlitten über sie hinweggeflogen — und führt diagonal durch Kirlosia, von Südwesten nach Nordosten. Die Kreuzung mit der Botschaftsallee ist hier weit und breit der heißeste Fleck.«

»Genau der richtige Ort für uns, nicht wahr, Jungs?« fragte Geordi fröhlich.

Data nickte höflich, und Worf brummte — mehr Begeisterung war nicht von ihm zu erwarten.

»Bleiben Sie bei mir«, sagte Coleridge. »Und unternehmen Sie keine Ausflüge durch die Nebenstraßen, wenn Sie sich nicht verirren wollen. Wenn es dort brenzlig wird, können Sie nicht hoffen, mit Hilfe einer Transmitterzelle Schwierigkeiten aus dem Weg zu gehen. In dem Gassenlabyrinth gibt es nur wenige, und die Abstände zwischen ihnen sind recht groß.«

»Alles mitgekriegt, Data?« erkundigte sich Geordi.

Der Androide blinzelte überrascht. »Natürlich. Möchten Sie eine wörtliche Wiederholung, oder genügt Ihnen eine Zusammenfassung?«

LaForge winkte ab. »Ich rate Ihnen nur, diese Informationen bei Ihrem Verhalten zu berücksichtigen.«

»Wie Sie meinen.«

Sie blieben an der Kreuzung der beiden breiten Straßen stehen und sahen sich um.

Geordi nahm überall blitzende Lichter wahr. Zahllose Leuchtschriften säumten Botschaftsallee und Strip; in einigen fehlten Buchstaben, doch die anderen strahlten mit bunter Pracht.

Data beobachtete die Passanten aus vielen verschiedenen Völkern: Randrisianer, Andorianer, Tellariten ...

Eine Hand berührte ihn sanft am Arm. Er drehte sich um, und sein Blick fiel auf eine exotisch gekleidete Thialtanerin.

»Suchen Sie Spaß?« fragte sie leise.

»Ich glaube, mit dieser Absicht kamen wir hierher«, erwiderte der Androide umgänglich.

»Dann sind Sie bei mir genau an der richtigen Adresse«, behauptete die Frau. »Wenn Sie einmal eine Thialtanerin hatten, gibt es kein Zurück mehr.«

Bevor Data antworten konnte, trat Worf vor. Der Klingone starrte auf die Fremde hinab und grollte: »Er ist mit mir zusammen.«

Die Thialtanerin musterte ihn kühl. »Abartig«, kommentierte sie.

Data runzelte die Stirn.

»Stellen Sie jetzt keine Fragen«, warnte ihn Worf und wandte sich dann wieder an die Thialtanerin. »Es dient zu seiner Sicherheit. Die sexuelle Energie der Thialtaner genießt einen legendären Ruf. Er ist Androide — wenn er sich mit Ihnen einläßt, könnten ihm einige Schaltkreise durchbrennen.«

Die Frau lächelte. »Und das wäre nur der Anfang«,

sagte sie, zuckte mit den Schultern, drehte sich abrupt um und ging mit schwingenden Hüften fort.

Data sah ihr nach und gewann den Eindruck, daß sich die eigentliche Bedeutung des Gesprächs seinem Verständnis entzog. »Sie erwähnte, es gäbe kein Zurück mehr. Wohin hätte ich zurückkehren sollen?«

»Sie bleiben bei mir«, knurrte Worf streng. »Es würde meiner Reputation als Sicherheitsoffizier schaden, wenn man den ranghöchsten Offizier dieser Landegruppe am nächsten Morgen demontiert auffände.«

Es war eine seltsame Situation für Data. Für gewöhnlich nahm er in Begleitung von Riker oder dem Captain an planetaren Missionen teil, doch das Kommando zu führen ... Eine sonderbare Vorstellung.

»He!« rief Geordi und verharrte einige Meter entfernt. »Kommt her!«

Geordi stand vor dem größten Etablissement in diesem Bereich. Auf einer breiten Leuchttafel über dem Eingang pulsierte der Schriftzug ›Busiek‹, und aus dem Gebäude drang eine Mischung aus lauter Musik, heiserem Lachen und gelegentlichem Grölen. Außerdem wehte ein seltsamer Geruch auf die Straße. Nach einigen Sekunden identifizierte Data ihn als das charakteristische Aroma von Alkohol. Das Analyseergebnis wurde bestätigt, als mehrere Personen mit eingeschränkten motorischen Fähigkeiten durch die Tür taumelten.

»Dies scheint ein Äquivalent der *Enterprise*-Bar im zehnten Vorderdeck zu sein«, sagte der Androide, als Worf und er dem Chefingenieur folgten. Geordi und Coleridge waren bereits in der Taverne verschwunden.

»Aber ich glaube, hier geht es rauher zu«, entgegnete der Klingone. »Treten Sie niemandem auf die Füße.«

Data betrachtete seine Stiefel, als er vorsichtig den Eingang passierte.

Im Innern der großen Kneipe wogte ihm eine Flut aus Sinneseindrücken entgegen. Seine Rezeptoren für visuelle, akustische und andere Reize erfuhren völlig neuartige Stimulationen. Aus großen gelben Augen blickte er sich um.

Dunst hing in der Luft und umhüllte die vielen unterschiedliche Kirlosianer in der Schenke. Einige saßen an kleinen Tischen weiter hinten; andere drängten sich an der Theke, wo es kaum mehr Platz zu geben schien. Geordi und Coleridge war es gelungen, sich zu dem langen Tresen vorzuarbeiten, und sie nahmen bereits den ersten Drink.

Die Wände in den Zimmern und Räumen an Bord der *Enterprise* hatten einen metallenen Glanz, doch in der Taverne schienen sie aus alten, synthetischen Materialien zu bestehen, die wie natürlich gewachsener Fels wirkten. Der Dunst trübte das Licht der Lampen, aber Datas Augen paßten sich sofort dem Halbdunkel an. Als Worf und er den Weg fortsetzten, bemerkte er, daß eine sägemehlartige Substanz den Boden bedeckte.

»Sollen wir irgendwo Platz nehmen?« fragte er.

Der Klingone ließ seinen Blick über die Menge schweifen, nickte kurz und zog den Androiden durchs Gedränge. Kurz darauf erreichte er einen leeren Tisch — und gleichzeitig näherten sich von der anderen Seite zwei Inanh-Händler. Sie starrten sich finster an, und zu Datas Erleichterung wichen die Inanh zurück. Worf und der Androide ließen sich auf Stühle sinken.

Eine Zoloch schlurfte zu ihnen und nahm die Bestellungen entgegen. Aufgrund ihrer drei flexiblen Arme und der dreibeinigen Standfestigkeit galten Zoloch unter anderem als die besten Kellner in der Galaxis.

»Ich habe von erheblichen Feindseligkeiten zwischen Verbündeten der Föderation und K'Vin-Alliierten gehört«, sagte Data und sah sich einmal mehr um. »Aber hier haben sich zahlreiche Angehörige der betreffenden Völker eingefunden, ohne daß es zu Auseinandersetzungen kommt. Vielleicht sind die entsprechenden Kontroversen übertrieben.«

»Das bezweifle ich«, erwiderte Worf. »Sehen Sie genauer hin. Alle bleiben bei ihresgleichen. Selbst an der Theke ... Die Repräsentanten der Hegemonie meiden jeden physischen Kontakt mit Leuten von der Föderation.«

Data begriff sofort, daß der Klingone recht hatte. Er stellte auch fest, daß Geordi und Coleridge erneut gefüllte Gläser entgegennahmen. Beide lächelten sehr freundlich.

»Ich wußte gar nicht, daß Sie auch so sein können«, sagte Geordi.

»Wie bin ich denn?« Die Professorin schmunzelte.

»Nun ... locker und aufgeräumt. Ich meine, an der Universität hatte ich ungeheuren Respekt vor Ihnen ...«

»Und jetzt nicht mehr?« Coleridge grinste nun und in ihren mandelförmigen Augen funkelte es amüsiert.

»Das wollte ich keineswegs andeuten«, antwortete LaForge hastig und verlegen. »Ich ...«

Nassa klopfte ihm auf die Hand. »Ich weiß, was Sie meinen, Geordi. Sie begegnen mir nicht mehr mit Ehrfurcht, und das ist auch ganz richtig so. Der Altersunterschied spielt nur dann eine Rolle, wenn es dabei um Teenager und Erwachsene geht. Aber inzwischen sind wir beide erwachsen.«

Der Chefingenieur lächelte schief. »Das stimmt. Wissen Sie ... Heute abend sehen Sie wirklich gut aus.«

Coleridge strich sich kokett mit den Fingern durchs Haar. »Ja, ich weiß«, sagte sie. Daraufhin lachten sie beide.

Hinter der Theke stand ein gehörntes Wesen mit dichtem, verfilztem Haar; es war eifrig damit beschäftigt, neue Drinks vorzubereiten. Nassa deutete auf das Geschöpf. »Das ist Busiek. Ihm gehört die Kneipe, und er weiß einfach alles. Wenn Sie irgendwelche Fragen haben ... Er kann sie Ihnen beantworten.«

»Er weiß *alles?*« Der angeheiterte Geordi beschloß, den Wirt auf die Probe zu stellen. »He, Busiek!« rief er.

Das Wesen drehte sich um und sah ihn an.

»Wie groß ist der Durchmesser dieses Planeten?«

»Siebentausendzweihundert Kilometer«, erwiderte Busiek sofort.

»Und die durchschnittliche Oberflächentemperatur?«

»Minus zweiundsechzig Grad Celsius.«

Geordi zögerte. »Nennen Sie mir die Flügelspannweite einer normalen Schwalbe.«

»Meinen Sie die europäische oder afrikanische Art?«

Geordi nickte Nassa beeindruckt zu. »Himmel, er hat echt was auf dem Kasten.«

Data beobachtete seine Umgebung noch immer mit großem Interesse und erkannte Gregachs Assistenten Gezor in einer Ecke.

Sonderbar: Gezor schien großen Wert darauf zu legen, nicht bemerkt zu werden. Er trug einen Umhang mit weit in die Stirn gezogener Kapuze, doch sie rutschte kurz zurück, als er ein Glas an die Lippen setzte und trank — nur dadurch fiel er dem Androiden auf. Gezor senkte den Kopf und wich in den Schatten zurück, bevor er verstohlene Blicke nach rechts und links warf. Er schien keinesfalls Aufmerksamkeit erregen zu wollen.

Zwei andere Sullurh saßen an seinem Tisch, und Data sah sie nun zum erstenmal. Sie hockten dicht beieinander und besprachen etwas, wirkten dabei aufgeregt und nervös.

»Entschuldigen Sie.«

Die tiefe, volltönende Stimme einer Frau. Data drehte sich um und vermutete zunächst, daß die seltsame Thialtanerin zurückgekehrt war.

Aber es handelte sich nicht um eine Thialtanerin, und sie schenkte dem Androiden keine Beachtung.

Eine grünhäutige Orionerin — sie trug ein tigerartiges Lächeln und kaum etwas anderes — hatte neben Worf Platz genommen. Der Klingone musterte sie anerkennend.

Data ahnte zumindest, was dem Sicherheitsoffizier nun durch den Kopf ging. Die sexuelle Energie der Thialtaner mochte einen legendären Ruf genießen, aber in dieser Hinsicht kamen orionische Frauen einem Mythos gleich. Außerdem waren sie ebenso ausdauernd wie klingonische Männer.

Worf ließ die Orionerin nicht aus den Augen, und dafür gab es zwei Gründe: Bewunderung und Vorsicht. Er wagte sich auf metaphorisches Glatteis, indem er keinen sicheren Abstand wahrte. Andererseits: Was nützte das Leben eines Kriegers ohne die gelegentliche Würze einer Gefahr?

»Ich habe hier nicht viele Klingonen gesehen«, sagte die Frau, und in jeder Silbe vibrierte geballte Erotik.

»Kirlosia eignet sich nur für Wissenschaftler, Kaufleute und Touristen«, entgegnete Worf langsam.

»Und was machen Sie hier?« fragte die Orionerin. Ihr Gesicht war dem des Klingonen sehr nahe, und Data hielt das nicht für sehr hygienisch.

»Ich spreche mit Ihnen«, grollte Worf.

»Das ist alles? Sie *sprechen* nur?« Ihre Zungenspitze glitt über die oberen Zähne. »Sind Sie ein Mann der Tat?«

»Das hängt von den jeweiligen Provokationen ab.«

»Ich kann sehr provozierend sein.«

»Zweifellos«, brummte der Klingone.

Die Orionerin holte zischend Luft, und in ihren Augen glühte es. »Laß uns gehen.«

Worf sah sie noch immer an. Eine sehr verlockende Frau ...

Einen Sekundenbruchteil später bohrte sich ein mehr als dreißig Zentimeter langer Dolch in den Tisch.

Worf hob den Blick, hob ihn noch etwas mehr ...

Ein muskulöser orionischer Pirat stand in unmittelbarer Nähe, starrte finster auf den Klingonen und die Frau hinab. »Ich habe dir verboten, einfach wegzulaufen, Drusanne«, fauchte er zornig.

»Ich bin nicht deine Sklavin«, erwiderte die Orionerin und schloß ihre Finger um Worfs Arm. »Ich entscheide ganz allein, wohin ich gehe. Und mit wem. Diesmal begleite ich ... Wie lautet dein Name?«

»Sein Name lautet Mistkerl«, sagte der Pirat.

»Nein, er heißt Worf«, korrigierte Data.

Der Klingone drehte nicht den Kopf, als er brummte: »Ich werde allein damit fertig, Lieutenant Commander.«

»Womit wollen Sie fertig werden? Gibt es ein Problem?«

»Probleme entstehen nur dann, wenn der Klingone meine Frau nicht in Ruhe läßt.«

Data blinzelte kurz. »Wenn ich mich nicht sehr irre, hat *sie* ihn angesprochen, und derzeit wird er von ihr festgehalten ...«

»Commander«, warnte Worf.

»Ich treffe meine eigenen Entscheidungen«, zischte Drusanne. »Du kannst mir keine Befehle erteilen, Grax. Ich gehe mit diesem Mann.«

»Du gehst mit niemandem«, widersprach der Pirat. »Es sei denn mit mir. Muß ich ein Exempel an diesen beiden Typen statuieren, um dir das zu beweisen?«

Er unterstrich seine Worte, indem er Data an die Brust stieß.

»Das würde ich an Ihrer Stelle lassen«, sagte Worf.

»Und warum?« Grax lachte.

»Weil es mir einen Grund gibt, die Wände mit Ihnen zu beschmieren. Oder vielleicht sollte ich Sie erschießen, um alles zu vereinfachen.«

»Das halte ich für unnötig, Lieutenant«, warf der Androide ein.

»Nicht jetzt, Data ...«

»Ich habe den Eindruck, daß Sie beide rohe Gewalt anwenden wollen, um festzustellen, wer von Ihnen über mehr physische Kraft verfügt. Eine Art Test.«

»Von einem ›Test‹ kann überhaupt nicht die Rede

sein«, meinte Grax selbstsicher. »Der Sieger steht schon jetzt fest.«

»Vielleicht«, erwiderte Data höflich. »Allerdings ist zu befürchten, daß eine derartige Konfrontation umfangreiche Sachbeschädigung und Körperverletzung zur Folge hat. Hinzu kämen andere Konsequenzen, die als Verletzung der Föderationsvorschriften interpretiert werden müssen. In dem Fall wäre ich gezwungen, Lieutenant Worf aufgrund ungebührlichen Verhaltens zu verhaften und Sie als Anstifter unter Arrest zu stellen.«

Grax lachte erneut und holte zu einem wuchtigen Schlag aus. Worf beugte sich vor, um den Androiden zu schützen, aber Data reagierte noch schneller und griff nach der heranrasenden Faust. Der Pirat schnappte nach Luft, als Data seine Hand mühelos festhielt.

Die übrigen Gäste in der Taverne wurden aufmerksam, unter ihnen auch Geordi und Nassa an der Theke. »O mein Gott!« hauchte die Professorin. »Der Orioner wird Data umbringen.«

»Da bin ich mir nicht so sicher«, entgegnete LaForge.

Inzwischen drückte der Androide so fest zu, daß Grax' Arm zu zittern begann. »Das ist alles andere als fair, Sir«, sagte Data freundlich. »Ich bin ein Androide. Wenn Sie Ihre Kräfte mit mir messen, haben Sie noch weitaus weniger Chancen als im Kampf gegen Worf.«

»Ich kann ihn besiegen, verdammt!« donnerte der Orioner und versuchte, sich aus Datas stählernem Griff zu befreien. »Ich bin in der Lage, den Sieg über einen lebenden Gegner zu erringen, und das erklärt die Sache mit dir!«

»Eigentlich nicht, aber ich schlage vor, wir verzichten auf eine irrelevante Abschweifung vom Thema«, sagte Data. »Offenbar geht es hier um die Frage, wer von Ihnen stärker ist, Lieutenant Worf oder Sie. Bitte erlauben Sie mir, einen Kompromiß anzuregen.«

Grax und Worf wechselten einen Blick und sahen dann den Androiden an.

Einige Sekunden später standen keine Gläser mehr auf dem Tisch. Klingone und Orioner saßen sich gegenüber, und jeder von ihnen versuchte, den Arm des Kontrahenten zur Seite zu pressen. Diverse Zuschauer feuerten Worf oder Grax an; andere nahmen Wetten entgegen.

Data stand in der Nähe, und Geordi flüsterte ihm zu: »Ich bin wirklich beeindruckt. Sie haben die Angelegenheit gut geregelt.«

»Ich hielt es für angebracht, die Situation unter Kontrolle zu bringen«, erwiderte der Androide zurückhaltend. »Um ehrlich zu sein: Die Kommandobürde ist eigentlich gar nicht so schwer. Die Pflichten des vorgesetzten Offiziers sind leichter wahrzunehmen, als ich zunächst dachte.«

Andere Gäste drängten näher, und Data war zu höflich, um mit den Ellenbogen seinen Platz zu behaupten — deshalb fand er sich bald am Rand der Menge wieder.

Es spielte keine Rolle für ihn. Er hatte Grax' Kraft eingeschätzt, während er die Faust des Orioners umklammerte. Da er auch um Worfs physisches Potential wußte, konnte er bis auf die dritte Stelle nach dem Komma berechnen, wieviel Zeit der Klingone brauchen würde, um den Piraten zu besiegen.

Dennoch wollte er hören, was geschah: Der Sicherheitsoffizier brummte einige interessante Kommentare, die sich in Zukunft als nützlich erweisen mochten. Data erhöhte die Sensibilität der akustischen Rezeptoren — und lauschte dem falschen Gespräch.

»Und das wird der Anfang vom Ende für die K'Vin-Botschaft sein.«

Diese Worte wurden in einem verschwörerischen Tonfall formuliert.

Und sie erklangen hinter dem Androiden.

Er drehte sich um und sah Gezor, der noch immer mit den beiden anderen Sullurh am Tisch saß. Sie nickten, schwiegen abrupt und stießen mit ihren Gläsern an, als wollten sie auf diese Weise eine Übereinkunft besiegeln.

Data war absolut sicher, daß die Bemerkung von Gezor stammte. Aber welche Gründe steckten dahinter? Was meinte der Sullurh damit?

Vielleicht bestand gar kein Anlaß zu Besorgnis. Vielleicht plante man eine Renovierung, die das Ende der bisherigen Botschaft bedeutete.

Nein, das ergab keinen Sinn. Etwas in Gezors Stimme — in der besonderen Situationsstruktur — weckte Datas Argwohn.

Er wartete auf einen weiteren Hinweis, aber die Sullurh blieben still und schienen eine stumme Zwiesprache zu halten. Der Androide bedauerte, daß Counselor Troi nicht zugegen war.

Kurze Zeit später winkte Gezor der Kellnerin zu und bat um die Rechnung. Die Zoloch ignorierte ihn — keine ungewöhnliche Reaktion, soweit sie Sullurh betraf. Aber alles deutete darauf hin, daß Gezor und seine Gefährten die Taverne verlassen wollten. Data entschied, sie auch weiterhin zu beobachten.

Rasch bahnte er sich einen Weg durch die Menge. Angesichts seiner überlegenen Androidenkraft fiel es ihm leicht, mehrere Gäste beiseite zu schieben, und er schenkte den ihm geltenden Flüchen keine Beachtung. Er erreichte Geordi, der Worf verbal unterstützte, beugte sich zu dem Chefingenieur vor und raunte ihm etwas ins Ohr. LaForge neigte den Kopf und musterte Data erstaunt.

»Sind Sie sicher?« fragte er.

»Ja«, bestätigte der Androide. »Wir müssen ziemlich schnell handeln. Und Worf sollte uns begleiten. Immerhin trägt er die volle Verantwortung für unsere Sicherheit.«

»Worf ist mitten in einem Wettkampf!«

»Nein. Er hat dieses besondere Duell fast beendet. Drei ... zwei ... eins ...«

Genau in diesem Augenblick schmetterte der Klingone den Arm des Orioners auf den Tisch, und das Publikum jubelte. Der Pirat zischte, stand auf, trat den Stuhl um und marschierte fort.

Geordis verwirrter Blick glitt zwischen Worf und Data hin und her. Schließlich zuckte er mit den Achseln. »Ich gebe es auf. Sie haben immer recht.«

Geld wechselte den Besitzer, und die Zuschauer wandten sich vom Tisch ab, kehrten zu ihren vorübergehend vernachlässigten Drinks zurück. Data und Geordi gingen zu Worf und erklärten ihm alles. Er wirkte nicht gerade begeistert.

»Nein«, sagte der Klingone.

Data blinzelte überrascht. »Nein?«

»Nein«, wiederholte Worf fest. »Erstens: Wir können den Sullurh nicht einfach so folgen. Diese Stadt ist in viele einzelne Sektionen unterteilt. Wenn wir ins falsche Viertel geraten, fordern wir unangenehme Konsequenzen heraus. Ich bin bereit, Gezor zu verhören, wenn Sie Wert darauf legen. Aber eine Verfolgung halte ich nicht nur für sinnlos, sondern auch für einen Fehler. Zweitens ...«

Er unterbrach sich und knurrte verärgert: Die Orionerin verließ die Schenke gerade mit einem gutgekleideten Pandriliten.

Data überhörte den zweiten Teil der Antwort. »Wenn Gezor eine List plant, so ist er vermutlich nicht bereit, sie bei einem Verhör preiszugeben. Die Beschattung eines Verdächtigen hingegen wird in der Kriminalliteratur als eine geeignete Methode zur Wahrheitsfindung angeboten.«

»Lieber Himmel«, seufzte Geordi. »Wollen Sie erneut in die Rolle von Sherlock Holmes schlüpfen?«

»Warum nicht?« entgegnete Data. Worf sah ihn finster an.

In diesem Augenblick klopfte Nassa dem Chefingenieur auf die Schulter. »Entschuldigen Sie, aber um einen Ausdruck Emersons zu benutzen: Die Natur ist am Werk, und ich muß ihrem Ruf folgen.«

»Diese Worte gehen nicht etwa auf Emerson zurück, sondern auf einen Mann namens Coleridge«, sagte Data. »Samuel Taylor Coleridge.«

Die Archäologin verzog das Gesicht. »Coleridge. Auch das noch.« Sie ging fort.

»Na schön, Sherlock«, sagte Geordi rasch, als sie außer Hörweite war. »Wo sind die Sullurh?«

Der Androide drehte sich um, streckte die Hand aus — und deutete zu einem leeren Tisch.

Er eilte durch die Taverne, und seine Stiefel rutschten dabei durchs Sägemehl. Worf und Geordi ließen bei Busiek eine Nachricht für Nassa zurück und liefen ebenfalls durch die Tür.

Draußen sahen sie nach rechts und links.

Data erkannte Gezor aus den Augenwinkeln. Die beiden anderen Sullurh waren in irgendeiner Nebenstraße verschwunden, aber Gezor wanderte durch die Botschaftsallee zur diplomatischen Niederlassung der K'Vin.

»Dort«, sagte der Androide leise. Die drei Starfleet-Offiziere begannen mit der Verfolgung.

Sie hatten Glück. In jeder anderen Stadt wären ein Klingone, ein Androide mit goldfarbener Haut und ein dunkelhäutiger Mensch mit einem VISOR vor den Augen sofort aufgefallen — immerhin trugen sie alle Starfleet-Uniformen und offenbarten ein Verhalten, das unter anderen Umständen Argwohn erregt hätte. Aber die Bewohner von Kirlosia kamen aus vielen verschiedenen Welten, und sie *alle* verhielten sich so, als seien sie bestrebt, irgend etwas zu verbergen. Aus diesem Grund warfen die übrigen Passanten den drei Offizieren nur beiläufige Blicke zu, bevor sie sich wieder um ihre eigenen Angelegenheiten kümmerten.

Doch je weiter sich Data und seine Begleiter ins K'Vin-Territorium wagten, desto länger verharrten die Blicke auf ihnen. Worf starrte einige besonders neugierige Bürger an und knurrte drohend, woraufhin die Betreffenden davonhasteten. Trotzdem: Man bemerkte sie und fragte sich ganz offensichtlich, was sie in diesen Teil der Stadt führte.

Gezor hingegen schien keinen Verdacht zu schöpfen. Er ging mit ruhigen, gleichmäßigen Schritten, wirkte dabei völlig unbesorgt.

Einmal blieb er stehen und schien sich zu orientieren. Die Verfolger verharrten ebenfalls, etwa zwei Blocks entfernt. Sie wichen in den Schatten eines nahen Gebäudes zurück und versuchten, unauffällig zu sein. »Sind Sie sicher, daß dies sinnvoll ist?« flüsterte Geordi dem Androiden zu.

»Nein«, antwortete Data ehrlich. »Deshalb verfolgen wir den Sullurh — um herauszufinden, ob es einen Grund dafür gibt.«

Dieser Art von Logik konnte LaForge nicht widersprechen. Als sie weitergingen, spürte er wachsendes Unbehagen.

Gezor hatte bereits eine Transmitterzelle passiert und kam nun an der zweiten vorbei, ohne ihr Beachtung zu schenken. In der Ferne ragte die K'Vin-Botschaft auf, die das Ziel des Sullurh zu sein schien. Aber wenn das tatsächlich der Fall war: Warum legte er den weiten Weg zu Fuß zurück? Geordi fragte Data danach.

Der Androide überlegte kurz. »Ich bin mir nicht ganz sicher. Es gibt mehrere mögliche Erklärungen.«

»Zum Beispiel?«

Die Entfernung zur K'Vin-Botschaft schrumpfte, und es zeigten sich immer weniger Passanten auf den breiten Gehsteigen.

»Vielleicht will sich Gezor nur ein wenig Bewegung verschaffen«, meinte Data. »Oder er beabsichtigt, unterwegs etwas abzuholen. Oder er möchte sich mit jemandem treffen. Oder ...«

Die Botschaft erhob sich vor ihnen, und ihre Türme projizierten ein komplexes Schattenmuster.

Etwa zwanzig Meter vor dem Eingang wandte sich Gezor plötzlich nach rechts. Die Starfleet-Offiziere gingen schneller, als der Sullurh in einer Nebenstraße verschwand. Kurze Zeit später erreichten sie die Abzweigung, aber von Gezor war weit und breit nichts mehr zu sehen — das Gassenlabyrinth hatte ihn verschluckt.

»Oder?« hauchte ein völlig verwirrter Geordi.

»Oder er hat uns gesehen und wollte, daß wir ihm zur Botschaft folgten«, sagte Data nachdenklich.

Einen Sekundenbruchteil später krachte eine Explosion und zerfetzte einen der hohen Türme.

Die Offiziere stürmten davon, und Worf schirmte seine beiden Kollegen mit dem Körper ab. Um sie herum regnete es Trümmerstücke; Staub erfüllte die Luft, und Schreie erklangen.

Eben waren die Straßen noch völlig leer gewesen, doch jetzt wimmelte es in ihnen von aufgeregten Bürgern.

»Wir müssen helfen!« entfuhr es Geordi. »Möglicherweise gibt es Verletzte in dem Gebäude!«

»Nein«, widersprach Worf und erinnerte sich an Khitomer. »Vielleicht stehen weitere Explosionen bevor. Es nützt niemandem etwas, jetzt die Botschaft zu betreten. Warten wir ab, bis feststeht, daß keine Gefahr mehr droht.«

Aber Data stürmte bereits davon und rannte zum breiten Eingang.

»Data!« rief LaForge. Der Androide hörte ihn bestimmt, aber er zeigte keine Reaktion. »Wir können ihn nicht allein lassen, Worf!« Er folgte seinem Freund. Der Klingone schnitt eine Grimasse und schloß sich dem Chefingenieur an.

Als sie sich der Botschaft näherten, ertönten Dutzende von Stimmen. »Seht nur! Föderationsleute! Was machen sie hier?«

»Vielleicht sind sie für die Explosion verantwortlich.«

»Ja, bestimmt!«

Geordi fühlte sich von neuerlicher Besorgnis erfaßt.

Data achtete überhaupt nicht auf die vorwurfsvollen Bemerkungen und kletterte zwischen den Trümmern umher. »Spuren«, sagte er. »Es gilt, Spuren zu finden.«

»Data!« ächzte Geordi. »Hören Sie auf, Sherlock Holmes zu spielen! Verstehen Sie denn nicht? Wir sind dieser Menge weit unterlegen, und ich halte es für besser, so schnell wie möglich den Rückzug anzutreten!«

Der Androide musterte ihn verwundert. »Unterlegen? Zweifellos ist niemand so unvernünftig, uns die Schuld zu geben.«

Geordi seufzte verzweifelt und nahm eine Sondierung mit seinem VISOR vor. Nirgends entdeckte er infrarote Emissionen, die von Körpern stammten — es lagen keine Verletzten in den Resten des geborstenen Turms. Offenbar hatte sich niemand in den entsprechenden Büros aufgehalten.

Gregach taumelte nach draußen, keuchte und hustete. In der einen Hand hielt er etwas — allem Anschein nach einen Knochen, an dem Fleischfetzen hingen. Worf näherte sich dem K'Vin-Botschafter, hielt ihn fest und klopfte ihm auf den Rücken. Vier Wächter — Staub bildete eine dicke Schicht auf ihren Uniformen — eilten herbei und stützten ihn ebenfalls. Gregach sah niedergeschlagen auf das Fleisch und brummte: »Ein K'Vin kann nicht einmal mehr einen anständigen Spilat-Braten genießen.«

Dann sah er sich um, straffte die Gestalt und versuchte, die jüngsten Ereignisse zu verstehen. Er blickte Worf in die Augen. »Was führt Sie hierher?« fragte Gregach, und ein drohender Unterton erklang in seiner Stimme. Sofort fügte er hinzu: »Nein, antworten Sie nicht. Einige falsche Worte, und der Tod wäre Ihnen sicher.«

Er nickte in Richtung der zornigen Menge, die sich vor der Botschaft gebildet hatte, die Föderation im allgemeinen und Klingonen im besonderen verfluchte.

Eine Woge der Feindseligkeit schlug den Starfleet-Offizieren entgegen.

Gregach legte Worf die Hand auf die Schulter und sagte laut: »Sie bleiben hier, damit Sie verhört werden können!«

»*Was?*« fragte Geordi.

Die aufgebrachten Bürger — es waren schon über sechzig, und ständig kamen weitere hinzu — schrien und hoben geballte Fäuste. Mehrere Wächter umringten die Landegruppe.

Data sah von den Trümmern auf und wandte sich an den Botschafter. »Sir«, sagte er höflich, »Sie scheinen den Eindruck zu haben, daß wir ...«

»Ich habe den Eindruck, daß Sie sich in einem Bereich aufhalten, wo Sie nichts zu suchen haben«, unterbrach Gregach den Androiden. »Darüber hinaus gibt es eine verdächtige zeitliche Übereinstimmung zwischen Ihrer Präsenz und der Explosion. Entweder begleiten Sie mich zu einem Verhör in die Botschaft, oder ich überlasse Sie der Menge. Es ist *Ihre* Entscheidung.«

»Ja«, knurrte Worf gereizt. »*Ihre* Entscheidung, *Lieutenant Commander.*«

Datas Lippen bewegten sich, aber diesmal brachte er keinen Ton hervor.

Ihm war alles wie ein Spiel erschienen, wie ein Holodeck-Szenario, das plötzlich Realität wurde. Er hatte Worfs Warnungen in bezug auf feindliches Territorium ignoriert und nicht gründlich genug über die möglichen Motive Gezors nachgedacht. Seine falsche Einschätzung des Gefahrenpotentials dieser Situation hatte nicht nur die Landegruppe in Gefahr gebracht, sondern belastete auch die diplomatischen Beziehungen zwischen K'Vin und Föderation.

Das auf Datas Schultern lastende Gewicht der Kommandobürde nahm jäh zu.

KAPITEL 7

Während ihrer drei Jahre auf Kirlos war Stephaleh nie des Nachts geweckt worden — sie sah darin ein Zeichen für die Problemlosigkeit ihrer Pflichten. Doch in dieser Nacht zerriß das Gespinst ihrer Träume, als Zamorh sie an der Schulter berührte.

»Botschafterin«, sagte er aufgeregt und hoffte, daß sie die Benommenheit des Schlafs rasch abstreifte. »Die K'Vin-Botschaft — dort kam es zu einer Explosion!«

Erschrocken setzte sich Stephaleh auf und ignorierte dabei die Krämpfe in ihren Gliedern. »Gregach ... Ist ihm etwas zugestoßen?«

»Nein, Botschafterin. Er wurde nicht verletzt und hat einen Kom-Kontakt hergestellt, um mit Ihnen zu sprechen.«

Die Andorianerin stand mühsam auf und hüllte sich in einen mit Flaumfedern gefüllten Umhang — eins der wenigen andorianischen Artefakte in ihrem Zimmer. Die bunten Farben des Kleidungsstücks formten das Muster eines uralten Clans, dem sich Stephaleh zugehörig fühlte. Sie schob die Füße in bequeme Schuhe, blinzelte mehrmals und sammelte Willenskraft — sie wollte sich bewegen, ohne ihr hohes Alter zu verraten.

Sie brauchte einige Minuten für den Weg vom Schlafzimmer zum Büro; Stephaleh hatte es sich zur Angewohnheit gemacht, ihre Kom-Gespräche dort zu führen. Während sie durch den Korridor schritten, beschrieb ihr Zamorh die Lage. »Offenbar befanden sich die Starfleet-Offiziere im K'Vin-Territorium, als es zu der Explosion kam. Lieutenant Worf hat sich sofort bei Sicherheitschef Powell gemeldet. Sie sind mit einigen Informationen unterwegs.«

»Warum haben sie sich nicht hierhergebeamt?«

»Botschafter Gregach scheint Anweisung gegeben zu haben, die Transmitterverbindungen zu unterbrechen.«

Seltsam, dachte Stephaleh. Es geschah zum erstenmal, daß Gregach die Transmitter des K'Vin-Sektors von denen der Föderationsseite isolierte. Es handelte sich um eine sehr ernste Maßnahme, die man nicht ohne weiteres traf. Die Spannungen zwischen K'Vin und interstellarem Völkerbund hatten nie Stephalehs Freundschaft mit Gregach beeinflußt, doch das änderte nichts daran, daß sie ihren jeweiligen Regierungen verpflichtet waren.

Schließlich erreichte die Andorianerin ihr Büro. Zamorh schaltete das Licht ein, wich in eine Ecke des großen Raums zurück und bereitete den üblichen Morgentee vor. Wie sollte Stephaleh ohne ihn zurechtkommen, wenn sie nach dem Dienst auf Kirlos in ihre Heimat zurückkehrte?

»Bitte bestätigen Sie Gregachs Signal«, sagte sie und ließ sich in einen Sessel sinken. Die weichen Polster verschafften ihr Erleichterung, und sie lächelte. Doch dann verbannte sie das Schmunzeln von ihren Lippen und tauschte es gegen diplomatische Würde ein.

Der Bildschirm flackerte kurz, und dann erschien das rußgeschwärzte, hohlwangige Gesicht des K'Vin. »Irgendwelche Zwischenfälle auf der Föderationsseite, Stephaleh?«

»Nein, nichts. Ist alles in Ordnung mit Ihnen? Was geschah in Ihrer Botschaft?«

»Eine Explosion. Niemand kennt die Ursachen.« Gregach schüttelte den Kopf. »Das Feuer konnte inzwischen gelöscht werden, und Ärzte kümmern sich um die Verletzten. *Noch* ist niemand gestorben, aber irgend etwas bahnt sich auf Kirlos an, und es gefällt mir nicht.«

Stephaleh musterte ihn. »Sie glauben also, daß die beiden Ereignisse in Zusammenhang stehen?«

»Zwei Explosionen, die erste im Handelszentrum der Föderation, die zweite in meiner Botschaft. Das kann wohl kaum ein Zufall sein. Nein, irgend etwas Heimtükkisches geht vor.«

Ein Sullurh brachte ihm einen Bericht, und Gregach neigte den Kopf, um ihn zu lesen. Stephaleh richtete ihre Aufmerksamkeit einige Sekunden lang auf die kleinere Gestalt. Es war nicht Gezor, und sie fragte sich, wo der Assistent des K'Vin-Diplomaten sein mochte. Wahrscheinlich beaufsichtigte er die Instandsetzungsarbeiten in der Botschaft oder leitete irgendwelche Ermittlungen.

»Es gibt *doch* Opfer«, sagte Gregach. »Einige Wartungstechniker, die im Qualm erstickten, als sie das Feuer zu löschen versuchten.« Er sah von dem Bericht auf. »Jetzt haben wir es mit Mord zu tun. Es muß etwas *unternommen* werden.«

Stephaleh überlegte. Wem sollte an Zerstörungen auf beiden Seiten gelegen sein? Wer trug die Verantwortung dafür? Hatte Zamorh recht? Lehnten einige Leute die Präsenz der Starfleet-Offiziere ab? Wollten sie, daß Data, LaForge und Worf den Planeten verließen? Waren sie bereit, die Landegruppe mit Tod und Vernichtung von Kirlos zu vertreiben? Zamorh hatte diese Vermutungen gestern in Worte gefaßt, doch Stephaleh hielt sie zunächst für sinnlose Spekulationen. Jetzt erinnerte sie sich an das Gespräch.

»Wenn es sich wirklich um einen Anschlag handelt, Gregach ... Wer käme dafür in Frage?«

»Oh, es *war* ein Anschlag, Stephaleh. Daran besteht überhaupt kein Zweifel. Aber leider weiß ich nicht, wer dahintersteckt. Andernfalls würde ich den oder die Verantwortlichen sofort verhaften und hinrichten lassen. Vielleicht finden wir Anhaltspunkte, wenn wir morgen früh eine genaue Untersuchung vornehmen.«

»Ich hoffe es. Da fällt mir ein: Warum haben Sie die Transmitterverbindungen unterbrochen?«

»Nun, äh, um einer leichten Flucht der Schuldigen vorzubeugen. Unsere Sicherheitsbeamten haben mit Nachforschungen begonnen. Wußten Sie, daß sich die Starfleet-Offiziere in diesem Bereich aufhielten?« Gregach beugte sich vor, um die Reaktion der Andorianerin zu beobachten.

»Ja«, erwiderte Stephaleh. Sie hatte erst vor einigen Minuten davon erfahren, aber es überraschte sie kaum. Ihr Gesichtsausdruck blieb neutral, und wie immer sprach sie sanft. Als sie eine Tasse Tee von Zamorh entgegennahm, erschien Gezor am Rand des Bildschirms und flüsterte dem K'Vin etwas ins Ohr. Die Andorianerin sah interessiert, wie Gregach nickte.

»Die *Enterprise*-Offiziere sind hier, Botschafterin«, sagte Zamorh.

Sie nickte und bedeutete ihrem Assistenten mit einem Wink, die drei Männer hereinzuführen. Da Gregach abgelenkt war, senkte sie die für gewöhnlich recht hohe Lautstärke der Kom-Übertragung — der K'Vin klagte häufig über Stephalehs Flüstern. Wenige Sekunden später schwang die Tür auf, und Data betrat das Büro, gefolgt von Worf und Geordi. Zum erstenmal ging der Androide seinen Gefährten voraus, und die Andorianerin beobachtete ihn. Die Offiziere wirkten müde und schmutzig, zweifellos ein Resultat der Explosion. Wenigstens lebten sie und waren unverletzt.

»Wir kommen gerade aus dem K'Vin-Territorium«, begann Data. »In der dortigen Botschaft explodierte etwas.«

Stephaleh hob den Finger zum Mund und zeigte auf den Monitor. Gregach sprach noch immer mit Gezor, der nun aufgeregt gestikulierte.

»Botschafter Gregach«, sagte sie.

Der untersetzte K'Vin hob den Kopf und stellte fest, daß der Kom-Kanal noch immer geöffnet war. Außerdem nahm er überrascht zur Kenntnis daß Data hinter Stephaleh stand.

»Die *Enterprise*-Offiziere sind gerade eingetroffen«, sagte die Andorianerin. »Nachdem sie mir Bericht erstattet haben, sind sie sicher bereit, Ihnen alle Einzelheiten zu schildern. Sollen Sie sich an Ilugh wenden?« So hieß der Leiter von Gregachs Leibgarde, ein Soldat, der bei mehreren militärischen Aktionen unter dem jetzigen Botschafter gedient hatte.

»Das ist nicht nötig«, erwiderte Gregach. »Ich habe sie bereits vernommen — und Ihnen die Rückkehr erlaubt.« Er zögerte, sammelte seine Gedanken und blickte erneut zu Gezor, der diesmal im visuellen Erfassungsbereich des K'Vin-Kommunikators blieb. Stephaleh versuchte, ihre Überraschung zu verbergen; sie hatte nicht an die Möglichkeit gedacht, daß Gregach den Offizieren Fragen stellte, ohne sich vorher mit ihr in Verbindung zu setzen. Der Botschafter schien sich irgendwie verändert zu haben, als sei er aus einem langen Schlaf erwacht.

»Zerstörung und Tod...«, sagte Gregach. »Angesichts der gegenwärtigen tragischen Umstände sehe ich mich gezwungen, die archäologischen Ausgrabungen zu verbieten und zu befehlen... ich meine, zu *bitten*, daß alle Repräsentanten der Vereinten Föderation der Planeten in ihrem Teil von Kirlosia bleiben.«

»Sie isolieren uns, einfach so? Möchten Sie vielleicht, daß wir aufhören, die von Ihren Zirkulatoren in die Stadt gepumpte Luft zu atmen?« Stephalehs Zorn fand Ausdruck in ätzendem Sarkasmus. Geordi musterte die Botschafterin erstaunt und kam zu dem Schluß, daß es besser war, diese Frau nicht zu verärgern.

»Leider habe ich keine andere Wahl. Solange ich nicht weiß, wer oder was die Explosion verursacht hat, muß ich die Anzahl der Personen mit Zugang zu offiziellen K'Vin-Gebäuden auf ein Mindestmaß beschränken.«

»Und was ist mit der Zerstörung unseres Handelszentrums? Jener Zwischenfall fand zuerst statt, ohne daß wir Sie oder Ihr Volk verdächtigten. Warum klagen Sie uns so rasch an? Sind konkrete Beweise der Grund dafür — oder Furcht?«

Stephalehs Groll verblüffte Gregach. Er schien sehr verlegen zu sein, aber er hielt an den einmal getroffenen Entscheidungen fest. Ein Kampf ganz besonderer Art stand bevor, und er wollte wachsam sein. »Ich bedauere, daß Sie die Sache so sehen. Wir setzen dieses Gespräch fort, wenn sich Neuigkeiten ergeben.« Der Bildschirm wurde dunkel.

Stephaleh lehnte sich zurück und blickte zu den drei *Enterprise*-Offizieren auf der anderen Seite ihres Schreibtischs.

»Sie glauben also, daß Gregachs Assistent vorher von der Explosion wußte?« fragte die Andorianerin.

Data nickte. »Ja, Botschafterin. Selbst wenn ich seine Unterhaltung mit den beiden anderen Sullurh nicht gehört hätte: Er wählte einen Weg, der auf vorherige Kenntnis hindeutete.«

»Und wenn er Bescheid wußte ...«, warf LaForge ein. »Dann liegt die Vermutung nahe, daß er irgendwie daran beteiligt war.«

»Vielleicht sind er und seine Komplizen auch für die Zerstörung des Handelszentrums verantwortlich«, fügte Worf hinzu.

Stephaleh knetete ihre rechte Hand, um die Steifheit daraus zu vertreiben. »Das würde Verrat bedeuten«, sagte sie. »Verrat, der bis in die K'Vin-Botschaft reicht.« Sie sah den neben ihr sitzenden Zamorh an. »Haben Sie zusätzliche Informationen?« erkundigte sie sich.

Der Sullurh sah auf und dachte kurz nach. »Kaum«, antwortete er nach einer Weile. »Ich kenne Gezor nicht sehr gut, und das gilt auch für seine Familie. Daher sind mir seine Absichten unbekannt. Aber ich weiß folgendes: Er arbeitet schon seit einigen Jahren für Botschafter

Gregach, und stand auch in den Diensten seines Vorgängers. Es ist mir ein Rätsel, warum er zum Verräter werden sollte. Was verspricht er sich davon? Welche Vorteile ergeben sich für ihn?«

»Eine gute Frage«, kommentierte Stephaleh. Sie wandte sich wieder an die Offiziere. »Schießen Sie los.«

Der Androide blinzelte verwirrt.

»Die Botschafterin möchte, daß wir eine Antwort geben — wenn wir können«, erklärte LaForge.

»Oh«, sagte Data. »Natürlich.«

»Unglücklicherweise sind wir dazu nicht in der Lage.« Worf schnitt eine finstere Miene — ein typischer Klingone, fand Stephaleh — und starrte zu Zamorh. »Zuerst benötigen wir weitere Hinweise auf die möglichen Motive des Sullurh.«

Die Botschafterin glaubte fast zu sehen, wie sich Zamorhs Nackenhaare aufrichteten. Aber er blieb still sitzen, und seine Miene verriet keine Reaktion.

Stephaleh richtete ihre nächsten Worte an alle drei Offiziere und den Klingonen im besonderen. »Ich möchte Ihnen versichern, daß die Sullurh schlichte, ehrliche Leute sind. Normalerweise ist auf sie und ihre Treue Verlaß. Deshalb arbeiten sie sowohl in unserer Botschaft als auch in der diplomatischen Niederlassung der K'Vin. Selbst wenn man ihnen viel Geld oder Macht in Aussicht stellte — sie ließen sich davon nicht in Versuchung führen.« Die Andorianerin seufzte. »Nun, vielleicht hat Gezor Gregachs Vertrauen verletzt. Aber wenn das tatsächlich der Fall ist, so handelt es sich dabei um ein für Sullurh sehr ungewöhnliches Verhalten.«

»Na schön«, sagte LaForge. »Offenbar hat es keinen Sinn, Gezors Motive zu deuten. Wir sollten uns statt dessen bemühen, die Absichten seiner Komplizen zu verstehen.«

Erneut knetete Stephaleh ihre Hände. »Komplizen«, wiederholte sie.

»Bestimmt hat ihm jemand geholfen«, brummte

Worf. »Er ist ein wichtiger Mitarbeiter der K'Vin-Botschaft. Es wäre sicher aufgefallen, wenn er den Sprengstoff besorgt hätte.«

Die Andorianerin nickte. »Ja, da haben Sie recht.«

»Gibt es eine Gruppe, die den K'Vin mit Ablehnung begegnet?« fragte Data. »Deren Antipathie sich vielleicht auch auf die Botschaft bezieht?«

Stephaleh zuckte mit den Achseln. »Wenn es solche Einstellungen gibt, so bleiben sie unterschwellig und werden nicht offen gezeigt.« Sie sah Zamorh an. »Was meinen Sie?«

Der Sullurh zögerte. »Ich stimme Ihnen im großen und ganzen zu. Offene Ressentiments lassen sich nicht feststellen. Aber es gibt einige xanthricitische Kaufleute, die Probleme mit der K'Vin-Botschaft beklagten. Die Kontroversen betreffen Handelsvereinbarungen.«

»Und die Randrisianer?« knurrte Worf. »Sie sind doch auf der anderen Seite präsent, oder? Zwischen ihnen und den K'Vin kam es häufig zu Konfrontationen.«

»Ja.« Stephaleh nickte. »Aber die von Ihnen erwähnten Auseinandersetzungen sind historischer Natur und liegen Jahrhunderte zurück.«

»Unterschätzen Sie niemals die Schatten der Vergangenheit«, warnte der Klingone.

»Wie dem auch sei ...«, murmelte Geordi. »Sicher steckt mehr dahinter. Immerhin wurde auch das Handelszentrum zerstört. Was könnten Randrisianer und Xanthriciten gegen die Föderation haben?«

Die Botschafterin musterte ihn. »Eine Verschwörung, die einen Keil zwischen K'Vin und Föderation treiben will?«

»Ja«, bestätigte LaForge. »Eine Gruppe, die Gründe hat, etwas gegen *beide* Botschaften zu unternehmen.«

»Dann hätten wir es mit einem ziemlich ernsten Problem zu tun«, sagte Stephaleh.

»Es sei denn, der Anschlag aufs Handelszentrum war nur ein Trick«, gab Worf zu bedenken. »Als später die

Bombe in der K'Vin-Botschaft hochging ... Vielleicht diente die erste Explosion dazu, den Verdacht auf die Föderation zu lenken.«

»Faszinierend«, ließ sich Data vernehmen. »Es sollte der Anschein erweckt werden, als strebe die Föderation nach Rache, obgleich sie in Wirklichkeit ebenso ein Opfer ist wie die K'Vin.«

»Ja«, sagte Stephaleh. »Faszinierend. Aber uns fehlen Beweise. Nichts deutet auf die Existenz einer Verschwörung hin.«

»Trotzdem müssen wir diese Möglichkeit berücksichtigen«, entgegnete Worf.

»Es liegt in der Natur einer Verschwörung, geheim zu sein«, erklärte Data ruhig. »Daß wir außerstande sind, ihre Mitglieder sofort zu identifizieren, ist wohl kaum ein Anzeichen dafür, daß es keine Verschwörer gibt. Ich halte es ebenfalls für angebracht, die Existenz einer entsprechenden Gruppe zu postulieren.«

»Womit wir wieder bei Gezor wären«, sagte Geordi. »Er ist unsere einzige Spur.«

»Mit der wir jedoch nicht viel anfangen können«, meinte Stephaleh.

»Wir sollten so schnell wie möglich etwas *unternehmen*«, brummte Worf. »Wer auch immer hinter den beiden Anschlägen steckt: Er wird noch mehr Unruhe schaffen, bis wir ihm — oder *ihnen* — das Handwerk legen.«

»Lieutenant Worf hat recht«, sagte Data.

Stephaleh breitete die Arme aus. »«Und *welche* Maßnahmen schlagen Sie vor?«

»Wie wäre es, wenn wir Gregach mitteilen, was wir über Gezor wissen?« fragte LaForge.

Die Botschafterin dachte darüber nach und schüttelte den Kopf. »Er würde nicht auf uns hören. Gregach hat uns gegenüber bereits die Ohren verschlossen. Und bestimmt ist er nicht bereit, einen Verrat seines Assistenten in Betracht zu ziehen.« Sie runzelte die Stirn. »Ich kann ihm deshalb keine Vorwürfe machen. Warum den Rat einer Person beherzigen, der man nicht mehr vertraut, erst recht dann, wenn er die Aufrichtigkeit eines Mitarbeiters in Zweifel zieht, von dessen Loyalität man überzeugt ist? Wenn ich Beweise hätte ...«

Stephaleh unterbrach sich, als ein Sullurh namens Ekrut ins Büro eilte. »Ich bitte um Entschuldigung«, sagte er. »Unten ist jemand, der Sie sprechen möchte, Botschafterin. Er heißt Thul und scheint wichtige Nachrichten zu bringen.«

»Thul«, murmelte Data. »Doktor Coleridges Assistent?«

Eine Sekunde später waren die drei Starfleet-Offiziere auf den Beinen. Stephaleh trat um den Schreibtisch herum.

Worf erreichte Ekrut als erster. »Mit *welchen* Nachrichten ist er gekommen?« donnerte der Klingone.

Ekrut wich erschrocken einen Schritt zurück. »Das ... das Museum ...«, stotterte er.

»Was ist damit?« drängte die Andorianerin.

»Er ... Thul teilte mir mit, dort sei es zu einer Explosion gekommen.«

»Verdammt!« platzte es aus Geordi heraus. »Die *Professorin* wollte dem Museum heute einen Besuch abstatten.« Er berührte Ekrut an der Schulter, um ihn zu beruhigen. »Hat Thul Professor Coleridge erwähnt?«

Der Sullurh zuckte mit den Schultern und bedachte die Botschafterin mit einem nervösen Blick. »Ich bin mir nicht sicher«, gestand er ein. »Er sprach von *vielen* Dingen und so hastig, daß man kaum schlau aus ihm werden konnte.«

»Kommen Sie«, sagte Worf. Er lief in den Korridor, erreichte mit einigen langen Schritten den Turbolift und berührte eine glühende Sensorfläche. Sofort öffnete sich die Tür.

Sie betraten die Transportkapsel, zuerst die drei Offiziere, dann Stephaleh und Zamorh. Ekrut bildete den

Abschluß. »Erdgeschoß«, sagte die Andorianerin. Die Luft in der Kabine schien so dick zu sein, daß man sie schneiden konnte.

Kurze Zeit später glitt die Tür erneut auf, und sie sahen Thul, der mit gesenktem Kopf auf einem Stuhl in der Empfangshalle saß.

Wieder stürmte der Klingone als erster los, gefolgt von LaForge und Data. Stephaleh konnte nicht mit ihnen Schritt halten — sie litt an Krämpfen in den Beinen.

Thul hob den Kopf, als er sie kommen sah. Doch er schreckte nicht zurück wie Ekrut, starrte nur. Seine Augen glänzten feucht.

Worf blieb dicht vor dem Sullurh stehen, und seine Fragen waren bereits beantwortet. Er ballte die Fäuste und fauchte wie ein wildes Tier.

»O mein Gott«, hauchte Geordi. Offenbar gelang es auch ihm, die Situation einzuschätzen — er brauchte die Tränen gar nicht zu sehen.

»Ist Professor Coleridge etwas zugestoßen?« fragte Data. Für Stephalehs Ohren klang es fast unschuldig.

Thul blickte zu dem Androiden auf, holte tief Luft und nickte.

Das Museum war eine der wichtigsten Touristenattraktionen gewesen — die Betonung lag auf *gewesen*.

Jetzt stellte das kleine Gebäude, gefüllt mit ausgewählten Schätzen der Ariantu-Kultur, kaum mehr als eine archäologische Erinnerung dar.

Geordi verließ die Transmitterzelle als erster; hinter ihm materialisierten Stephaleh, Worf, Data und Thul. Sie prallten fast gegen Worf, weil der Klingone einige Meter vor der Zelle abrupt stehenblieb.

In der einen Seite des zweistöckigen Museums zeigte sich ein großes Loch, und das Dach war eingestürzt. Die Druckwelle der Explosion hatte im Umkreis von zwei Blocks alle Fensterscheiben splittern lassen. Der Anschlag lag inzwischen einige Minuten zurück, aber es hing noch immer eine ziemlich dichte Staubwolke in der Luft.

Dutzende von Personen wankten orientierungslos umher, und eine Rettungsgruppe suchte in den Trümmern.

Auf der einen Seite lag eine zugedeckte Leiche.

Geordi taumelte näher, als Thul hinter ihm murmelte: »Das Museum war noch nicht geöffnet. Außer der Professorin befand sich niemand im Gebäude! Ich bin nur deshalb noch am Leben, weil ich mich verspätet habe ...«

LaForge verharrte, sank neben der Decke auf die Knie und brachte es zunächst nicht fertig, sie beiseite zu ziehen. Er ahnte, was er darunter finden würde ...

Später konnte er sich nicht mehr an Einzelheiten erinnern. Er wußte nur, daß er sich abwandte, ohne die Decke zu berühren. Stumm saß er auf dem Boden, die Knie bis ans Kinn gezogen, und schüttelte mehrmals den Kopf. Data stand vor ihm, Worf auf der einen Seite. Thul wirkte noch immer bestürzt.

»Sie war sehr freundlich zu mir«, sagte er. »Sie hat mich nie herablassend behandelt, immer wie einen Gleichgestellten, so wie auch alle anderen.«

»*Sie* liegt dort«, raunte Geordi. »Nicht wahr, Data?« Eine rhetorische Frage.

Der Androide nickte.

Langsam drehte sich LaForge um und hob die Decke. Er ›sah‹ das Objekt darunter, aber mehr war es nicht — nur ein Objekt. Kein menschliches Wesen, keine lebendige Person voller Hoffnung und Enthusiasmus. Nur ein toter Leib.

Mit den Fingerkuppen strich er über das Gesicht.

Früher hatte ein Blinder nur auf diese Weise ›sehen‹ können. Das VISOR gewährte Geordi eine umfassende visuelle Wahrnehmung, doch es vermittelte ihm ein elektronisches Bild von der Umgebung, distanziert und kalt.

So kalt wie Nassas Haut. Er spürte die klar ausgeprägten Gesichtszüge und schnappte unwillkürlich nach Luft, als er eine Vertiefung an der Schläfe bemerkte. Offenbar war die Professorin dort von einem Trümmerstück getroffen worden. Die eine Wange fühlte sich klebrig an — geronnenes Blut.

Er zog die Hand zurück und streckte sie dann weit von sich, als sei sie ein separates *Etwas*, das er von seinem Körper trennen konnte. »Thul ...«, sagte er leise. »Ist es schnell gegangen? Hat Nassa ... gelitten?«

Der Sullurh näherte sich sehr langsam. »Sie lebte noch, als ich sie fand«, erwiderte er. »Ich habe sie aus den Trümmern gezogen, aber kurze Zeit darauf starb sie.«

»Hat sie das Bewußtsein nicht wiedererlangt?«

»Nur für einige Sekunden«, entgegnete Thul und zögerte. »Kurz vor ihrem Tod formulierte sie zwei Worte: ›Maud Muller.‹«

»Wie?« fragte Geordi verwirrt. »Was meinte sie damit?«

»Ich weiß es nicht.«

»Vielleicht lautet so der Name des Attentäters«, sagte LaForge. »Vielleicht ...«

»Nein, Geordi.« Data schüttelte den Kopf.

»Was? Aber ...«

»›Maud Muller‹ — ein Gedicht von John Greenleaf Whittier«, erläuterte der Androide. »Ein Verspaar daraus ist gut bekannt. ›Denn von den traurigen Worten der Zunge und Feder lauten die traurigsten: Es könnte gewesen sein.‹ Ich nehme an, das meinte die Professorin.« Er dachte kurz nach. »Allerdings hat sie des öfteren Zitate verwechselt. Es ist also möglich ...«

»Seien Sie still!« entfuhr es Geordi schmerzerfüllt. »Seien Sie endlich still, Data! Sie glauben, alles zu wissen, aber Sie irren sich! Nassa sprach von den Dingen, die sie hätte leisten können. Vielleicht sprach sie auch über sich selbst und mich und ... Und Sie reden von verwechselten Zitaten! Wer schert sich darum? Sie ist tot! Können Sie das nicht verstehen?«

Data schwieg einige Sekunden lang und stand völlig reglos. Dann bückte er sich und legte seinem Freund die Hand auf die Schulter.

»Nein«, sagte er.

LaForge sah zu ihm auf.

»Ich weiß, was geschehen ist«, fügte der Androide langsam hinzu. »Ich spüre sogar ein Äquivalent von Kummer. Aber ich *verstehe* nicht.«

In gewisser Weise beneidete Data den Chefingenieur um seine Trauer. Nach Tasha Yars Tod hatte er Leere empfunden, als sei ihm etwas genommen worden, aber diese Emotion konnte nicht mit Gram gleichgesetzt werden. Jenes Gefühl schien bei seiner Programmierung ganz bewußt ausgeklammert worden zu sein, um ihm Schwierigkeiten zu ersparen.

Warum hatte man ihm etwas vorenthalten, das zum emotionalen Kosmos aller organischen intelligenten Wesen gehörte? Data brauchte nicht lange zu überlegen, um eine Antwort auf diese Frage zu finden. Weil er andernfalls mit weitaus mehr Kummer konfrontiert worden wäre, und über einen wesentlich längeren Zeitraum hinweg. Das Ausmaß seiner eigenen Lebenserwartung blieb ihm unbekannt, aber vielleicht war er nach menschlichen Maßstäben unsterblich.

Geordi, Worf und alle anderen ... Im Lauf der Jahre würden sie den Tod von Freunden und Kameraden beklagen, um dann selbst zu sterben und betrauert zu werden. Aber früher oder später verlor Data *alle* seine Gefährten, ungerührt von ihrem Verlust.

Viele Jahrzehnte in der Zukunft wartete Wesley Crushers Tod, und vielleicht starb er in den Armen des Androiden. Und es waren die gleichen Arme, der gleiche Data, der nun auf Kirlos in den Ruinen des Museums stand.

Andere würden kommen, Personen, die noch gar

nicht geboren waren — um später ebenfalls zu sterben. Data stellte sich vor, wie er durch die Jahrhunderte schritt, ausgestattet mit dem Geschenk der Unsterblichkeit, das sich so viele Leute gewünscht hatten — und das ihn immer mehr belastete. Er konnte nicht hoffen, im Tod Erlösung zu finden. Er hatte nicht einmal die Möglichkeit, sich einfach abzuschalten: Unstillbare Neugier prägte sein Wesen und zwang ihn, immer mehr Daten zu sammeln.

Freunde und die Enkel von Freunden werden sterben, dachte er. *Und ich will versuchen, um sie zu trauern. Aber niemand wird Gelegenheit bekommen, meinen Tod zu beklagen.*

Geordi schwieg eine Zeitlang. »Es tut mir leid, daß ich Sie angeschnauzt habe, Data«, sagte er schließlich.

»Es war eine sehr menschliche Reaktion von Ihnen«, erwiderte der Androide.

LaForge griff unter die Decke, berührte eine kalte, schlaffe Hand. »Nassa hat mir sehr viel bedeutet, noch viel mehr, als Sie ahnen. Ein Blinder braucht jemanden, der ihm die Welt aus dem richtigen ... Blickwinkel zeigt. Sie hat mir geholfen. Damals war ich ganz anders als heute, Data, verschlossen und in mich gekehrt. Durch Nassa habe ich mich geöffnet und gelernt, die Welt — und mich selbst — zu lieben. Ich dachte immer, sie gut zu kennen, aber als wir hierherkamen ... Da begriff ich plötzlich, daß sich noch viel mehr in ihr verbarg. Man stellt sich Lehrer nicht als Personen vor, sondern als ... Lehrer. Der Unterricht in Klassenzimmern und Vorlesungssälen zeichnet sich häufig durch kühle Unnahbarkeit aus. Der Professorin hier zu begegnen und sie als Frau kennenzulernen — eine einzigartige, aufregende Erfahrung. Dadurch habe ich mich wieder jung gefühlt, so wie damals, als mir absolut alles geheimnisvoll erschien.«

Geordi schüttelte den Kopf und runzelte die Stirn.

»Wir müssen den oder die Schuldigen finden, Data. Wir müssen sie zur Rechenschaft ziehen. Sie dürfen auf keinen Fall ungestraft davonkommen.«

»Das werden sie auch nicht«, sagte der Androide.

Worf hatte die ganze Zeit über keinen Ton von sich gegeben und überlegt. Jetzt neigte er plötzlich den Kopf nach hinten und stimmte ein ohrenbetäubendes Gebrüll an, das immer lauter wurde. LaForge verzog das Gesicht, und Data hielt sich die Ohren zu. Thul lief zehn Schritte weit zurück, und Stephaleh drehte schockiert die Kopffühler.

Nach etwa zehn Sekunden verstummte Worf und sah auf Nassa hinab. »Sie kannte die Sprache der Klingonen«, brummte er. »Und sie hatte das Herz eines Kriegers. Deshalb erschien es mir angemessen, sie mit dem klingonischen Todesschrei zu ehren.«

»Das hätte sie sicher zu schätzen gewußt«, sagte Geordi schlicht.

Er stand auf. Stephaleh näherte sich ihm. »Ich sorge dafür, daß man die Leiche zur Erde bringt, damit Professor Coleridge in ihrer Heimat beigesetzt werden kann. Sie sollten jetzt zur Botschaft zurückkehren. Dieser neue Anschlag wird die diplomatischen Beziehungen zwischen uns und den K'Vin weiter verschlechtern, und ich möchte Sie in Sicherheit wissen.«

»In Ordnung.« Geordi warf einen letzten Blick auf Nassa, drehte sich dann wortlos um und ging zur Transmitterzelle. Data und Worf folgten ihm.

Die Fühler der Botschafterin zitterten voller Mitgefühl. Stephaleh hatte Coleridge erst vor kurzer Zeit kennengelernt, und Andorianer lehnten es ab, allzu emotional auf den Tod zu reagieren. Trotzdem verstand sie die Empfindungen des Chefingenieurs.

Sie beugte sich über die Leiche und fühlte ein kurzes Stechen im verlängerten Rücken. Zuerst verfluchte sie die erbarmungslosen Schmerzen des Alters, doch dann fiel ihr etwas ein: Die Alternative zu Alter und Schmerz bestand im Tod. Nassa Coleridge würde nie wieder leiden, aber war das begrüßenswert?

Das Stechen und die häufigen Krämpfe erinnerten Stephaleh wenigstens daran, daß sie noch lebte. Vielleicht sollte sie dankbar dafür sein.

Sie stand auf, und Feuer schien ihr den rechten Oberschenkel zu verbrennen. Stephaleh massierte die verkrampften Muskeln und dachte: *Ja, vielleicht.*

KAPITEL 8

Bilder von der Oberfläche Tehuáns flackerten rasch hintereinander über den großen Wandschirm — zu schnell. Captain Picard schloß die Augen und rieb sich den Nasenrücken. Die immer wieder wechselnden Sensoraufnahmen führten dazu, daß ihm die Augen brannten, und außerdem wuchs die Unruhe in ihm: Er suchte noch immer nach einem Grund für den Angriff. Vielleicht konzentrierte er sich so sehr, daß er einen wichtigen Aspekt übersah, den er in einem entspannten Zustand sofort bemerkt hätte.

Nach einigen Sekunden spürte er, wie das dumpfe Pochen in den Schläfen nachließ, und daraufhin hob er die Lider. Sofort kehrte der Schmerz zurück, und das Geheimnis von Tehuán blieb ebenso rätselhaft wie zuvor.

Verdammt! fluchte Picard in Gedanken.

Er brauchte Data und vermißte ihn. Der Androide konnte besser als sonst jemand mit dem Bordcomputer umgehen — was Analysen erleichterte und beschleunigte —, und der Captain benutzte ihn häufig, um seine Ideen zu testen. Data bot nicht immer die Lösung für ein bestimmtes Problem an, aber seine Kommentare zeigten häufig neue Perspektiven und führten zu Inspirationen, an denen es Picard derzeit mangelte.

Er drehte sich um, als er Schritte auf dem rückwärtigen Oberdeck hörte. Erleichtert sah er Lieutenant Dean, der sich nun dem Kommandobereich näherte. Der wissenschaftliche Offizier war ein hagerer, drahtiger Mann, der ruhig und gründlich arbeitete — aber im Gegensatz zu Data mit der Geschwindigkeit eines Menschen. Picard tadelte sich für den unfairen Vergleich. Wichtig war nur, daß er jetzt mit einem Bericht rechnen durfte; endlich erzielten sie Fortschritte.

Dean schüttelte verwirrt den Kopf. »Bei der Computeranalyse haben sich keine besonderen Merkmale der Siedlung ergeben. Die fünf anderen Kolonien in diesem Sektor zeichnen sich ebenfalls durch eine landwirtschaftliche Struktur aus und sind nicht besser geschützt. Keine von ihnen ist reich, aber Devlin Vier hat einen umfangreichen Vorrat an Handelswaren. Dort findet wahrscheinlich der nächste Angriff statt.«

»Dem muß ich widersprechen«, sagte Fähnrich Burke und beugte sich übers Geländer des Oberdecks. Ihm fehlte die beeindruckende Gestalt des Klingonen Worf, doch er sprach mit der typischen Schärfe eines Sicherheitsoffiziers. »Die Sensorsondierungen der benachrichtigten Planeten sind negativ. Nichts deutet auf eine fremde Flotte in diesem Sektor hin. Zehn oder mehr Raumschiffe können wohl kaum von Tehuán nach Devlin fliegen, ohne entdeckt zu werden.«

Picard seufzte. »Also sind sie ›verschluckt worden und im tiefen Schoß der ewigen Nacht verschwunden‹.«

»Ist das Shakespeare, Sir?« fragte Wesley Crusher und sah von der Navigationskonsole auf.

»Milton. Ich nehme an, Sie haben noch nicht das *Verlorene Paradies* gelesen.«

»Äh, nein, Sir.« Der Fähnrich wandte sich rasch wieder den Anzeigen seiner Konsole zu. Als er eine Kontrollfläche berührte, erstarrte das Bild auf dem Wandschirm — das Projektionsfeld präsentierte nun hügeliges Land, gesäumt von zwei Gebirgen. »Oberflächenscan beendet, Captain. Keine Hinweise auf Verwüstungen in anderen Bereichen. Offenbar galt der Angriff nur dem Tal mit der Siedlung.«

Picard hatte nichts anderes erwartet, und deshalb enthielt diese Auskunft keine zusätzlichen Daten. Wenigstens war jetzt die endlose Folge von Bildern vorbei. Seltsam: Aus dieser Entfernung betrachtet wirkten die Verheerungen in der Kolonie nur wie einige schwarze Flekken vor einem grünen Hintergrund. In wenigen Jahren, wenn Regen den Staub fortgewaschen hatte und Pflanzen den verbrannten Boden zurückeroberten, würden diese dunklen Male verschwinden.

Aber unter der Vegetation verbargen sich noch andere, ältere Narben.

»Vergrößerungsfaktor zehn, Fähnrich.« Die Oberfläche des Planeten sprang näher, aber die Umrisse blieben undeutlich. »Irgend etwas erscheint mir vertraut ...«

Eine Stimme aus dem Interkom unterbrach Picard. »Crusher an Captain. Inzwischen ist der von Ihnen befohlene Bericht vollständig.«

»Ich bin gleich bei Ihnen, Doktor.« Er stand auf, noch während er diese Antwort gab. Er hatte die betreffenden Informationen trotz der hartnäckigen Einwände seines Ersten Medo-Offiziers verlangt, und deshalb gab es keinen Grund, Zeit zu vergeuden. Doch als sich die Tür des vorderen Turbolifts öffnete, zögerte der Captain kurz, bevor er die Transportkapsel betrat. Er warf noch einen letzten Blick auf den Wandschirm.

»Fähnrich Crusher, rufen Sie einen Geologen zur Brücke und lassen Sie diese Darstellung von ihm überprüfen. Ich habe einige Fragen in Hinsicht auf das Land.«

Beverly Crusher wartete in ihrem Büro, und seit der letzten Begegnung mit dem Captain hatte sich ihre Stimmung nicht verbessert. Als er hereinkam, warf sie eine Datentafel auf ihren Schreibtisch.

»Wir behandeln noch immer Verletzte, und ich mußte die Lebenden vernachlässigen, weil Sie mir die Anweisung gaben, mich mit den Toten zu befassen.«

Picard gab keine Antwort. Er hatte diese Bemerkung schon einmal gehört und sich nicht davon beeindrucken lassen. Crusher schob die Fäuste in die Taschen ihres Laborkittels und starrte ihn finster an, doch Jean-Luc spürte, daß nur noch ein kleiner Rest von Zorn in ihr brodelte.

»Außerdem verabscheue ich Autopsien.«

»Was haben Sie herausgefunden?« fragte Picard. Er war plötzlich sicher, daß die Ärztin etwas Wichtiges entdeckt hatte.

Sie kam sofort zur Sache. »Drei Leichen mit den gleichen Merkmalen: ausgeprägte subkutane Blutungen. Man fand sie in der Nähe eines Felssturzes. Aber sie wurden nicht etwa durch herabfallende Steine getötet, sondern von Energiestrahlen.«

»Die Angreifer verwendeten also eine neue Waffe.«

Crusher schüttelte den Kopf. »Ganz im Gegenteil. Lassen wir die gerichtsmedizinischen Details beiseite: Alles deutet darauf hin, daß die Kolonisten aus unmittelbarer Nähe mit einem Intervaller erschossen wurden.«

»Mit einem Intervaller?« Picard hob überrascht die Brauen. »Und aus unmittelbarer Nähe? Es bedeutet, daß sich einige Angreifer auf den Planeten beamten.«

»Ja, aber sie waren vorsichtig genug, keine Zeugen zurückzulassen.«

Allmählich glaubte Picard, einen gewissen Sinn in dem Rätsel zu erkennen. Er sah noch immer keine klare Bedeutung, aber diese neuen Anhaltspunkte brachten sie sicher einen Schritt weiter.

»Also geht der Angriff nicht auf Wandalen oder Terroristen zurück. Wer auch immer sie sind — sie wollten etwas auf der Oberfläche. Aber was? Bestimmt keine Pilze: Zu dem Felssturz kam es am Fuß des Berges, weit von den Feldern entfernt. Also etwas anderes. Die Antwort befindet sich auf Tehuán ...« Die Stimme des Captains verklang, als er sich an das letzte Bild vom Tal erinnerte. Existierte eine Verbindung?

»Spielen Sie mit dem Gedanken, sich selbst auf dem Planeten umzusehen?« erkundigte sich Beverly Crusher und unterbrach Picards Überlegungen.

»Es würde mir sehr schwerfallen, eine solche Entscheidung zu rechtfertigen«, erwiderte Jean-Luc ein wenig verlegen. »Vor kurzer Zeit habe ich Ihren Sohn darauf hingewiesen, daß mein Platz an Bord dieses Schiffes ist.«

»Kommandanten haben das Vorrecht, Ihre Meinung zu ändern.«

»Ich bin sehr versucht, aber ... Nein, ich kann die *Enterprise* nicht verlassen. Einige meiner wichtigsten Offiziere sind auf Kirlos, und eine feindliche Flotte versteckt sich irgendwo in diesem Sektor. Commander Riker kommt auch ohne mich zurecht. Meine Pflichten warten im Kontrollraum auf mich.«

Beverly versuchte vergeblich, ein Lächeln zu unterdrücken. »Aber es braucht Ihnen nicht zu gefallen?«

»Nein«, gab Picard zu und schmunzelte ebenfalls. »Es braucht mir nicht zu gefallen. Aber verzichten Sie bitte darauf, das Fähnrich Crusher zu sagen.«

Riker schob sich über loses Gestein und versuchte, am Berghang emporzuklettern. Doch immer wieder gab der Boden unter ihm nach, und mit jeder Bewegung wirbelte er Staubwolken auf. Er hustete und schwenkte den Tricorder in einem weiten Bogen herum. Die negativen Anzeigen veränderten sich nicht.

Er schob das Gerät in die Tasche zurück, hob den Kopf und hielt nach einem anderen Weg Ausschau.

»Wenn du nicht aufpaßt, endest du in der Krankenstation, Will!« rief Deanna von unten.

»Keine Sorge«, erwiderte der Erste Offizier durch zusammengebissene Zähne, obwohl die Counselor zu weit entfernt war, um ihn zu hören.

Als Empathin spürte sie vielleicht seinen Ärger und überließ ihn seiner Arbeit. Riker verlagerte das Gewicht vom einen Fuß auf den anderen und streckte die Hand nach einem kleinen Felsvorsprung aus. Ein Stein unter ihm löste sich, und dadurch verlor er den Halt. Von einem Augenblick zum anderen fiel er und rutschte den Hang hinab.

Als er die Augen aufschlug, stand Troi vor ihm. Ihre Gestalt schützte ihn vor dem grellen Glanz der Mittagssonne.

»Was wolltest du beweisen?« fragte sie.

Er setzte sich auf, und einige Sekunden lang drehte sich alles vor seinen Augen. Doch er schien unverletzt zu sein — wahrscheinlich die Erklärung für das mangelnde Mitgefühl Deannas. »Der Captain hat eine sorgfältige Untersuchung des Felssturzes und der angrenzenden Bereiche angeordnet.«

»Und was hast du gefunden?«

»Felsen«, sagte Riker und erhob sich mühsam. Erleichtert stellte er fest, daß der Tricorder unbeschädigt geblieben war. »Nach den Instrumentenanzeigen zu urteilen, befindet sich nichts unter, in oder auf der Geröllmasse.«

Aber Picard schien davon überzeugt zu sein, daß sie hier Antwort auf die Frage finden konnten, warum Tehuán angegriffen worden war. Und wenn Riker nichts entdeckte ... Dann bestand der Captain vielleicht darauf, den Bereich des Felssturzes selbst zu überprüfen. Es spielte überhaupt keine Rolle, daß niemand von ihnen wußte, *wonach* es Ausschau zu halten galt.

»Drei Menschen starben hier.« Der Erste Offizier strich mit der Stiefelspitze über rötlichen und orangefarbenen Kies. »Warum?«

Die Steine knirschten, ohne ihr Geheimnis preiszugeben.

»Nicht alle Rätsel können gelöst werden, Will.«

»Sag das dem Captain.«

Trois Schweigen verriet mehr als viele Worte. Sie wußten beide, wie stur Picard sein konnte. Zweifellos war er nicht mit den bisher übermittelten Tricorderdaten zufrieden, aber Riker hatte noch sechs Stunden Tageslicht, um die Suche fortzusetzen.

Er schirmt die Augen mit der Hand ab und beobachtete den halb geborstenen Grat, der ihn bisher daran gehindert hatte, diese Seite des Mount Cahuapetl zu erklettern. Tiefe Kratzer durchzogen die Hände des Ersten Offiziers, und Blasen bildeten sich an seinen Füßen. Die Hitze trieb ihm den Schweiß aus den Poren. Er war müde und durstig — und er wußte nicht, was er jetzt unternehmen sollte.

Bei solchen Gelegenheiten beneidete er Captain Picard um den Komfort der Brücke.

KAPITEL 9

Zamorh betrat Stephalehs Büro und brachte ihr einige Datentafeln, die sie kaum beachtete. Sie kritzelte mehrere Unterschriften und hörte, wie sich die Tür wieder hinter ihrem Assistenten schloß. Eine Zeitlang starrte sie auf den Computerschirm und las in einem Bericht, doch dann schaltete sie den Monitor abrupt aus. Nichts befriedigte die Andorianerin, und sie kannte auch den Grund dafür. Innerhalb kurzer Zeit hatte sie all das verloren, was sie an ihrer Arbeit liebte. Tod und Zerstörung breiteten sich auf Kirlos aus, auf einem Planeten, den sie als ihre zweite Heimat erachtete. Jetzt zeigten sich auch hier die Auswirkungen des kalten Krieges zwischen Föderation und K'Vin-Hegemonie. Außerdem litt Stephaleh noch immer an Schmerzen in den Beinen.

Sie hatte Zamorh beauftragt, Gregach den Tod der Archäologin Coleridge zu melden. Sie brauchte Zeit, um sich wieder zu fassen und ihre Gedanken zu sammeln. Die gestörte Nachtruhe weckte zunächst Gereiztheit in ihr, und durch Coleridge bekam das Problem eine persönliche Note. Als Botschafterin war sie eigentlich verpflichtet, an dem Tod eines jeden Föderationsbürgers Anteil zu nehmen, aber darüber hinaus hatte sie die Archäologin gekannt und respektiert.

Außerdem trafen die ersten Beschwerden von Zivilisten und Geschäftsleuten ein, denen der Zugang zum K'Vin-Markt verwehrt blieb. Es fand praktisch kein Handel mehr statt, und damit war der Lebensnerv dieser Welt betäubt. Stephaleh hatte keine Staatssekretäre, an die sie Verantwortung delegieren konnte — man hielt Kirlos nicht für wichtig genug, um ihr solche Mitarbeiter zuzuweisen. Um offizielle Klagen kümmerte sie sich selbst, und den Rest überließ sie Zamorh.

Stephaleh wünschte sich nichts sehnlicher, als Gregach zum Essen zu empfangen und anschließend mit ihm Dyson zu spielen. Sie wollte ein vernünftiges Gespräch mit dem K'Vin führen, frei von Argwohn, Mißtrauen und Verdacht. Aber die jüngsten Ereignisse schienen ihn verändert zu haben — der alte Krieger in ihm war erwacht. Seinen Nationalismus konnte sie ihm nicht vorwerfen, doch tief in ihrem Innern hoffte sie, daß er es für absurd hielt, Repräsentanten der Föderation die Schuld an den Explosionen zu geben. Wenn sie allein mit ihm reden konnte, ohne daß Zamorh oder Gezor in der Nähe waren ... Neuerdings schienen die Sulurh immer zugegen zu sein.

Stephalehs Assistent kehrte zurück, verharrte schweigend und wartete darauf, daß ihn die Andorianerin ansprach.

»Wir stehen vor einem sehr schwierigen Problem, Zamorh. Und gewisse Leute verlangen von mir, es zu lösen. Irgendeine Nachricht vom VFP-Rat?«

»Nein, Botschafterin. Auch nicht von der *Enterprise.*«

Stephaleh bedauerte es, sich nicht mit Captain Picard beraten zu können — als erfahrener Offizier mußte er manchmal auch Diplomat sein. Vielleicht wäre er in der Lage gewesen, ihr zu helfen. Aber er hatte eigene Probleme an Bord seines Schiffes. Die Andorianerin erinnerte sich an den Grund für den neuen Einsatzbefehl der *Enterprise.* Eine Kolonie, die von unbekannten Feinden verwüstet worden war? Drohte auch Kirlos die Gefahr eines Angriffs? Stephaleh betete zu den Gottheiten, daß ihr weitere Komplikationen erspart blieben.

Sie betätigte einen Schalter der Schreibtischkonsole, und ihre Stimme klang völlig ruhig, als sie sagte: »Kommunikation, stellen Sie eine Verbindung zu Botschafter

Gregach her. Lassen Sie sich von den K'Vin nicht hinhalten und betonen Sie, es sei sehr wichtig.«

Einige Sekunden später erschien Gregach auf dem Bildschirm. Er schien gerade eine Mahlzeit eingenommen zu haben; ein Rest von Bratensaft klebte an seinem Kinn. *Typisch für ihn,* dachte Stephaleh liebevoll. Sofort verdrängte sie diesen Gedanken. »Die Geschehnisse der letzten Stunden erfüllen mich mit Kummer, Botschafter«, begann sie. »Frieden herrschte auf Kirlos, und unsere Beziehungen waren frei von Belastungen.« Gregach hörte stumm zu. »Nach der Schließung Ihrer Grenzen kam es bei uns zu einem Zwischenfall, der einer Föderationsbürgerin das Leben kostete. Bis die Hintergründe geklärt sind und der Schuldige gefunden ist, sehe ich mich leider gezwungen, unsere Grenze ebenfalls zu schließen und alle K'Vin auszuweisen. Ich berufe mich dabei auf die Bestimmungen des Vertrages zwischen unseren Völkern.«

Gregach nickte langsam und nachdenklich. »Ich habe das Kriegsrecht erwartet, Botschafterin. Wie dem auch sei ... Ich drücke Ihnen hiermit mein herzliches Beileid für Professor Coleridges Tod aus. Unsere Polizei führt Ermittlungen durch, und wir glauben, daß innerhalb eines Tages Verdächtige identifiziert werden können.«

»*Wahre* Verdächtige?« fragte Stephaleh. »Oder wollen Sie nur den Anschein erwecken, an einer Aufklärung interessiert zu sein?« Es klang sehr kühl, und die Andorianerin sprach noch leiser als sonst.

»Ihre Anspielungen gefallen mir ebensowenig wie der Umstand, daß Sie uns den Zugang zu freien Handelsmärkten verweigern. Ich muß mich jetzt um andere Dinge kümmern — um *K'Vin*-Angelegenheiten.«

Der Bildschirm wurde dunkel, und Stephaleh seufzte. Es war ein *langes* Seufzen. Sie spürte, wie die Freundschaft mit Gregach zerfaserte, während die Förmlichkeiten zwischen ihnen zunahmen. Noch vor wenigen Tagen hätte der K'Vin-Botschafter die Regeln ignoriert und sich zur Andorianerin gebeamt, um direkt mit ihr zu sprechen. Aber jetzt war alles anders; jetzt mußten sie beide eine von der Politik und den Ereignissen diktierte Rolle spielen.

»Zamorh«, sagte sie. »Informieren Sie die Bürger unseres Sektors darüber, daß ihnen der Aufenthalt im K'Vin-Territorium bis auf weiteres verboten ist. Ich möchte, daß die Meldung zuerst in den Datennetzen gebracht und später auch auf allen öffentlichen Plätzen bekanntgegeben wird. Setzen Sie anschließend Ihre Nachforschungen fort. Bei den Gottheiten: Wenn ich nicht bald Antworten bekomme, schnappe ich über.« Nach kurzem Zögern fügte Stephaleh hinzu: »Auf dem Weg nach draußen ... Bitten Sie die *Enterprise*-Offiziere hierher.«

Der Sullurh nickte, eilte aus dem Zimmer und ließ die Andorianerin mit ihren Gedanken allein. Sie drehte sich zum Fenster um und beobachtete die Menge in den Straßen. Gerüchte aktivierten jene Leute, die der Politik normalerweise keine Beachtung schenkten.

Inzwischen wußten alle von den Anschlägen und Todesfällen. Viele hielten noch immer die Starfleet-Repräsentanten für verantwortlich, und andere glaubten, sie seien gekommen, um eine geheime Untergrundbewegung zu entlarven. Wie seltsam, daß sich eine rein wissenschaftliche Mission in so etwas verwandeln konnte ...

Die Menge wogte wie Ebbe und Flut, reichte bis zu den Stufen vor der Föderationsbotschaft. Stimmen erklangen im gleichen Rhythmus, mal leiser mal lauter — wütende Stimmen aus zornigen Kehlen.

Hunderte von aufgebrachten Bürgern drängten nach vorn, um gleich darauf wieder vor den bewaffneten Wächtern auf der Treppe zurückzuweichen. Die Phaser der Gardisten steckten noch immer in den Halftern, aber ihre Präsenz genügte — noch.

Lars Trimble war nie zuvor Teil einer so großen Menge gewesen; er fühlte nun eine Mischung aus Furcht und zunehmendem Unbehagen.

Er hatte auch gar nicht *beabsichtigt*, sich dem empörten Mob hinzuzugesellen. Er wollte nur gegen die neuesten Entwicklungen protestieren, gegen die Gefährdung des langen Friedens auf Kirlos, durch die er auch das Wohlergehen seiner Familie bedroht glaubte.

Andere dachten in erster Linie an ihr Einkommen — und daran gab es nichts auszusetzen. Die Bombenanschläge hatten viele gute Geschäfte ruiniert.

Für Lars gab es keinen Grund, verlorenen Geschäften nachzutrauern — seine Ehrlichkeit hatte ihn davor bewahrt, jetzt ebenfalls enttäuscht zu sein.

Nur an einem Ort in der Galaxis konnte man sich die mysteriösen *Shrol'dinaggi* beschaffen, die legendären torquanischen Erinnerungssteine: auf Torqua, dem siebten Planeten im Zentralsystem der K'Vin.

Bis vor einigen Monaten waren Erinnerungssteine für Föderationsbürger völlig unzugänglich gewesen. Doch eines Abends bei Busiek hatte Trimble einen Kaufmann mit einer Quelle für *Shrol'dinaggi* kennengelernt. Sein Problem bestand darin, daß er sie nicht im K'Vin-Territorium feilbieten konnte. Es galt als illegal, sie zu besitzen oder zu verkaufen — angeblich gefährdeten sie die geistige Gesundheit —, und er wollte sie so schnell wie möglich loswerden.

Und außerdem: Auf bestimmten Föderationswelten herrschte hinsichtlich der Steine eine weitaus größere Nachfrage. Dort waren sie ebenfalls verboten, aber es drohten nicht ganz so strenge Strafen. Reiche zahlten viel Geld für die von den *Shrol'dinaggi* gebotenen, einzigartigen Erfahrungen. Sie sehnten sich danach, längst vergangene Jahrhunderte zu erleben, gefüllt mit geballter Vitalität, und es spielte keine Rolle, daß es sich um K'Vin-Geschichte handelte ...

Man traf Vereinbarungen für Transport, Übergabe

und Bezahlung — Vorbereitungen, bei denen Trimble nur als Vermittler agierte, ohne die Handelsware jemals zu sehen. Auf diese Weise war es sicherer.

Plötzlich hatte der einfache Kaufmann Lars Trimble die Chance, zu einem *Shrol'dinaggi*-König zu werden und seine finanziellen Probleme für immer zu lösen.

Doch letzten Endes konnte er sich nicht dazu durchringen, das Geschäft zum Abschluß zu bringen. Er sah zuviel Illegalität auf beiden Seiten des Zauns, zu viele Risiken. Des Nachts fand er keine Ruhe mehr.

Vielleicht war er einfach nicht habgierig genug. Vielleicht wollte er seinen Kindern nicht erklären müssen, woher der plötzliche Reichtum stammte.

Dann kam es zu den Bombenanschlägen in Kirlosia. Die Zerstörung des Handelszentrums, zwei weitere Explosionen, eine auf der K'Vin-Seite, die andere am Föderationssektor — beide erweckten den Anschein von Vergeltung.

Eine Ironie des Schicksals: Trimble hätte seine Seele verkauft, um die Erinnerungssteine zu bekommen, aber es wäre gar nicht möglich gewesen, das Geschäft abzuwickeln. Angesichts der geteilten Stadt hätte er den K'Vin-Partner nicht bezahlen können. Und niemand schmuggelte *Shrol'dinaggi* allein auf der Grundlage von Vertrauen und gutem Glauben über die Grenze.

Aber für Lars Trimble stellten die Zwischenfälle keine Art von poetischer Gerechtigkeit dar: Aufgrund der Anschläge gingen auch seine ehrlichen Getreide-Geschäfte immer schlechter.

Standen diese Schwierigkeiten in irgendeinem Zusammenhang mit dem Föderationsschiff und den Starfleet-Offizieren in der Stadt? Trimble hatte entsprechende Gerüchte gehört, noch vor der Explosion im Museum.

Er drehte den Kopf von einer Seite zur anderen, und überall sah er zornige Gesichter. Wütende Schreie erklangen. Die anderen Leute glaubten offenbar, daß die

Enterprise-Offiziere Verantwortung trugen. Über das Wie und Warum wußten sie nicht Bescheid, aber sie waren sicher, daß eine Verbindung existierte.

Eine derartige Überzeugung wuchs auch in Trimble, als ihn das Wogen der Menge zur Botschaft schob. Er begann ebenfalls damit, die drei Starfleet-Repräsentanten zu verfluchen. Und je lauter er fluchte, desto geringer wurde seine Besorgnis; sie verflüchtigte sich im Zorn des Mobs. Die Drohung von Gewalt lag in der Luft und gewann eine fast greifbare Qualität.

Trimble fürchtete sich nun nicht mehr. Statt dessen spürte er prickelnde Erregung.

Die Botschaftsgardisten auf der Treppe zogen nun ihre Phaser.

Data blickte aus dem konvexen Fenster des Büros und schätzte die Stimmung der Menge ein. Stephaleh war nach unten gegangen, um die aufgebrachten Bürger zu beruhigen, aber der Androide bezweifelte, ob sie mit ihren Bemühungen einen Erfolg erzielen konnte.

Neben ihm brummte Worf. »Ich halte es noch immer nicht für klug, daß die Botschafterin zu den Leuten sprechen will.« Seine Augen bildeten schmale Schlitze unter den Brauenhöckern. »Wir hätten sie begleiten und schützen sollen.«

Data drehte sich zu dem Klingonen um. »Vielleicht. Aber sie ist nicht völlig allein. Die Gardisten halten Gefahr von ihr fern.«

Worf schüttelte den großen Kopf. »Sie bieten keinen Schutz. Ich vermute, daß sie noch nie einen Phaser abgefeuert haben.«

Der Androide begriff, daß es keinen Sinn hatte, diese Diskussion fortzusetzen. Er wechselte das Thema. »Wie dem auch sei: Es war Stephalehs Wunsch, daß wir in ihrem Büro bleiben. Unsere Präsenz auf Kirlos ist zumindest einer der Gründe für die Unzufriedenheit dieser Leute.«

»Ja«, sagte Geordi und unterbrach die unruhige Wanderung durchs Zimmer. Seit dem Tod seines früheren Mentors schien er recht nervös zu sein. »Die jüngsten Ereignisse gefallen ihnen nicht, und deshalb suchen sie nach geeigneten Sündenböcken.« Er starrte kurz zum Fenster. »Kommt es den Bürgern überhaupt nicht in den Sinn, daß wir die neuesten Entwicklungen ebensowenig begrüßen wie sie?« Er zögerte kurz und hatte offenbar Mühe, die nächsten Worte auszusprechen. »Denken Sie nicht an die Möglichkeit, daß auch wir bestürzt sind?«

Damals, als Data mit seiner Arbeit an Bord der *Enterprise* begann, wäre er vielleicht bereit gewesen, Antwort zu geben. Aber mit Geordis Hilfe hatte er gelernt, die rhetorische Natur bestimmter Fragen zu erkennen, und deshalb schwieg er nun.

»Sie fürchten sich«, erwiderte Zamorh. Der Androide blickte über die Schulter — er hatte fast vergessen, daß ihnen der Sullurh noch immer Gesellschaft leistete.

Zamorh schien nicht in der Lage zu sein, zwischen normalen und rhetorischen Fragen zu unterscheiden.

»Wer sich fürchtet, kann nicht mehr klar denken«, fügte er hinzu.

Worf knurrte leise. »Ein Grund mehr, um die Botschafterin zu schützen. Um nicht zu zögern, von den Waffen Gebrauch zu machen.«

Data gewann den Eindruck, daß sie sich mit solchen Erörterungen im Kreis bewegten. Er verzichtete darauf, einen eigenen Beitrag zu dem sinnlosen Gespräch zu leisten, beobachtete statt dessen den Platz und sah, wie die Botschafterin nach draußen trat.

Stephaleh nahm seit vielen Jahren die Pflichten einer Diplomatin wahr. Sie hatte bei Friedensverhandlungen zwischen Sonnensystemen und ganzen Sternenreichen geholfen.

Aber nun bekam sie es zum erstenmal in ihrem Leben mit einem Mob zu tun.

Warum bist du so versessen darauf, diese Erfahrung jetzt nachzuholen? dachte sie, als sie die Sicherheit der Föderationsbotschaft verließ. *Du bist alt und schwach, klagst ständig über Schmerzen und Muskelkrämpfe. Weshalb hast du es niemand anders überlassen, mit dieser Situation fertig zu werden?*

Aber wie sollte sie die Aufgabe delegieren, wenn es außer ihr niemanden gab, der sie wahrnehmen konnte? Es blieb ihr gar keine andere Wahl, als dem Mob gegenüberzutreten.

Der Mensch namens Powell — er leitete die Garde — wandte sich halb zu Stephaleh um, als sie sich den Wächtern näherte. Ihre Gegenwart schien ihn zu überraschen.

»Stecken Sie Ihren Phaser ins Halfter zurück«, sagte die Botschafterin. »Und das gilt auch für die anderen.«

Powell gehorchte widerstrebend, und nach einigen Sekunden folgten die übrigen Wächter seinem Beispiel.

Stephaleh hatte gehofft, die Menge mit dieser Geste zu beruhigen und die allgemeine Anspannung zu lindern.

Das Gegenteil war der Fall. Die zornigen Bürger schöpften neuen Mut und schrien noch lauter. Zwei Kaufleute kamen die Treppe hoch und blieben dicht vor der Andorianerin stehen.

Ausgezeichnet, fuhr es ihr durch den Sinn. Zwei Personen, mit denen sie verhandeln konnte … *Das ist wesentlich leichter als der Umgang mit einer anonymen Menge.*

Stephaleh begrüßte die beiden Händler mit einem kurzen Blick. Ihre Kopffühler neigten sich nach vorn — ein Reflex aus jener Zeit, als Andorianer damit kommuniziert hatten.

»Was hat dies zu bedeuten?« fragte sie und versuchte dabei, die richtige Mischung aus Empörung und Neugier zu finden.

»Irgend etwas geht vor«, entgegnete einer der beiden Bürger, ein großer und dürrer Rhadamanthaner. »Etwas, das unsere Geschäfte und vielleicht auch unser Leben bedroht.«

»Das stimmt«, bestätigte der andere, ein erstaunlich dicker Tellarit. »Wenn Föderation und K'Vin hier einen Krieg ausbrüten, so wollen wir wenigstens den Grund dafür wissen. Darüber hinaus verlangen wir, rechtzeitig gewarnt zu werden, damit wir uns schützen können.«

Die Menge brüllte zustimmend. Stephaleh wartete ruhig, bis die Flut der Emotionen verebbte.

Schließlich hob sie die Hände. »Hören Sie mir zu«, sagte sie und richtete ihre Worte nicht nur an die beiden Kaufleute. »Auf Kirlos findet nichts Geheimes statt — zumindest nicht im Föderationssektor.«

»Meinen Sie?« zischte der Tellarit. »Dann ist es nur ein Zufall, daß alles mit dem Eintreffen der *Enterprise* begann? Halten Sie es auch für einen Zufall, daß die Starfleet-Offiziere zugegen waren, als das Handelszentrum zerstört wurde, als die Bombe in der K'Vin-Botschaft explodierte?«

»Wir sind nicht dumm«, sagte der Rhadamanthaner. »Es ist offensichtlich, daß die Föderation Kirlos als Figur auf einem interstellaren Schachbrett benutzt — ob Ihre Vorgesetzten Sie darüber informiert haben oder nicht.«

Dieser Hinweis erstaunte die Botschafterin. War es möglich? Traf die Föderation hinter ihrem Rücken Kriegsvorbereitungen?

Nein. Stephaleh lehnte diese Vorstellung ab — sie stand im krassen Gegensatz zur bisherigen Föderationspolitik. *Ich gehöre zu den erfahrensten Diplomaten des Völkerbunds,* dachte die Andorianerin. *Und ich genieße das besondere Vertrauen des Föderationsrates. Wenn sich tatsächlich etwas anbahnt, hätte man mich bestimmt darauf hingewiesen.*

»Sie ziehen voreilige Schlüsse«, antwortete Stephaleh und gab sich gelassen, obwohl Unruhe in ihr zitterte. »Wir haben nichts mit dem Anschlag auf die K'Vin-Botschaft zu tun. Und es fehlen Beweise dafür, daß K'Vin hinter den beiden Explosionen in unserem Sektor stekken.«

»Oh, natürlich«, sagte der Tellarit. »Weil die Starfleet-Spione für *alle drei* Zwischenfälle verantwortlich sind. Sie wollen die K'Vin zu einem Krieg provozieren.«

Erneut grölte die Menge, noch lauter und länger als zuvor. Stephaleh spürte, wie die Situation ihrer Kontrolle entglitt. Sie mußte etwas unternehmen, und zwar schnell.

»Die Föderation provoziert keine Kriege«, erwiderte sie, und ihr Ärger war nicht gespielt. »Welche Vorteile hätte sie dadurch?«

»Das weiß allein die Föderation«, höhnte der Rhadamanthaner.

Einschüchterung funktionierte offenbar nicht — das Feuer der Wut brannte zu heiß. Irgendwie mußte Stephaleh die Initiative ergreifen.

Plötzlich wußte sie, worauf es ankam. Sie setzte sich in Bewegung, ging die Treppe hinunter und an den beiden Kaufleuten vorbei, die ihr verblüfft nachstarrten. Die Andorianerin zögerte nicht und näherte sich der Menge. Powell raunte der Botschafterin eine Warnung zu, die sie ignorierte.

Zuerst glaubte Stephaleh, daß die Bürger auch weiterhin eine undurchdringliche Barriere vor ihr schufen. Doch in der letzten Sekunde teilte sich der Mob, und sie schritt zielstrebig durch die Gasse — bis sie ihr Ziel erreichte.

Der Mensch vor ihr war groß und schlank, hatte einen rötlichen Bart und kleine blaue Augen. Als er sah, wie die alte Andorianerin direkt auf ihn zuhielt, wich er unwillkürlich zurück — und wäre wahrscheinlich noch weiter zurückgewichen, wenn ihm nicht andere Leute den Weg versperrt hätten.

Stephaleh verharrte vor ihm und musterte das rötliche, offene Gesicht. Die Augen des Mannes wurden noch kleiner, als er überlegte, warum sie zu ihm gekommen war, anstatt auf der Treppe zu bleiben und zu versuchen, die Menge zu beruhigen.

Diesmal wußte die Botschafterin, daß sie eine gute Wahl getroffen hatte.

»Ich kenne Sie«, sagte Stephaleh so sanft, daß nur die Personen in unmittelbarer Nähe ihre Worte verstanden. »Sie sind ein ehrlicher Mann, der sich bemüht, seinen Lebensunterhalt auf eine ehrliche Weise zu verdienen. Deshalb wünschen Sie sich Frieden.«

Überall ertönten laute Klagen; sie stiegen wie Blasen in den schäumenden Wassern der Großen Quelle von Andor auf. Dann ertönten andere Stimmen und forderten Ruhe, so daß alle zuhören konnten.

Die Botschafterin sprach ebenso leise wie vorher, als sie fragte: »Wie lautet Ihr Name?«

»Trimble«, erwiderte der Mensch, von dem ruhigen Tonfall ebenso hypnotisiert wie von den durchdringend blickenden Augen. »Lars Trimble.«

Die Andorianerin nickte. »Ich versprechen Ihnen etwas, Lars Trimble, nicht als Botschafterin der Föderation auf dieser Welt, sondern als Stephaleh n'Ehliarch, Tochter von Andor. Ich verspreche Ihnen, daß ich meine ganze Macht nutzen werde, um Unheil von Ihnen und Ihrer Familie fernzuhalten. Glauben Sie mir, Lars Trimble?«

Der Mensch starrte sie an und nickte langsam.

Später erinnerte er sich vielleicht an den Profit, den er aufgrund der Spannungen in Kirlosia verloren hatte. Möglicherweise verfluchte er sich dann dafür, die Botschafterin nicht einfach erdrosselt zu haben.

Aber die Tatsache, daß er plötzlich im Rampenlicht stand, lähmte Lars Trimble ebenso wie das vertrauenerweckende Gebaren Stephalehs, das sie im Lauf der Jahre perfektioniert hatte. Es schadete ihrer Glaubwürdigkeit gewiß nicht, daß sie jedes Wort ernst meinte.

»Gut«, sagte die Botschafterin. »Mit Ihrer Hilfe werde ich eine Möglichkeit finden, die gegenwärtigen Probleme zu lösen.« Sie berührte Trimble am Oberarm und drückte kurz zu, bevor sie in die Richtung zurückkehrte, aus der sie gekommen war.

Erneut teilte sich die Menge vor ihr, jetzt etwas bereitwilliger. Unterwegs hörte sie neuerliche Stimmen, doch diesmal brachten sie keinen Zorn zum Ausdruck, sondern erkundigten sich nach ihren Worten. Dutzende von Bürgern wollten wissen, mit wem sie gesprochen hatte und worüber.

Stephaleh begriff nun, daß es ein Fehler gewesen war, mit den Anführern geredet zu haben: Die beiden Kaufleute symbolisierten den Kopf, aber ein Appell ans Herz entfaltete weitaus mehr Wirkung.

Eine Zeitlang würden die Leute über ihre an Lars Trimble gerichteten Bemerkungen nachdenken — das hielt die Bürger beschäftigt und lenkte sie von ihrer Furcht ab. Zumindest vorübergehend hatte Stephaleh eine explosive Situation entschärft.

Aber es war keine permanente Lösung. Sie mußte den Zwischenfällen auf den Grund gehen, bevor Lars Trimble und alle anderen beschlossen, die Sache selbst in die Hand zu nehmen.

KAPITEL 10

Ilugh wälzte sich auf der harten Matratze immer wieder von einer Seite auf die andere und konnte nicht schlafen. Kein Wunder: Sorgen plagten ihn.

Er dachte an den Angriff auf die Botschaft und zweifelte nicht daran, daß es sich tatsächlich um einen Anschlag handelte. Jemand hatte eine Bombe gezündet, dadurch das Leben Botschafter Gregachs und seiner Mitarbeiter in Gefahr gebracht.

Vielleicht gelang es den anderen Wächtern, solche Gedanken zu verdrängen. Sie sahen in ihren hiesigen Pflichten nur einen bequemen Weg, um ihren Militärdienst zu verlängern, ohne dabei die Haut zu riskieren.

Aber sie kannten Gregach nicht so gut wie Ilugh. Für sie war der Botschafter nur ein verweichlichter, schwafelnder Bürokrat, dessen geistiger Horizont gerade bis zur nächsten Spilat-Mahlzeit reichte.

Nun, mit dieser Einschätzung lagen sie nicht völlig falsch; das mußte selbst Ilugh zugeben. Gregach liebte die Delikatessen seiner Heimat.

Doch die Erinnerungen zeigten Ilugh einen anderen Gregach. Früher war er *General* gewesen, Kommandeur der K'Vin-Streitkräfte auf Titrikus IV und Sieger über die Invasionsflotte der Eluud. Damals errang er den Ruhm eines Helden, und ihn erwartete eine steile Karriere in der militärischen Hierarchie.

Ilugh wußte darüber Bescheid, weil er unter Gregach gedient hatte, wenn auch nur als gewöhnlicher Soldat. In jener Zeit lernte er den General gut genug kennen, um ihn zu respektieren und zu bewundern. Gregach war nicht nur ein Sieger: Er errang seine Siege, ohne K'Vin-Blut zu verschwenden. Viele andere Kommandeure setzten die Triumph-um-jeden-Preis-Tradition fort, doch Gregach sorgte dafür, daß die Verluste auf ein Minimum beschränkt blieben.

Einmal mehr fragte sich Ilugh, was die Karriere des einstigen Generals so plötzlich beendet und ihm diesen wenig beneidenswerten Posten im diplomatischen Dienst eingebracht hatte. Bestimmt keine Klagen seiner Soldaten. Vielleicht war es einem Rivalen Gregachs gelungen, erfolgreich gegen ihn zu intrigieren ...

Als man Gregach nach Kirlos schickte, bat auch Ilugh um eine Versetzung und stellte den Antrag, der persönlichen Garde des Generals — des *Botschafters* — zugewiesen zu werden. Die Gründe dafür hießen Loyalität, Respekt und auch Zuneigung, obwohl Ilugh das nie zugegeben hätte. Jene Art von Zuneigung, die nur einem großen Feldherrn gebührte.

Als sich Ilugh erneut herumwälzte, hörte er, wie der Große Stragahn am anderen Ende der Kaserne schnarchte. Es begann als ein leises, kaum merkliches Brummen, doch jetzt war das Geräusch zu laut, um auch weiterhin ignoriert zu werden.

Und es konnte nur schlimmer werden. Typisch Stragahn: An manchen Abenden erinnerte er sich zu gut und trank, um zu vergessen. Sicher dauerte es nicht mehr lange, bis alle anderen erwachten und ihn verfluchten — ganz leise, um ihn nicht zu stören. Jeder fürchtete, vom jähzornigen Großen Stragahn an die Wand geschmettert zu werden.

Ilugh gab sich nun keinen Hoffnungen mehr hin, in dieser Nacht Ruhe zu finden. Nur Stragahn würde schlafen.

»*Verdammt!*« erklang der erste Fluch von der Koje unter Ilugh. »Es geht schon wieder los. Die fünfte Nacht in diesem Monat!«

Ilugh knurrte leise, beugte sich vor und stützte die Hauer auf den Unterarm. »Erinnerst du dich nicht mehr daran, wie es früher war? Als Stragahn hierherkam, schnarchte er fast in jeder Nacht. Erst in den letzten Jahren ist er ruhiger geworden.«

Dieser Hinweis schien Onahts Zorn kaum zu mildern.

»Ich habe mich nicht für diesen Dienst gemeldet, um dauernd wach zu liegen«, schimpfte er. »Wenn *das* meinem Wunsch entspräche, hätte ich um einen Platz an der Grenze gebeten.«

Das Schnarchen wurde noch lauter, und überall in der Kaserne regten sich Gardisten.

Onaht murmelte einen zweiten Fluch, der ziemlich eindrucksvoll klang und den Ilugh jetzt zum erstenmal hörte. Er kicherte leise.

»Lach nur«, sagte Onaht. »Du kannst vielleicht auf Schlaf verzichten, aber ich nicht.« Er schwang die Beine über den Rand des schmalen Bettes, stand auf, warf einen finsteren Blick in Stragahns Richtung und ging los.

»He, warte«, flüsterte Ilugh. Er sprang von seiner Koje und folgte Onaht barfuß. »Wohin willst du?«

Der andere Gardist sah nicht zurück. »Ich wecke den seelenlosen Mistkerl.«

Ilugh hielt ihn an der Schulter fest. »Bist du übergeschnappt?« fragte er. »Er wird dir Arme und Beine ausreißen.«

Onaht schnaubte. »Na und? Kann das schlimmer sein, als sich jede Nacht sein Schnarchen anzuhören?« Mit diesen Worten schüttelte er die Hand seines Kameraden ab.

Ilugh schob verärgert die Hauer vor. »Na schön, geh nur. Sei ein junger Hitzkopf — es ist *dein* Tod.«

Er zweifelte nicht daran, daß Onaht rechtzeitig zur Vernunft kam. *Niemand* wagte es, Stragahn zu wekken.

Aber er stellte verblüfft fest, daß der Soldat den Weg fortsetzte. Er trat an die große, massige Gestalt heran und rüttelte sie.

»Sei endlich still, du Trottel«, sagte Onaht und ließ sich sogar zu einer Beleidigung hinreißen. »Wenn du nicht die Klappe hältst, kann niemand von uns schlafen.«

Ilugh hielt den Atem an, ebenso wie Hulg und Tazradh, die auf ihren Kojen erstarrten. Dutzende von gespannten Blicken glitten durch die Kaserne.

Aber Stragahn rührte sich nicht, zeigte überhaupt keine Reaktion auf Onaht.

Ganz offensichtlich war Onaht der glücklichste Soldat in der Hegemonie.

Ein Wunder geschah: Stragahn schnarchte nicht mehr. Eine gespenstische Stille herrschte.

Ilugh spürte, wie es ihm kalt über den Rücken lief. Er schritt an dem zufriedenen Onaht vorbei und sah auf Stragahn hinab.

Einige Sekunden später rollte er ihn vorsichtig auf die Seite und starrte in ein verzerrtes Gesicht. Die dicke, angeschwollene Zunge ragte zwischen verfärbten Lippen hervor, und die Augen traten aus den Höhlen.

»Bei den Göttern«, hauchte Onaht.

»Jemand soll einen Arzt holen!« rief Ilugh und beobachtete aus den Augenwinkeln, wie ein Gardist forteilte. Er preßte das Ohr an Stragahns Brust und schnitt eine Grimasse, als er keinen Herzschlag hörte. Er klopfte aufs Sternum, aber es hatte keinen Zweck. Stragahn war auf halbem Wege zu seinen Ahnen.

»Ilugh!«

Er drehte sich um — und begriff sofort den Grund für die Besorgnis in Hulgs Stimme.

Hulg beugte sich über Dronaghs Bett, und auch Dronagh bewegte sich nicht. Seine Augen wölbten sich ebenfalls aus den Höhlen, wie die Stragahns.

Organische Ursachen kamen sicher nicht in Frage.

Zwei Fälle zur gleichen Zeit ... Das konnte kein Zufall sein.

Aber was dann?

Gift? Stragahn und Dronagh hatten an diesem Abend nicht am gleichen Ort gegessen.

Plötzlich verstand Ilugh.

»*Gas!*« stieß er hervor.

Unmittelbar darauf huschte Entsetzen über Onahts Züge, ein Grauen, das noch weitaus schlimmer war als die Entdeckung von Stragahns Tod. Der Soldat schnaufte, schnappte nach Luft und sank zu Boden.

Die anderen Gardisten standen wie versteinert und waren viel zu erschrocken, um die Kaserne zu verlassen. Ilugh riß sie mit einem lauten Schrei aus ihrer Starre. »Nach draußen — *sofort!*«

Als seine Gefährten zur Tür hasteten, zog er den immer noch keuchenden Onaht hoch. Er sammelte seine ganze Kraft und zerrte ihn zum Ausgang.

Sie hatten ihn fast erreicht, als Ilugh erste Benommenheit fühlte. Etwas schnürte ihm die Kehle zu — jemand schien ihn zu erdrosseln.

Er wußte, daß er jetzt nicht innehalten durfte, taumelte weiter, wankte durch die Tür und versuchte, seine Lungen mit frischer Luft zu füllen.

Aber das Atmen fiel ihm nicht leichter, sondern immer schwerer. Als ihn die übrigen Gardisten umringten, um ihm zu helfen, gab Ilugh der heranwogenden Dunkelheit nach.

»Was?« donnerte Gregach.

Gezor starrte den K'Vin groß an. Der Wutausbruch des Botschafters schien ihn zu überraschen.

Aber hatte er etwas anderes erwarten dürfen? Gab es jemanden, der einen *solchen* Bericht ruhig und gelassen entgegennahm?

Gregach ließ sich langsam in seinen Sessel sinken. »Einzelheiten«, sagte er. Die Wangenmuskeln mahlten, wodurch sich die Hauer von einer Seite zur anderen neigten. »Nennen Sie mir Einzelheiten.«

Der Assistent nickte. »Vier Tote, acht Überlebende — aber zwei von den acht liegen im Koma. Die Ärzte haben ihre Untersuchungen noch nicht beendet, aber sie vermuten alle, daß Gas die Ursache ist. Wahrscheinlich Plethan.«

Gregach dachte eine Zeitlang darüber nach. *»Plethan?«* fauchte er. »In genügend großer Konzentration, um meine Gardisten umzubringen — in ihrer Kaserne?« Er wußte, daß dieses Gas aus dem Boden diffundierte, allerdings nur in kleinen Mengen. Bisher hatte es nie eine Gefahr für die Bevölkerung dargestellt. Der Botschafter stellte fest, daß er die Hände zu Fäusten geballt hatte, und er versuchte, sich zu entspannen. »Woher kam es?«

Der Sullurh zuckte umständlich mit den Schultern. Vielleicht hielt er nach einer Möglichkeit Ausschau, dem Zorn des K'Vin zu entgehen.

»Nach den ersten Ermittlungen zu urteilen, stammte das Gas nicht aus dem Boden«, sagte er. »Deshalb müssen wir von der Annahme ausgehen, daß jemand einen entsprechenden Behälter in der Kaserne versteckte, ausgestattet mit einem Ventil, das sich zu einer bestimmten Zeit öffnete. Anders ausgedrückt: ein Anschlag.«

Gezor schien noch etwas hinzufügen zu wollen, zögerte jedoch.

Der Botschafter fand sich nicht mit dem Schweigen ab. »Gibt es sonst noch etwas?«

»Ich bitte um Entschuldigung ...« Der Sullurh gestikulierte vage. »Ich wollte eine Meinung anbieten, aber Sie verlangten Fakten.«

Gregach brummte. »Na schön. Nennen Sie mir die Meinung.«

Gezor erweckte den Eindruck, mit sich selbst zu ringen. »Vielleicht gefällt sie Ihnen nicht«, erwiderte er schließlich.

»Wollen Sie andeuten, daß die Föderation hinter den Zwischenfällen steckt?« fragte der K'Vin.

»Ja«, bestätigte der Sullurh. »Eine weit verbreitete Ansicht.«

»Sie ergibt keinen Sinn — *noch* nicht. Warum sollte Stephaleh uns angreifen und es leugnen?«

»Vielleicht will sie feststellen, wie weit sie gehen kann«, murmelte Gezor.

Neuerliches Unbehagen erfaßte den Botschafter. »Erklären Sie das.«

»Vielleicht handelt es sich um einen Test, der unserer Verteidigungsbereitschaft gilt«, begann Gezor. »Immerhin sind seit dem letzten echten Kontakt zwischen Föderation und Hegemonie mehr als dreißig Jahre vergangen. Möglicherweise will man auf der anderen Seite herausfinden, ob Sie noch immer ein Kämpfer sind.«

Gregach beugte sich vor, und es gelang ihm nicht, den Ärger aus seiner Stimme zu verbannen, als er fragte: »Aber *warum*, Gezor? Zu welchem *Zweck*?«

Diesmal ließ sich der Assistent nicht einschüchtern. Er sprach ruhig und mit einer gewissen Entschlossenheit. »Um eine Eroberung vorzubereiten, Botschafter.«

Der K'Vin musterte den kleinen Sullurh. Gezors Worte klangen schlicht und einfach — eine Beschreibung, die der komplexen Situation sicher nicht gerecht wurde. Eroberung ... Ein Konzept von so enormer Tragweite, daß es Gregach nie von selbst in Erwägung gezogen hätte.

Und doch ... Konnte er es sich leisten, diese Möglichkeit außer acht zu lassen, wenn auch nur eine geringe Wahrscheinlichkeit dafür bestand?

»Soll das heißen, Kirlos sei ein ... Versuchsgebiet, Gezor? Eine Art Laboratorium?«

»Ja, Botschafter. Wenn wir nicht sofort angemessen reagieren, fordern wir solche Ereignisse in einem größeren Maßstab heraus. Letztendlich führen sie vielleicht zum Ende der ganzen Hegemonie.«

Gregach räusperte sich. »Und die Explosionen im Föderationssektor? Die offiziellen Beschwerden von jener Seite?«

»Ablenkungsmanöver«, sagte Gezor. »Versuche, unsere Fähigkeit zum logischen Denken auf die Probe zu stellen. Oder das Bestreben der Föderation, ihre heimtückischen Anschläge Dritten gegenüber zu rechtfertigen.«

Der K'Vin seufzte. Er bedauerte es fast, die Schleusentore für diese Flut aus Mutmaßungen geöffnet zu haben.

Im Grunde hielt er sie für absurd. Er glaubte nicht, daß seine Entscheidungen hier und jetzt das Schicksal der Hegemonie bestimmten.

Doch es ging nicht nur um Gregachs Überzeugungen. Er mußte auch die Meinungen seiner Vorgesetzten berücksichtigen und *ihre* Reaktionen auf den zweiten Zwischenfall im K'Vin-Territorium voraussehen.

Es war durchaus möglich, daß der eine oder andere von ihnen zum gleichen Schluß wie Gezor gelangte und den Gasangriff als ein Zeichen für Eroberungsabsichten interpretierte. In dem Fall sollte er sich besser den Anschein geben, alle notwendigen Schritte einzuleiten, um der hypothetischen Invasion vorzubeugen.

Aber *welche* Maßnahmen galt es zu ergreifen? Dem Botschafter fielen keine ein, und deshalb fragte er Gezor.

Der Sullurh schien bereits darüber nachgedacht zu haben und antwortete sofort. »Ich sehe nur einen Weg, um weitere Zwischenfälle zu verhindern. Wir müssen die Föderationsbotschaft unter Kontrolle bringen.«

In Gregachs Magengrube verkrampfte sich etwas. »Ist Ihnen eigentlich klar, was Sie da vorschlagen?«

Gezor nickte unbeeindruckt. »Ja. Aber um es noch einmal zu wiederholen: Nur auf diese Weise können wir die Serie von Anschlägen beenden.«

Der Botschafter schnaubte. »Ausgeschlossen. Es muß

andere Mittel geben, um uns vor Angriffen zu schützen — bis wir sicher sind, wer dafür die Verantwortung trägt.«

Gezor überlegte kurz. »Zunächst einmal eine bessere Absicherung der Grenze in Kirlosia: Jeder Föderationsbürger, der auch nur in der *Nähe* des K'Vin-Territoriums überrascht wird, sollte sofort verhaftet werden. Zweitens: eine *passive* Demonstration militärischer Macht, vielleicht die Stationierung von Gardisten am Strip — um der Föderation zu zeigen, daß wir keine weiteren Aggressionen hinnehmen ...«

Gregach knurrte.

Der Sullurh straffte die Gestalt. »Nur für den *Fall,* daß die Föderation verantwortlich ist. Drittens: eine strengere Überwachung der Botschaft und anderer möglicher Ziele. Viertens ...«

»Bei den Göttern des Blutes und der Zerstörung, Gezor! Es gibt auch noch ein *Viertens?*«

Der Sullurh trug eine unschuldige Miene. »Sie haben um Empfehlungen gebeten, Botschafter.«

Gregach holte tief Luft und ließ den Atem langsam entweichen. »Ja, natürlich. Fahren Sie fort.«

»Viertens ...«, sagte Gezor. »Die Proklamation des Kriegsrechts. Um das Verhalten der Bevölkerung zu kontrollieren, wenn sie von dem Gasangriff auf Ihre Soldaten erfährt.«

Gregach erinnerte sich daran, daß tatsächlich Unruhe bei den K'Vin-Bürgern herrschte, obgleich Demonstrationen und lautstarke Proteste wie im Föderationssektor ausblieben — die K'Vin waren disziplinierter. Aber derartige Anzeichen mußten trotzdem beachtet werden.

Manchmal erschien es Gregach geradezu unheimlich, daß Gezor sein Volk besser kannte als er. Seltsam ...

»In Ordnung«, wandte er sich an den Sullurh. »Geben Sie die entsprechenden Anweisungen.«

Gezor verneigte sich. »Ja, Botschafter.«

Nach den ersten Zwischenfällen gingen Busieks Geschäfte nicht mehr so gut wie früher. Es kam zu Prügeleien zwischen Leuten, die sich früher einfach nur aus dem Weg gingen. Finstere Blicke und beleidigende Gesten genügten, um ausgeprägte Feindseligkeiten zu schaffen. Eine der Folgen bestand darin, daß viele Stammgäste die Taverne mieden.

Dafür kamen mehr Sullurh. Busiek freute sich nicht besonders darüber, denn Sullurh neigten dazu, nur einen Drink zu bestellen und damit stundenlang am Tisch zu sitzen. Die Kellnerinnen ignorierten sie, doch sie besuchten die Schenke trotzdem. Andere Personen lachten über die Sullurh und machten ihnen das Leben schwer, aber sie fanden sich dennoch in der Kneipe ein.

Sie kamen, obgleich die Angehörigen der übrigen Völker zu Hause blieben — oder Bomben bastelten. Und ihre Zahl wuchs, weil niemand mehr zugegen war, der sie verspottete.

Jetzt klingelte Sullurh-Geld in Busieks Kasse. Seltsam, wie schnell sich die Lage ändern konnte.

Für den Wirt sahen alle Sullurh gleich aus. Deshalb fiel ihm weder Gezor auf, der an einem halb im Schatten verborgenen Ecktisch saß, noch der andere Sullurh, mit dem er sprach.

Aber wenn der K'Vin-Botschafter seinen Assistenten in der Gesellschaft von Stephalehs Mitarbeiter Zamorh gesehen hätte, so wären sowohl Gregach als auch Stephaleh sehr neugierig auf ihr Gespräch gewesen. Doch die beiden Diplomaten wußten nichts von diesem Treffen — und dabei sollte es nach Gezors und Zamorhs Meinung auch bleiben.

Die Eiswürfel in ihren Gläsern waren längst geschmolzen, als die Sullurh ihre Diskussion schließlich beendeten, nach Stunden, wie Busiek meinte. Als sie sich erhoben und Geld für die Kellnerin auf dem Tisch zurückließen, erklang ein rhythmisches Summen aus Gezors Tasche.

Die Sullurh wechselten einen bedeutungsvollen Blick, und Gregachs Assistent holte ein kleines Gerät hervor.

»Nun, damit mußten wir rechnen«, sagte Zamorh langsam. »Wir sollten sofort mit Vorbereitungen beginnen, nicht wahr?«

»Ich kümmere mich darum«, erwiderte Gezor. »Geben Sie mir fünf Minuten, um die Nachricht weiterzugeben. Dann brechen wir auf.«

Zamorh nickte zustimmend und setzte sich wieder.

Busiek stand hinter der Theke und seufzte. Er hatte zunächst angenommen, daß die Sullurh gingen. Man konnte sie einfach nicht loswerden. Andererseits: Er brauchte Gäste, die zumindest ein wenig Geld brachten.

»Können wir sicher sein, daß sie dort drin sind?« fragte Worf.

Die Starfleet-Offiziere und Thul — er hatte darauf bestanden, sie zu begleiten — warteten im Schatten einer Nebenstraße und beobachteten den Eingang von Busieks Taverne.

»Es ist elementar«, entgegnete Data.

Der Klingone klopfte ihm mit dem Zeigefinger auf die Brust. »Mir ist noch immer nicht ganz klar, warum Sie auf diese Weise und mit einem solchen Akzent reden«, brummte er. »›Das ist elemantar‹ und ›Kommen Sie, Watson‹ und dergleichen. Es geht mir langsam auf die Nerven.«

»Immer mit der Ruhe, Worf«, sagte Geordi. »Wollen Sie damit drohen, Data zu erschießen?«

»Führen Sie mich nicht in Versuchung«, erwiderte der Sicherheitsoffizier.

»Ich werde versuchen, auf Sherlock Holmes-Ausdrücke zu verzichten«, meinte der Androide. »Allerdings vermute ich auch weiterhin, daß Gezor bei dieser Angelegenheit eine entscheidende Rolle spielt, wahrscheinlich zusammen mit Zamorh. Gezors Erscheinen bei der K'Vin-Botschaft könnte für jemanden das Zeichen gewesen sein, die Explosion auszulösen. Oder er führte einen Zünder mit begrenzter Reichweite bei sich. Darüber hinaus sorgen er und Zamorh für eine Verschlechterung der Beziehungen zwischen Gregach und Stephaleh, mit dem offensichtlichen Ziel, einen Krieg zu provozieren.«

»Aber warum?« erkundigte sich Geordi.

»Ich bin mir nicht sicher«, gestand Data ein. »Die beiden Sullurh vertreten die Botschafter. Vielleicht wollen sie ihre Vorgesetzten eliminieren, um einen höheren Posten zu bekleiden.«

»Das ist nicht ausgeschlossen«, murmelte Geordi, obwohl er an einem so ausgeprägten Ehrgeiz der Sullurh zweifelte.

»Das Streben nach Macht gilt im klingonischen Imperium als legitim«, pflichtete Worf dem Androiden bei. »Doch die Sullurh erscheinen mir nicht aggressiv genug ...«

»Sehen Sie!« sagte Data plötzlich. Sie wichen etwas weiter in die Schatten zurück.

Gezor kam aus der Schenke.

»Ich wußte es«, hauchte der Androide. »Die erste Zusammenkunft bei Busiek war kein Zufall. Es handelt sich um einen häufiger benutzten Treffpunkt, wo Gezor mit ... ah!«

Zamorh trat ebenfalls nach draußen.

»Interessant«, kommentierte Worf. »Die Assistenten der beiden Botschafter. Offenbar hat Lieutenant Commander Data mit seinen Vermutungen in Hinsicht auf eine geheime Absprache recht«, fügte er trotz seiner früheren Einschätzung hinzu.

»Elemen ... Äh, danke.«

Dem Chefingenieur fiel etwas ein. »Thul ... Sie sind ebenfalls ein Sullurh. Haben Sie zufälligerweise etwas gehört ...?«

»Von einer Verschwörung?« entfuhr es Thul schokkiert. »Ich versichere Ihnen, Mr. LaForge: Ich habe

Dr. Coleridges Vertrauen nie mißbraucht. Einige der jungen Leute ...« — er deutete in Richtung Gezor und Zamorh — »... neigen zu verrückten Vorstellungen und Ideen. Ich weiß nicht, was ihnen durch den Kopf geht. Wenn mir etwas zu Ohren gekommen wäre, hätte ich nicht gezögert, mich an die zuständigen Behörden zu wenden. Aber ... Wer hört denn schon auf einen Sullurh?«

»Zum Beispiel die Botschafter«, sagte Geordi. »Kommen Sie, Data. Wenn wir uns nicht beeilen, entwischen uns Gezor und Zamorh.«

»Das ist diesmal ausgeschlossen«, erwiderte der Androide ruhig und hob ein Instrument. »Ich habe den Tricorder auf ihre Biosignale justiert, so daß wir ihnen auch aus großer Entfernung folgen können. Ich nehme an, beim erstenmal hat uns Gezor in der Taverne bemerkt und wußte daher, daß wir ihn beschatteten. Bei dieser Gelegenheit bekommt er keine Chance, uns zu sehen.«

Gezor schritt nicht über die Botschaftsallee, sondern verschwand zusammen mit Zamorh in den dunklen Gassen hinter Busieks Kneipe. Die drei Offiziere und Thul wandten sich ebenfalls von der breiten Straße ab.

Sie wanderten durch die Schatten, und Worf übernahm die Spitze — er verstand es am besten, durchs Halbdunkel zu schleichen. Datas Tricorder wies ihnen die Richtung.

»In die Häuser! Ausgangssperre! Zurück in die Häuser!«

Die Stimme drang aus den Lautsprechern des öffentlichen Informationssystems. Worf, Geordi, Data und Thul versteckten sich in einer finsteren Nische, als mehrere K'Vin durch die Gasse marschierten. Die Waffen steckten in den Halftern, aber sie schienen bereit zu sein, nötigenfalls Gebrauch davon zu machen. Ihre Hemden wiesen die Abzeichen des diplomatischen Korps auf, und Worf erkannte sie sofort als Gardisten aus der Botschaft. *Es ist leicht, diplomatisch zu sein, wenn man überlegene Feuerkraft hat,* dachte der Klingone.

Er hielt den Phaser in der Hand und zielte auf die Patrouille, aber Data schüttelte stumm den Kopf.

Langsam gingen die Soldaten an der Nische vorbei. Worf und seine Begleiter warteten, bis sie außer Sicht gerieten, setzten dann den Weg fort.

Geordi war sehr dankbar dafür, daß sie über den Tricorder verfügten. Sie befanden sich tief im Gassenlabyrinth, als er sich an einige Worte erinnerte, die Nassa an sie gerichtet hatte. In dem komplexen Irrgarten aus Nebenstraßen konnte man sich tatsächlich leicht verirren. Es gab keine Schilder, und die Gassen bildeten ein völlig unübersichtliches Durcheinander. Sollten dadurch Fremde abgeschreckt werden?

Data blickte immer wieder auf die Anzeigen des Ortungsgeräts, das ihm eine problemlose Orientierung ermöglichte.

»Jetzt sind sie stehengeblieben«, sagte der Androide plötzlich. »Vielleicht haben sie ihr Ziel erreicht. Die Entfernung ist nicht mehr sehr ...«

Er unterbrach sich.

»Nun?« drängte Worf.

»Man verfolgt uns«, fügte Data hinzu. »Ich höre Schritte.«

Der Klingone vernahm nur Stille, was ihn jedoch nicht überraschte. Das Gehör des Androiden war weitaus besser. »Wie viele?«

»Vier oder fünf.« Data drehte sich abrupt um. »Vor uns befinden sich weitere Personen.«

»Warum hat uns der Tricorder nicht gewarnt?« fragte Worf verärgert.

»Weil er nach wie vor auf die Biosignale der beiden Sullurh programmiert ist«, erklärte Data. »Andernfalls würde er auf alle Lebensformen in der Stadt reagieren.«

»Hier entlang.« Der Klingone deutete in eine dunkle Gasse und lief los. Die anderen schlossen sich ihm an.

Sie preßten sich an die Mauern und horchten. Wenige Sekunden später hörten auch Worf und Geordi etwas; von einem Augenblick zum anderen standen mehr als zehn Sullurh in dem schmalen Durchgang und flüsterten miteinander. Sie kamen aus zwei verschiedenen Richtungen und schienen verblüfft zu sein, daß sich die *Enterprise*-Offiziere nicht zwischen ihnen befanden.

Kurz darauf verschwanden sie wieder in der Finsternis.

»Haben Sie etwas verstanden?« fragte Worf den Androiden.

»Sie sprachen sehr schnell«, erwiderte Data. »Trotzdem konnte ich feststellen, daß ein Wort mehrmals wiederholt wurde: oben.«

»Oben?« Geordi runzelte verwirrt die Stirn. »Was soll das bedeuten?«

Und dann, in gespenstischer Stille, sprangen Sullurh von oben herab.

Plötzlich begann ein Kampf in der Gasse.

Drei Gegner versuchten, Data zu überwältigen, doch die erste Priorität des Androiden bestand darin, ihre Füße zu betrachten. Die Sullurh waren barfuß, und an ihren Sohlen klebten seltsame Polster — damit hatten sie sich völlig geräuschlos nähern können. Data dachte darüber nach, als er aufstand, zwei Angreifer hob und fortschleuderte.

Rasch wandte er sich dem dritten zu, einem Sullurh, der ein seltsames Gerät auf ihn richtete. Der Androide sprang nach vorn, konnte die kleine Gestalt jedoch nicht daran hindern, eine Taste zu drücken.

Im Kopf des Androiden schien etwas zu explodieren. Er taumelte und hatte dabei den Eindruck, daß Funken aus seinen Augenhöhlen stoben. Als er um Hilfe zu rufen versuchte, vernahm er ein sonderbares, fast schrilles Zirpen.

Vor ihm drehte sich alles, und steif wie ein Brett sank er zu Boden.

Geordi sah, wie der Androide stürzte, und mehr konnte er nicht erkennen: Eine Faust traf ihn im Gesicht und schleuderte das VISOR fort. Entsetzen erfaßte LaForge: Jetzt war er *blind,* von undurchdringlicher Finsternis umgeben. »Verdammt!« rief er. Seine Stimme hallte noch von den Wänden wider, als ihm jemand etwas an den Hinterkopf schmetterte und ihn ins Reich der Träume schickte.

Worf hielt sich nicht damit auf, das Schicksal seiner Gefährten zur Kenntnis zu nehmen — die Sullurh griffen ihn an. Er hatte seinen Phaser verloren, aber zum Glück schienen die Gegner unbewaffnet zu sein.

Zwei klammerten sich an seinem Rücken fest und trachteten danach, ihre Arme unter die des Klingonen zu schieben. Einige andere hämmerten ihm auf die Brust und rammten ihm Fäuste in die Magengrube. Worf brüllte, stieß mit den Ellenbogen nach hinten und befreite sich aus dem Griff der beiden Sullurh. Dann bückte er sich ruckartig und warf sie nach vorn gegen die anderen, die wie Kegel fielen.

Jemand hinter Worf packte ihn an der schweren Metallschärpe und riß den Klingonen herum. Er konnte nicht rechtzeitig reagieren und prallte an die Mauer.

Der Gegner hielt die Schärpe auch weiterhin fest. Worf ließ sich fallen, streifte sie blitzschnell ab, wirbelte herum und schlug zu. Sein Hieb traf einen Sullurh im Schritt. Der Angreifer schrie, fiel aufs harte Pflaster und stöhnte. Worf hob seine Schärpe, als die anderen Sullurh heranstürmten.

Er holte aus, und das eine Ende des breiten Metallbandes erfaßte zwei Sullurh. Beim ersten zersplitterte es den Unterkiefer, und der zweite ging, wenn auch unverletzt, zu Boden.

Worf schwang die Schärpe erneut herum und vernahm ein zufriedenstellendes Ächzen. Jetzt brauchte er nur noch seinen Phaser zu finden, um die Situation unter Kontrolle zu bringen.

Einer der Sullurh fand die Waffe vor ihm.

Es gleißte in der Dunkelheit, und ein Energiestrahl erfaßte den Klingonen. Er taumelte, und die Knie knickten unter ihm ein, als Finsternis heranwogte und ihm das Bewußtsein raubte.

Thul ließ den Phaser sinken, sah die anderen an und schüttelte den Kopf. »Eine weitere Minute, und er hätte euch alle erledigt.«

»Es wäre uns sicher gelungen, ihn zu überwältigen«, murmelte einer der Sullurh.

»Er hatte nur seinen *Spaß* mit euch«, meinte Thul.

Schritte näherten sich vom Ende der Gasse; Gezor und Zamorh traten auf die Gruppe zu. Gezor nickte anerkennend.

Thul erwiderte das Nicken.

»Danke, daß Sie uns auf die Verfolger hingewiesen haben«, sagte Gregachs Assistent und beobachtete die drei reglosen Starfleet-Offiziere. Er hob das kleine Gerät, das in Busieks Taverne gesummt hatte. »Wie ich sehe, hat der Impulsgeber die erwartete Wirkung auf den Androiden entfaltet.«

»Ja«, bestätigte Thul. »Mit Phasern wäre natürlich alles einfacher gewesen. Andererseits: Uns fehlt Übung im Umgang mit solchen Waffen.«

»Was soll mit den Offizieren geschehen?« fragte Zamorh.

Thul brummte leise. »Ist das nicht offensichtlich? Sie sind Saboteure, die sich in den Gassen des K'Vin-Territoriums herumgetrieben haben, um weitere Anschläge vorzubereiten. Gesetzestreue Bürger sind verpflichtet, die Verbrecher und ihren Komplizen — damit meine ich mich — sofort den zuständigen Behörden auszuliefern.«

KAPITEL 11

Esquar Hudak zog Busieks Taverne diesem Ort vor. Er fand keinen Gefallen an makellosen neuen Plastiktischen, modernen Kunstgegenständen und Wänden aus glatten Fertigteilen. Der Schmutz und die abgenutzten Einrichtungsgegenstände bei Busiek waren ihm wesentlich lieber als eine derart sterile Atmosphäre. Wie hieß diese Schenke überhaupt? Er konnte sich ja nicht einmal an den Namen erinnern.

Doch Anonymität und mangel an Beliebtheit bei den Kaufleuten des Föderationssektors machten das Pub zu einem idealen Treffpunkt. Zwar fand hier keine *geheime* Besprechung statt, aber die Teilnehmer wollten eine gewisse Diskretion gewährleistet wissen.

Eins mußte man dem Wirt dieser Gaststätte lassen: Er gab sich große Mühe, um den Händlern einen angenehmen Aufenthalt zu ermöglichen. Vor ihnen allen standen Getränke — doch das zeigte nur guten Geschäftssinn, oder? Je schneller man die Drinks brachte, desto eher wurde die zweite Runde bestellt.

Aus den Augenwinkeln musterte Hudak Stephalehs Assistenten, der in einer Ecke des Raums saß. Seit wann hockte er dort? Der Pandrilit lachte innerlich. Typisch für den Sullurh, selbst dann unauffällig zu bleiben, wenn er die Botschaft repräsentieren sollte.

Hudak räusperte sich und erregte damit sofort die Aufmerksamkeit der Anwesenden. Ihre Reaktion überraschte ihn nicht. Wenn man wesentlich größer war als alle anderen, so genoß man Respekt.

»Sie alle wissen, warum wir hier sind«, begann er und ließ seinen Blick über die verschiedenen Gesichter schweifen. Die meisten Kaufleute waren Menschen, aber zu den Versammelten gehörten auch Angehörige von fünf oder sechs anderen Völkern. »Die neue Atmosphäre in Kirlosia schadet dem Geschäft, und durch dumme Demonstrationen vor der Botschaft wird alles nur schlimmer.« Hudak legte eine kurze Pause ein und hörte ersten Applaus, der sofort wieder verklang. »Wir haben nur dann eine Chance, unser Einkommen — und unsere Zukunft — zu sichern, indem wir Botschafterin Stephaleh ebenso unterstützen wie in der Vergangenheit.«

»Aber die Vergangenheit unterscheidet sich ein wenig von der Gegenwart, oder?« warf ein Tetracit namens Keeglo ein. »Um keine Mißverständnisse aufkommen zu lassen: Ich glaube nicht an den Crahglat-Mist bezüglich einer Föderation, die einen Krieg beginnen will. Aber *etwas* bahnt sich an, und *jemand* ist dafür verantwortlich. Bisher hat Stephaleh nichts dagegen unternommen; zumindest sehe ich keine konkreten Resultate ihrer Maßnahmen.«

Hudak nutzte den Kommentar des Tetraciten, um einen Schluck zu trinken. Ein alter pandrilitischer Trick: Man verringere die Bedeutung eines Diskussionsbeitrags, indem man sich mit anderen Dingen beschäftigt, während der Redner spricht.

Überrascht stellte er fest, daß der Drink ziemlich gut schmeckte — der Inhalt des Glases rann ihm feurig durch die Kehle. Bezog der Wirt seinen Nachschub aus einer besonderen Quelle?

»Mit allem Respekt ...«, sagte der Pandrilit. »Derzeit können wir die Wirksamkeit von Stephalehs Bemühungen noch nicht beurteilen.« Er nickte dem Sullurh zu. »Stimmt das, Zamorh?«

Der Assistent stand auf und fing die Blicke der Kaufleute ein. »Esquar Hudak hat recht. Die Botschafterin versucht alles, um Sie und Ihre Geschäftsinteressen zu schützen.«

Der Pandrilit fragte sich, ob es ein strategischer Fehler war, Zamorh an der Diskussion zu beteiligen. Der Sullurh klang nicht sehr überzeugend und schien an seinen eigenen Worten zu zweifeln — so hörte es sich jedenfalls für Hudak an.

»Allerdings wissen wir nicht, ob ihre Bemühungen die erhofften Ergebnisse erzielen«, fuhr Zamorh fort. »Als Maßstab kann nur die Zeit dienen, die ohne weitere Zwischenfälle verstreicht.«

Ein Vulkanier namens Stokk stand auf und wandte sich an den Sullurh. Hudak seufzte lautlos. Es war *tatsächlich* ein Fehler gewesen, um Zamorhs Meinung zu bitten.

»Warum ist Stephaleh nicht zugegen?« fragte Stokk. »Hält sie dieses Treffen für unwichtig?«

»Ich kenne den Grund«, sagte Hudak. Erneut rückte er in den Mittelpunkt der Aufmerksamkeit. Alle vergaßen den Sullurh, vielleicht abgesehen von dem Vulkanier. »Denken Sie daran, daß wir nur ein kleiner Teil der Bürgerschaft im Föderationssektor sind. Stephaleh ist die offizielle Repräsentantin der Föderation auf Kirlos, und sie darf keine einzelnen Gruppen bevorzugen. Mit einem solchen Verhalten würde sie darauf hinweisen, daß sie sich nicht für die Anliegen der anderen Händler interessiert, daß sie und ihre wenigen Auserwählten alle Entscheidungen treffen. Die Botschafterin gäbe dadurch zu verstehen, daß sie die Meinungen unserer Kollegen für bedeutungslos erachtet, auch wenn sie — bitte gestatten Sie mir die Offenheit — bedeutungslos *sind.*«

»Ich verstehe«, erwiderte Stokk. »Dieses Prinzip bleibt gültig, obwohl *wir* Stephaleh Unterstützung anbieten, während alle anderen sie in Stücke reißen wollen?«

Hudak beschloß, eine direkte Antwort darauf zu geben. Er konnte es sich nicht leisten, bei diesem Punkt zu verweilen. Es war weitaus wichtiger, die Ordnung wiederherzustellen und neuerlichen Zugang zum K'Vin-Markt zu erhalten.

Für ihn spielte das vielleicht eine größere Rolle als bei den anderen — Hudak hoffte noch immer, das *Shrol'dinaggi*-Geschäft abzuschließen —, aber die übrigen Händler fürchteten ebenfalls, viel Geld zu verlieren. Das galt auch für Stokk.

»Ja«, sagte der Pandrilit und sah den Vulkanier an. »Das Prinzip *bleibt* gültig — es gibt keine andere Möglichkeit. Nun, wenn wir jetzt einig sind, daß wir auch weiterhin hinter der Botschafterin stehen ...«

Zuerst dachte er, daß weitere Einwände bevorstanden, diesmal von einem anderen Pandriliten namens Yudal Malat: Der Kaufmann hatte sich erhoben und den Mund geöffnet.

Aber es erklangen keine Worte, sondern seltsame Geräusche: ein Schrei, gefolgt von unartikuliertem Gurgeln. Irgend etwas schien Malat innerlich zu zerfressen, und zwar auf eine sehr schmerzhafte Weise.

Ein oder zwei Sekunden lang starrten die Versammelten nur und waren viel zu verblüfft, um dem Pandriliten zu helfen. Schaum bildete sich auf Malats Lippen, und blaues Blut verfärbte ihn.

»Bei den Ahnen«, keuchte Hudak, stürmte an den übrigen Kaufleuten vorbei und lief zu seinem Artgenossen. Doch bevor er ihn erreichte, taumelte Malat und sank zu Boden.

»Ein Arzt!« donnerte Hudak. Er deutete auf den Mann neben der Tür. »Holen Sie einen ...« Er bekam keine Gelegenheit, den Satz zu beenden.

Jähe Pein entflammte in ihm und loderte heiß in seinem Inneren. Zuerst kämpfte er dagegen an und versuchte, den Schmerz zu ignorieren, aber er wurde immer intensiver, breitete sich in Magen und Darm aus, tastete nach dem Herzen.

Innere Flammen, die durch den ganzen Körper leckten. Säure, die jedes Organ verätzte, über die Nervenstränge rann ...

»Aaarrgh!« Der Schrei stammte aus der qualmenden Asche seiner Eingeweide.

Er starb — Hudak zweifelte nicht daran. Und eine jähe Erkenntnis zeigte dem Pandriliten die Ursache: Die Getränke waren vergiftet.

Auch die anderen Kaufleute sprangen auf, schrien, keuchten und spuckten Blut. Chaos herrschte im Pub, ein Entsetzen, das selbst den tapfersten Krieger erschüttert hätte.

Durch einen roten Schleier der Agonie beobachtete Hudak den Sullurh. Zamorh saß völlig ruhig und gelassen, wirkte irgendwie zufrieden.

Jeder mühsame Atemzug verstärkte die Qual des Pandriliten, und als er starb, begriff er nicht nur, was ihn umgebracht hatte, sondern auch *wer*...

Diesmal lastete die Bürde zu schwer auf ihr. Stephaleh konnte nicht einfach Befehle erteilen, obwohl Zamorh so diensteifrig wie sonst darauf wartete. Mit gesenktem Kopf saß sie am Schreibtisch und dachte an die Ereignisse, die sie in eine noch schwierigere Lage brachten.

Hudak war kein Freund in dem Sinne gewesen, nur ein politischer Verbündeter. Er hatte es für vorteilhaft gehalten, die Botschafterin zu unterstützen, und mit ihrem Einfluß sorgte Stephaleh dafür, daß seine Geschäfte florierten, ebenso wie die der anderen Kaufleute. Dennoch basierte die Beziehung auf mehr als nur gegenseitigem Nutzen.

Die Andorianerin trauerte jetzt nicht nur um das Individuum, das sie sicher vermissen würde. Ihr Kummer galt auch dem, was Hudak repräsentiert hatte: Vernunft in den Reihen der Händler. Ihr fehlte nun eine Partnerschaft, die maßgeblich zur Stabilität im Föderationssektor beigetragen hatte.

Die Situation wurde ständig problematischer, und

viele ihrer wichtigsten Verbündeten waren gestorben. Nur einige wenige Händler kamen mit dem Leben davon, um Bericht zu erstatten, aber sie standen unter der Wirkung eines starken Schocks. Allein Zamorhs Schilderungen ergaben einen gewissen Sinn.

Stephaleh fühlte sich so, als stehe sie nackt in einem andorianischen Sandsturm, der ihr langsam die Haut von den lebenden Knochen schabte. Neuer Schmerz stach in ihr, als sie glaubte, versagt zu haben. Ihr Leben lang war sie stolz auf ihr diplomatisches Geschick gewesen, aber die aktuelle Situation schien ihren Fähigkeiten zu trotzen.

»Botschafterin?«

Sie sah auf und stellte fest, daß Zamorh noch immer in der Mitte des Zimmers wartete.

»Bitte treffen Sie eine Entscheidung. Ich habe unserem Sicherheitschef Powell versprochen, ihm so schnell wie möglich Anweisungen zu übermitteln.«

Stephaleh holte tief Luft und ließ den Atem zischend entweichen. Sie straffte die Schultern. »Ja Natürlich. Wir müssen das Kriegsrecht proklamieren. Etwas anderes bleibt uns jetzt gar nicht mehr übrig — Sie haben deutlich genug darauf hingewiesen. Aber weiter gehe ich nicht.«

Der Sullurh musterte sie. »Die Evakuierung nimmt viel Zeit in Anspruch. Wir sollten uns sofort mit Starfleet in Verbindung setzen. Sonst ist es vielleicht zu spät.«

Die Andorianerin lächelte innerlich, als sie das Drängen in der Stimme ihres Assistenten hörte. Manchmal gewann sie den Eindruck, daß Zamorh ihre Pflichten ernster nahm als sie selbst.

»Nein«, erwiderte sie. »Ich gebe keinen Evakuierungsbefehl. Die Föderationsniederlassung auf Kirlos hat große Bedeutung: Dieser Planet stellt unsere einzige Brücke zu den K'Vin und ihrer Hegemonie dar. Wenn die K'Vin hinter den Anschlägen stecken und wir uns zurückziehen, so sähen sie darin ein Zeichen der Schwäche. Die Regierung der Hegemonie könnte die Gelegenheit nutzen, um zu versuchen, uns andere Welten zu entreißen. Wenn die K'Vin *nicht* verantwortlich sind — und davon gehe ich nach wie vor aus —, so ruiniert die Evakuierung unsere einzige Chance einer Wiederannäherung, und das Ergebnis wäre ebenfalls fatal. Wir bekämen es in beiden Fällen mit einer Katastrophe zu tun, neben der die Geschehnisse auf Kirlos harmlos erschienen.«

»Botschafterin, Föderationsbürger sind *ermordet* worden. Und sicher stehen weitere Anschläge bevor.«

Es war nicht typisch für Zamorh, mit einem derartigen Nachdruck zu sprechen. Lag es daran, daß auch seine Familie zur gefährdeten Bevölkerung gehörte?

Vor dem inneren Auge Stephalehs bildeten sich die Konturen eines Gesichts: Lars Trimble, der bärtige Mann in der Menge. Sie hatte ihm etwas versprochen, nicht wahr?

Die Erinnerung zwang sie, ihren Standpunkt noch einmal zu überdenken. Ignorierte sie das Wohlergehen der Bürger von Kirlos, indem sie in erster Linie die Ziele und Interessen der Föderation berücksichtigte? Neigte sie nach all den Jahren anstrengender Diplomatie dazu, ihre Arbeit als ein Dyson-Spiel zu sehen, als eine Abstraktion, in der die individuellen Teile nur als Mittel zum Zweck dienten?

Andererseits ... Machte es einen Unterschied, ob sie die Entscheidung mit kühler Distanziertheit oder voller innerer Anteilnahme traf? Am Ergebnis änderte sich dadurch nichts.

Das Potential für weitere Anschläge war auf beiden Seiten ungeheuer groß, sowohl im Föderationssektor als auch im K'Vin-Territorium. Ein denkendes, fühlendes Wesen mußte alle Maßnahmen mit großer Sorgfalt gegeneinander abwägen und dann jene wählen, durch die die Opfer auf ein Minimum beschränkt blieben. Kühle, rationale Überlegungen — Stephaleh sah keine andere Möglichkeit.

Verzeihen Sie mir, Lars Trimble.

»Nein«, sagte sie schließlich. »Eine Evakuierung findet nicht statt. Wir bleiben hier und laufen nicht fort. Wir finden die Verantwortlichen und ziehen sie zur Rechenschaft. Verstanden?«

Der Sullurh zögerte nur kurz. »Es ist Ihre Entscheidung«, erwiderte er. »Ich kann Sie nur beraten, Botschafterin.« Er verbeugte sich und verließ das Zimmer, um Stephalehs Anweisungen an Powell weiterzugeben.

KAPITEL 12

Die beiden Offiziere standen Seite an Seite im Kontrollraum der *Enterprise* und blickten aufmerksam zum großen Wandschirm.

»Nun, Fähnrich Davies?«

»Sie haben recht, Captain«, sagte der Geologe. Er trat näher ans Projektionsfeld heran, deutete auf das fleckige Grün und zog imaginäre Linien mit dem Zeigefinger. »Das sind eindeutig die Umrisse eines alten Steinbruchs.«

Wesley Crusher seufzte. Er hatte das gleiche Bild wie der Captain gesehen, ohne daß ihm diese Einzelheiten auffielen. Selbst Davies' Hinweise erleichterten es ihm nicht, sie zu erkennen. »Woher wußten sie das?«

»Aus persönlicher Erfahrung.« Alte Reminiszenzen erwachten in Picard, noch bevor er sich bewußt an damals erinnerte. »Als Kind habe ich oft in den Resten eines römischen Steinbruchs gespielt. Ein Teil davon war überflutet, der Rest mit Geröll gefüllt. Überall wuchsen Gras, Bäume und Sträucher. Ich war sehr erstaunt, als ich zum erstenmal mit einem Gleiter über den entsprechenden Bereich flog. Die Narben in der Landschaft waren selbst nach Jahrtausenden sichtbar. Auf Tehuán gibt es ebenso vertraute, wenn auch weniger stark ausgeprägte Anzeichen.«

»Diese Steinbrüche sind weitaus älter als die auf der Erde«, sagte Lieutenant Dean, trat die Rampe herunter und näherte sich der Kommandosektion. Verlegenheit formte rote Flecken auf seinen Wangen. »Bei einer genauen Überprüfung der geologischen Daten über den

Planeten habe ich Anhaltspunkte gefunden — eine Fußnote im Text des ersten Forschungsberichts. Die Scout-Gruppe bestätigte, daß auf Tehuán nie eine einheimische intelligente Lebensform entstand, aber sie konnte nicht die Identität des raumfahrenden Volkes feststellen, von dem die Steinbrüche stammen. Da sie bereits vor fünftausend Jahren aufgegeben wurden, hielt es das Sondierungsteam offenbar nicht für erforderlich, näher darauf einzugehen.«

Der wissenschaftliche Offizier versteifte sich und befürchtete offenbar, vom Captain getadelt zu werden, weil er diese Informationen erst jetzt nannte. Picard verbannte die Falten aus seiner Stirn. Er konnte Dean kaum vorwerfen, kein Androide zu sein; vielleicht hätte selbst Data die Bedeutung der Fußnote übersehen — aber wahrscheinlich nicht.

»Wozu dienten die Steinbrüche?« fragte Jean-Luc.

Davies beugte sich über Wesleys Schulter und betrachtete die Anzeigen der Navigationskonsole. »Der Sensorscan deutet auf rekristallisiertes Dolomit mit kleinen Anteilen von Eisenoxid und Diopsid hin. Man bezeichnet diese besondere Substanz auch als Arizit.«

»Arizit?«

»Ein nicht sehr bekannter dekorativer Marmor, der ...«

»Ich kenne ihn«, sagte Picard. »Auf meinem Schreibtisch im Bereitschaftsraum steht eine Statue aus Arizit.« Seine Gedanken kehrten zu Kirlos und dem archäologischen Projekt von Professor Coleridge zurück. »War dieser Raumsektor vielleicht einmal Teil des Ariantu-Reiches? Hat Tehuán die Bildhauer der Ariantu mit Arizit versorgt?«

Dean überlegte einige Sekunden lang. »Es scheint keine direkte Verbindung zu geben. Aber das Alter der Steinbrüche läßt vermuten, daß der Arizitabbau stattfand, als noch Ariantu auf Kirlos lebten.«

»Für Professor Coleridge könnte das alles von großem Interesse sein«, meinte Picard. »Aber ich sehe keine unmittelbare Bedeutung für ...«

»Captain!« Wesleys Finger huschten über die Konsole. »Ich habe noch einmal die von Commander Riker ermittelten Tricorderdaten analysiert. Sie betreffen die Stelle, an der drei Kolonisten durch Intervaller-Entladungen starben.«

Der Fähnrich zögerte, und seine nächsten Worte klangen fast triumphierend. »Ein großer Prozentsatz des Felssturz-Gesteins besteht aus Arizit.«

Wesley wirkte enttäuscht, als der Captain diese Nachricht gelassen entgegennahm. Seine Niedergeschlagenheit wuchs, als die anderen Offiziere darauf bestanden, die gerade durchgeführte Analyse zu kontrollieren.

»Geduld, Mr. Crusher.« Picard ließ sich entspannt und trotzdem wachsam in den Kommandosessel sinken, während Davies und Dean die Daten prüften.

»Es stimmt«, sagte der Geologe nach einer Weile. »Ein Phaserstrahl hat den Berggipfel getroffen und eine Marmorader freigelegt. Andere Entladungen hätten wahrscheinlich zum gleichen Ergebnis geführt: Das ganze Gebirge besteht aus metamorphem Fels.« Er richtete einen mitfühlenden und gleichzeitig herablassenden Blick auf den jungen Fähnrich. »Vielleicht nur ein Zufall.«

Wesley senkte den Kopf.

»Und wenn es *kein* Zufall ist?« fragte Picard. Äußerlich blieb er ruhig, aber tief in seinem Innern spürte er die gleiche Aufregung wie Beverly Crushers Sohn. »Möglicherweise haben sich die Angreifer *deshalb* auf den Planeten gebeamt.«

»Das bezweifle ich«, entgegnete Davies. »Es handelt sich nur um eine kleine Ader, und so wertvoll ist der Marmor nicht. Eine Tonne davon genügt kaum, um den Treibstoff für ein Raumschiff zu bezahlen, ganz zu schweigen von dem für eine ganze *Flotte*.«

Dieses Argument des Geologen hatte durchaus etwas für sich. Doch das einzige spezielle Merkmal Tehuáns bestand nach wie vor aus den uralten Steinbrüchen, und es schien einen Zusammenhang zu geben mit dem Tod von drei Kolonisten, die den Angreifern begegnet waren. *Wenn die Fremden nicht kamen, um Arizit zu holen ...*, dachte Picard. *Was führte sie dann auf den Planeten?*

Burkes Stimme beendete die Stille. »Ich empfange eine Dringlichkeitsnachricht von Kirlos.« Einige Sekunden lang lauschte er der Stimme aus dem Kommunikator und runzelte besorgt die Stirn. »Captain! Botschafterin Ştephaleh hat auf Kirlos das Kriegsrecht proklamiert.«

»Lautsprecher ein«, sagte Picard.

Er hörte konzentriert zu, als Zamorh, Sullurh-Assistent in der Föderationsbotschaft, ruhig die jüngsten Anschläge auf Kirlos schilderte — und auch Professor Coleridges Tod erwähnte.

»Arizit«, murmelte der Captain leise. »Ich verstehe nicht den Grund, aber es ist der einzige gemeinsame Faktor hinsichtlich der Ereignisse auf Tehuán und Kirlos.«

Picard stand auf.

»Besprechung in fünf Minuten. Fähnrich Crusher, rufen Sie alle Senior-Offiziere von Tehuán zurück.«

Der Captain dachte kurz nach und ging dann zum Bereitschaftsraum. Die Zeit reichte noch aus, um einen wichtigen Gegenstand vom Schreibtisch zu holen.

Der Ariantu-Krieger duckte sich auf der Mitte des Tisches im Konferenzzimmer, hielt das Messer und wartete. Picard glaubte zu erkennen, wie die kleine Gestalt nervös zuckte, als Männer und Frauen hereinkamen. Die zusammengekniffenen Augen schienen alle Bewegungen zu beobachten und die anwesenden Offiziere als Opfer zu klassifizieren. Der Captain beobachtete die Statue noch immer, als er seinen Vorschlag nannte.

»Tehuán verlassen? Jetzt?« Dr. Crusher starrte Picard groß an und schüttelte den Kopf. »Nein, ausgeschlossen! Es dauert noch mindestens eine Woche, bis ich die Patienten aus der Intensivstation entlassen kann.«

»Wir nehmen sie mit«, sagte der Captain ruhig.

»Das würde bedeuten, sie von ihren Familienangehörigen auf dem Planeten zu trennen. Außerdem finden auch weiterhin ambulante Behandlungen statt. Die Siedler haben inzwischen mit dem Wiederaufbau begonnen, und auch dabei muß mit Verletzungen gerechnet werden.«

Die Ärztin unterbrach sich, um nach Luft zu schnappen, und daraufhin ergriff Riker das Wort.

»Auch ich mache mir Sorgen um die Landegruppe auf Kirlos, aber wir dürfen die tehuánischen Kolonisten nicht einfach sich selbst überlassen. Ein zweiter Angriff könnte die ganze Siedlung auslöschen.«

»Die Sensorsondierungen deuten darauf hin, daß die feindliche Flotte diesen Raumsektor verlassen hat.« Picard sah Burke an, und der Sicherheitsoffizier nickte. Aber Riker gab sich nicht damit zufrieden.

»Wir haben keine Ahnung, ob die Fremden wirklich fort sind. Vielleicht benutzen sie Tarnvorrichtungen.«

»Das halte ich für unwahrscheinlich«, erwiderte Burke verächtlich. »Wenn sie noch immer Intervaller verwenden, stehen ihnen sicher keine Tarnvorrichtungen zur Verfügung. Es überrascht mich, daß sie überhaupt Transporter haben. Meiner Ansicht nach wurde Tehuán von Raumvagabunden angegriffen, die sich leichten Profit erhofften. Vielleicht von den ›Sammlern‹. Da sie hier nichts Stehlenswertes fanden, sind sie wahrscheinlich zum nächsten Handelszentrum unterwegs, um dort etwas abzustauben.«

»Das sind Spekulationen!« warf Riker ein. »Auf dieser Grundlage können wir nicht das Leben von mehreren hundert Siedlern riskieren.«

Burke kommentierte den Hinweis mit einem Achselzucken, ohne Antwort zu geben. Der Erste Offizier wandte sich an Picard. »Captain, ich habe versprochen, daß die *Enterprise* hierbleibt, um die Kolonie zu schützen.«

»Es steht Ihnen gar nicht zu, ein solches Versprechen zu geben, Commander.« Picard hob die Hand, als wollte er seinen Worten auf diese Weise die Schärfe nehmen. »Es liegt mir fern, irgend jemanden im Stich zu lassen. Die Kolonisten werden schlicht und einfach evakuiert. Sie bleiben an Bord der *Enterprise*, bis wir von Kirlos zurückkehren.«

»Das rettet vielleicht die Bewohner von Tehuán, aber was ist mit den Kolonisten auf Devlin Vier und Maynard Zwei? Unsere Präsenz sorgt dafür, daß sich die Flotte der Fremden verborgen hält. Wenn wir in den Warptransit gehen, greift sie vielleicht andere Kolonialwelten an.«

Picards Aufmerksamkeit glitt wieder zu der Ariantu-Statue, und er fragte sich, welchen Preis sie auf dem schwarzen Markt erzielte. Hatte jemand gehofft, auf Tehuán ähnliche Artefakte zu finden?

»Ich halte Kirlos für das nächste Ziel«, sagte er, ohne in der Lage zu sein, einen rationalen Grund für diese Überzeugung anzuführen. Er hob rechtzeitig genug den Kopf, um zu sehen, daß Riker und die Bordärztin einen skeptischen Blick wechselten. »Aber ich gebe zu, daß es ein kalkuliertes Risiko ist, den Sektor zu verlassen.«

»Ein Risiko für wen?« fragte Dr. Crusher. »Nicht für *uns*. An Bord dieses Schiffes sind wir sicher. Sie setzen das Leben von vielen tausend Siedlern aufs Spiel.«

»Es geht um weitaus mehr, Doktor. Ein Angriff auf Kirlos hätte nicht nur hohe Verluste zur Folge, sondern auch eine Unterbrechung der diplomatischen Beziehungen zwischen Föderation und Hegemonie. Daraus ergäben sich gefährliche Konsequenzen für Millionen.«

Crusher lehnte sich zurück und verschränkte trotzig die Arme. Die Antwort des Captains brachte sie zum

Schweigen, aber sie war noch immer nicht überzeugt, ebensowenig wie Riker. Picard musterte jene Offiziere, die bisher nicht gesprochen hatten.

»Weitere Einwände?«

Fähnrich Crusher und Lieutenant Dean sahen zur Seite und blieben auch weiterhin still. Nur Deanna Troi hielt dem Blick des Captains stand; sie wirkte überrascht und verwirrt.

»Ihre Entscheidung stand schon vor dem Beginn dieser Besprechung fest, nicht wahr?« fragte sie. »Unsere Kommentare haben überhaupt keine Bedeutung.«

»Ganz im Gegenteil, Counselor«, erwiderte Picard. »Die Meinungen der Senior-Offiziere sind immer sehr interessant für mich.«

Er stand auf.

»Mr. Riker, leiten Sie die Evakuierung der tehuánischen Siedler ein. In vier Stunden schwenkt die *Enterprise* aus dem Orbit.«

KAPITEL 13

Als Geordi das Bewußtsein wiedererlangte, merkte er zuerst, daß er sich nicht an der Nase kratzen konnte.

Dann stellte er fest, daß er weder sie noch etwas anderes sah.

Er stemmte sich hoch und starrte in schwarzes Nichts. »Data! Worf!«

»Sie befinden sich direkt neben Ihnen«, erklang eine rauhe Stimme.

LaForge erkannte sie sofort und begriff, daß sie in ernsten Schwierigkeiten waren.

Einige Minuten vorher ... Als Gezor zusammen mit den drei Starfleet-Offizieren und ihrem Sullurh-Helfer eingetroffen war, brachte seine Miene großes Bedauern zum Ausdruck. »Ich weiß, daß Sie sich alle Mühe gegeben haben, Botschafter. Ihre Genehmigung in bezug auf Professor Coleridges Ausgrabungen, die Zusammenarbeit mit der Föderation im allgemeinen. Deshalb betrübt es mich sehr, Ihnen diese Gefangenen zu bringen.«

Gregach beobachtete die drei Bewußtlosen auf dem Boden. Der Sullurh Thul stand neben ihnen. Gezor meinte, es habe ihm widerstrebt, einem Angehörigen seines eigenen Volkes gegenüber Gewalt anzuwenden und ihn ebenfalls mit einem Phaser zu betäuben. Der K'Vin hätte diese Skrupel vielleicht bewundert, wenn sie ihm nicht ungelegen gekommen wären.

»Betrübt es Sie *wirklich?*« fragte Gregach. »Sind Sie

sicher, daß Sie keine Zufriedenheit empfinden, zumindest ein vages Gefühl von Ich-hab's-Ihnen-ja-gesagt?«

Gezor starrte ihn verdutzt an. »Nein, Botschafter«, brachte er hervor.

Gregach nickte, von der Aufrichtigkeit des Sullurh überzeugt. Sein Blick wanderte zum Dyson-Brett in der einen Ecke des Büros, und er erinnerte sich an viele unterhaltsame Partien mit Stephaleh. *Wie sind wir nur in diese Lage geraten?* dachte er.

Der K'Vin verdrängte den Kummer aus sich. Er hatte bereits eine konkrete Maßnahme ergriffen, indem er das Kriegsrecht erklärte. Der erste Schritt — aber nicht der einzige.

Die *Enterprise*-Offiziere kamen langsam zu sich. Der Terraner erlangte das Bewußtsein als erster wieder, doch der Klingone rührte sich ebenfalls. In der rechten Hand hielt Gregach das seltsame, gewölbte Instrument, mit dem der Blinde sah, und er überlegte, wie es funktionierte.

Der Mensch hob die Lider, und darunter zeigten sich trübe weiße Augen — ganz offensichtlich wußte LaForge nicht, wo er sich befand und was passiert war. Furcht verzerrte ihm die Züge, und er rief nach seinen beiden Gefährten.

»Sie befinden sich direkt neben Ihnen«, sagte Gregach und versuchte dabei, nicht mitfühlend zu klingen. Gutherzigkeit und Wohlwollen waren hier fehl am Platz. Aus diesem Grund beschloß der K'Vin, das Sichtinstrument zu behalten, wenigstens für eine Weile.

Geordi trachtete vergeblich danach, die Hände zu bewegen. »Wir sind gefesselt«, sagte er.

»Ja«, bestätigte Gregach.

Worf lag jetzt völlig still, aber sein Knurren hallte laut durchs Büro. »Fürchtet sich der tapfere K'Vin-Botschafter so sehr, daß er uns wie Hunde ankettet?«

Gregach musterte den Klingonen mit unverhohlener

Neugier. »Ist die Föderation so feige, daß ihre Repräsentanten heimtückische Anschläge durchführen?«

»Nein«, entgegnete Worf sofort. »Aber können Sie die gleiche Antwort auf *meine* Frage geben?«

Ein dünnes Lächeln umspielte Gregachs Lippen. »Na schön.« Er nickte Gezor zu, der sich daraufhin verneigte und ging.

Kurze Zeit später kehrte der Assistent mit den Schlüsseln für die Handschellen zurück — und mit sechs schwer bewaffneten Wächtern, die ihre Strahler auf die Gefangenen richteten.

Data lag noch immer reglos, und Geordis Sorge wuchs, als er den Androiden anstieß. »Kommen Sie schon«, sagte er und tastete nach dem Aktivierungsschalter. Er betätigte ihn mehrmals, ohne daß etwas geschah. »Na los!« Keine Reaktion.

»Ich bin neugierig«, sagte Gregach. »Wer von Ihnen führt das Kommando?«

Geordi bemühte sich, nicht darauf zu achten, daß die Stimme aus dem Nichts kam. Natürlich existierte die physische Welt nach wie vor, auch wenn sie in Schwärze verborgen blieb. Er schätzte die Entfernung zu dem K'Vin ab — knapp zwei Meter? »Er«, sagte LaForge und hob Datas Kopf.

Gregach lachte und wandte sich an Worf. »Im Ernst?«

»Sein Leistungspotential in funktionsfähigem Zustand ist ausreichend«, brummte Worf verdrießlich.

»Nun …«, erwiderte Gregach. »Das trifft auf uns *alle* zu, nicht wahr?« Er ging um den Schreibtisch herum. »Also hat *er* Ihnen den Befehl gegeben, die Anschläge zu verüben.«

»Nein«, sagte der Klingone.

»Bedeutet das, die Anweisungen stammen von jemand anders?«

Unmutsfalten bildeten sich in Worfs Stirn, als er die Taubheit aus den Händen schüttelte. »Wortspielereien gebühren keinem Krieger«, grollte er.

Gregach nickte langsam. »In der Tat.«

»Wir haben nichts mit den Zwischenfällen zu tun«, warf Geordi ein und sprach um einen halben Meter an dem K'Vin vorbei. »Wenn Sie wissen möchten, wie der Schuldige heißt, so bin ich gern bereit, Ihnen Auskunft zu geben. Sein Name lautet Gezor.«

Die Stimme des Sullurh ertönte nun zum erstenmal. »Ach, tatsächlich?«

LaForge verfluchte sich. *Natürlich* war auch Gezor zugegen. Allem Anschein nach befanden sie sich im Büro des Botschafters, und wo sollte der Sullurh sonst sein? Aber da er bisher geschwiegen hatte, war Geordi sicher gewesen, daß er sich an einem anderen Ort aufhielt. *Was bin ich doch für ein Narr!* dachte er.

»Ja, tatsächlich«, sagte er gepreßt und hoffte entgegen aller Logik, daß Data recht hatte. »Der Androide hat es herausgefunden. Gezor und Zamorh arbeiten zusammen. Ihr Ziel besteht darin, Sie und Stephaleh ins Abseits zu manövrieren und selbst die Macht zu ergreifen.«

»Die Macht zu ergreifen?« wiederholte Gregach ungläubig. »Über *was* denn? Einen künstlich geschaffenen Felsball mitten im Nichts? Gefüllt mit Archäologen und dem Abschaum der Galaxis? Für was halten Sie Kirlos? Für ein Zentrum geheimer Macht? Vielleicht für ein Sprungbrett zu den Sternen? Lieber Himmel! Die *Macht ergreifen!* Wenn er meinen Posten will, kann er ihn gern haben! Möchten Sie ihn, Gezor? Ich brauche nur zwei Stunden, um meine Sachen zu packen und von hier zu verschwinden.«

»Nein, danke, Botschafter«, erwiderte der Sullurh höflich. »Ihr Vorgänger mußte Kirlos wegen hoher Spielschulden recht überstürzt verlassen, und daraufhin mußte ich die Botschaft eine Zeitlang leiten. Ich habe es keineswegs bedauert, die entsprechende Verantwortung in Ihre Hände zu legen.«

»Und Sie möchten wirklich keinen Anspruch darauf erheben?«

»Nein, Botschafter.«

Gregach seufzte. »Nun, es war einen Versuch wert.« Er wandte sich wieder an Geordi. »Der Androide hat es also herausgefunden, wie? Kann er vielleicht ein plausibleres Motiv für Gezors angebliche Teilnahme an der Verschwörung nennen?«

Ich habe es gleich für eine dumme Idee gehalten, dachte LaForge. Laut sagte er: »Data braucht nur noch etwas mehr Zeit für eine genaue Analyse.«

»Na schön. Er wird Zeit genug haben, während Sie unter Arrest stehen. Gezor, bringen Sie die Gefangenen ins unterste Kellergeschoß. Zelle D.«

»Zelle D?« Der Sullurh blinzelte. »Wir benutzen sie nur sehr selten, Sir. Sie ist seit Jahren nicht mehr gereinigt worden.«

»Ja, ich weiß«, entgegnete Gregach. »Ich kann Verrat nicht ausstehen, aber von doppeltem Spiel und Verschwörung halte ich noch weitaus weniger. Deshalb sehe ich keinen Grund, großzügig zu sein.«

»Es gibt viele Dinge, die Sie nicht sehen«, sagte Worf. »Sie sind noch blinder als Lieutenant Commander LaForge. Wenn Sie auch nur eine Spur von Anstand hätten, würden Sie ihm das VISOR zurückgeben. Und wenn Sie vernünftig wären, würden Sie ihm oder mir zuhören.«

Gregach musterte ihn eingehend. »Sie sprechen sehr offen, selbst dann, wenn Sie es sich nicht leisten können.«

»Ich halte an Kompromißlosigkeit fest und überlasse die Konsequenzen sich selbst.«

Der K'Vin nickte langsam und unterdrückte ein Lächeln. »Mr. LaForge ...«, sagte er nach einer Weile. »Bitte strecken Sie die Hände aus.«

Geordi kam der Aufforderung nach, und einige Sekunden später schlossen sich seine Finger um das VISOR. Rasch setzte er es auf — aber trotzdem blieb alles finster.

Bestürzt schnappte er nach Luft. »Es ... es funktioniert nicht. Vielleicht sind die elektronischen Komponenten beschädigt worden, als das Gerät auf den Boden prallte ...«

»Ich nehme viele Pflichten wahr, Mr. LaForge«, sagte Gregach. »Ich bin Krieger, Botschafter, Spieler ... aber kein Techniker. Wenn Sie möchten, stelle ich Ihnen Werkzeug zur Verfügung, damit Sie in der Zelle versuchen können, das VISOR zu reparieren. Und auch Ihren kühnen Commander. Vielleicht gelingt es Ihnen, seine Logik-Schaltkreise in Ordnung zu bringen. Ganz offensichtlich liegt ein Defekt vor, der ihn veranlaßte, in bezug auf meinen treuen und bewährten Assistenten völlig falsche Schlüsse zu ziehen.«

Die Wächter führten Geordi und seine Begleiter zur Tür. LaForge taumelte unter dem Gewicht von Data, und Worf wollte ihm helfen.

»Der Klingone bleibt hier«, meinte Gregach.

Worf drehte sich um und starrte den K'Vin an. Er war bestimmt überrascht, doch er ließ sich nichts davon anmerken. Thul trat zu Geordi und stützte den Androiden. Hinter ihnen schloß sich die Tür des Büros.

»Sie erhalten ein besseres Quartier als Ihre Gefährten«, fuhr Gregach fort. »Ich möchte einen ehrenvollen Krieger nicht damit beleidigen, ihn im alten Verlies dieses Gebäudes unterzubringen — die dortigen Kammern zeichnen sich durch einen eklatanten Mangel an Komfort aus.«

»Ich begleite meine Kameraden«, brummte Worf.

»Oh, ich wußte, daß Sie eine derartige Entscheidung treffen würden«, erwiderte Gregach. »Ihr Instinkt. Aber denken Sie einmal nach, Lieutenant. Unten im Kerker nützen Sie den anderen nichts. Doch hier oben bei mir ... Wer weiß? Vielleicht können Sie mich überreden, den beiden anderen Offizieren gegenüber — und auch bei Ihnen — ein gewisses Maß an Gnade walten zu lassen.«

Worf schwieg, und in seinen Augen blitzte es.

Gregach nickte erneut und blickte zur einen Ecke des Büros. »Sagen Sie, Lieutenant ... Spielen Sie Dyson?«

Stephaleh erinnerte sich nicht mehr daran, wann sie zum letztenmal geschlafen oder sich auch nur entspannt hatte. Während ihrer langen Laufbahn war sie mehrmals an schwierigen Verhandlungen beteiligt gewesen, deren Scheitern zu einem Krieg führen konnte. Jedesmal gelang es ihr, einen Konflikt zu vermeiden und den Frieden zu sichern.

Diese Erinnerungen erfüllten sie mit Stolz; damals zahlte sie den Preis der Erschöpfung gern. Doch jetzt ... Sie sah sich nun mit einer einzigartigen Situation konfrontiert und hätte nie geglaubt, daß eine derartige Lage auf Kirlos entstehen konnte. Tod und Zerstörung breiteten sich aus. Hinzu kam ein Freundschaftsband, das Kirlosia einst ebensogut zusammengehalten hatte wie ein offizieller Vertrag — und nun immer mehr zerfaserte.

Inzwischen erkannte sie Gregach kaum wieder: Er verwandelte sich vom Diplomaten in einen Soldaten. Stephaleh lernte den kriegerischen Aspekt seines Wesens erst jetzt kennen, und er gefiel ihr nicht. Sie fürchtete immer mehr, daß sie nie zu ihrer alten Harmonie zurückfanden, wenn auf diesem Planeten wieder normale Verhältnisse herrschten.

Als besonders besorgniserregend empfand sie die Abwesenheit der *Enterprise*-Offiziere. Am vergangenen Abend waren sie aufgebrochen, um nach Antworten zu suchen. Ihre Präsenz erleichterte Stephaleh: Die Starfleet-Ausbildung hatte Worf, Data und LaForge besser als sie oder Powell darauf vorbereitet, mit derartigen Problemen fertig zu werden.

Die Andorianerin mußte dem Klingonen recht geben: Powell hatte nie einen Phaser abgefeuert und zögerte auch jetzt, von der Waffe Gebrauch zu machen. In dieser Hinsicht ähnelte er der Diplomatin: Er verabscheute Unruhe, zog Übersichtlichkeit und Ordnung vor.

Zamorh, der nun kaum von Stephalehs Seite wich, räusperte sich. »Die Bürger fürchten sich, Botschafterin. Unsere Mitteilungen scheinen sie nicht zu beruhigen. Vielleicht sollten Sie einen direkten Appell an die Bevölkerung richten ...«

Die Andorianerin schüttelte den Kopf. Sie wußte, daß sich nur wenige Leute im Föderationssektor von Kirlos um die Botschaft scherten. Dabei handelte es sich um Unannehmlichkeiten, die Stephaleh bisher ignoriert hatte. Zwar befolgte man ihre Anweisungen, aber eher unwillig und widerstrebend. Manchmal ging sie zu den Bürgern, um mit ihnen zu sprechen, doch oft gewann sie dabei den Eindruck, ihre Zeit zu verschwenden. Sie wußte um die Unbeständigkeit der öffentlichen Meinung: Gelegentlich genügten selbst kleine Veränderungen, um friedliche Personen in einen Mob zu verwandeln.

»Nein, Zamorh. Mir ist klar, daß ich etwas unternehmen muß, aber leider bin ich nicht imstande, die richtigen Maßnahmen zu finden.«

Stephaleh gestand ihre Schwächen und Unsicherheiten nur selten ein, und deshalb war der Sullurh ziemlich erstaunt. Er dachte nach. »Vielleicht sollten Sie nicht länger abwarten, was Gregach unternimmt, sondern die Initiative ergreifen«, sagte er schließlich. »Agieren Sie, anstatt zu reagieren.«

Das klang sinnvoll. Stephaleh klopfte nervös auf den Schreibtisch und merkte dabei, daß ihre Finger nicht annähernd so steif waren wie sonst. Die Bewegung fühlte sich gut an. Seltsam: Ihre Schmerzen und Muskelkrämpfe ließen immer mehr nach, während die Krise auf Kirlos größere Aufmerksamkeit erforderte.

Sie verglich sich mit ihren Vorfahren, die während einer großen Schlacht Verwundungen ignorierten. Normalerweise neigte sie dazu, die Kriegerinstinkte zu verdrängen — alle Andorianer verhielten sich so. Aber vielleicht unterschieden sich diese Emotionen kaum von denen der K'Vin. Was mochte geschehen, wenn sie ihre Strategie ein wenig modifizierte? Wenn sie Gregach als Kriegerin begegnete?

Inspiriert betätigte sie einen Schalter der Tischkonsole und bat um eine direkte Kom-Verbindung mit dem K'Vin-Botschafter. Stephalehs Mitarbeiter hatten offenbar mit einer solchen Entscheidung gerechnet; es war bereits ein Kommunikationskanal geöffnet.

»Hoffentlich störe ich Sie nicht, Botschafter Gregach.«

Der K'Vin schien geschlafen zu haben, und vielleicht genügte eine subtile Provokation, um sein inneres Gleichgewicht zu erschüttern. Natürlich war auch Gezor zugegen, am Rand des Erfassungsbereichs. »Zufälligerweise habe ich gerade an einer Konferenz teilgenommen«, erwiderte Gregach schroff.

»Dann möchte ich Sie nicht lange aufhalten. Ich habe angerufen, um zu fragen, ob Sie etwas über den Verbleib der Starfleet-Offiziere wissen.« Stephaleh brauchte *irgendeinen* Grund, um den Dialog zu beginnen, und dieser war so gut wie jeder andere.

Gregach schnaufte. »Meinen Sie jene Leute, die vielleicht für das Chaos verantwortlich sind?«

»Sie sollten es eigentlich besser wissen«, entgegnete die Andorianerin ruhig. »Die Offiziere kamen auf Ihr Ersuchen hin. *Und* mit Ihrer Erlaubnis. Einreiseanträge werden von Ihnen sehr sorgfältig geprüft. Daher dürfte Ihnen klar sein, daß die Landegruppe der *Enterprise* auf Kirlos nur wissenschaftlichen Interessen nachgeht.«

»Nun, so heißt es jedenfalls. Wie dem auch sei: Die Offiziere sind tatsächlich hier. Ich habe Sie unter Arrest stellen lassen, damit sie vernommen werden können.«

Diese Auskunft bereitete Stephaleh einen Schock. Sie sammelte Mut und sprach mit einer Strenge, die Gregach verblüffte. »Sie haben unsere Repräsentanten verhaftet, ohne die Botschaft zu informieren? Wie können Sie es *wagen,* die Vereinbarungen so offen zu verletzen! Zwischen uns gab es immer ein gutes Einverständnis, aber jetzt frage ich mich, ob wir die ganze Zeit über aneinander vorbeigeredet haben. Warum halten Sie die Offiziere fest? Was werfen Sie ihnen vor?«

»Was ich ihnen vorwerfe? Nun, man überraschte sie dabei, als sie sich in unserem Territorium umsahen. Der Bericht erwähnte ›verdächtiges Verhalten‹, und ich beschloß, selbst mit ihnen zu sprechen.«

»Gut. Sprechen Sie mit ihnen — und sorgen Sie dann für die *Freilassung.* Sie wissen, daß die Starfleet-Offiziere keine Schuld trifft. Und Sie wissen auch, daß Ihre Gefangenen als Föderationsbürger Rechtsbeistand in Anspruch nehmen können.«

Der K'Vin knurrte kehlig und schnaubte abfällig. »Sie haben keine juristische Niederlassung in diesem Sektor«, sagte er. »Sie greifen auf die Hilfe eines einfachen Anwalts zurück, der zur Zeit in einem Krankenhaus behandelt wird, wenn meine Informationen stimmen. Außerdem: Ich habe die drei Offiziere darum gebeten, in diesem besonderen Fall auf Rechtsbeistand zu verzichten.«

»Und sie erklärten sich dazu bereit?« fragte Stephaleh skeptisch.

»In gewisser Weise. Zweifeln Sie an der Auskunft eines *alten Freundes?* Nun, es spielt keine Rolle. Wichtig ist nur, daß jemand Anschläge auf dieser Welt verübt, und ich will endlich Antworten bekommen.«

»Vielleicht befinden sie sich direkt vor Ihrer Nase, ohne daß Sie die Wahrheit akzeptieren. Die K'Vin sind nicht gerade für ihr rationales, vernünftiges Verhalten bekannt. Sie nehmen sich einfach, was sie wollen.«

Gregach zuckte mit den Schultern. »Wir hätten uns Kirlos schon vor langer Zeit nehmen sollen. Inzwischen haben wir die Präsenz der Föderation lange genug toleriert. Vielleicht führen die jüngsten Zwischenfälle zu neuen Erkenntnissen auf unserer Zentralwelt. Vielleicht entscheiden meine Vorgesetzten, die Verhandlungsfarce zu beenden.«

Stephaleh mochte weder den Ton des Gesprächs noch die dabei gezeigten Gefühle. Es war ein Fehler, Differenzen hervorzuheben, aber sie konnte einfach nicht anders und gab ihrem Ärger nach.

Reiß dich zusammen, Stephaleh. Hast du in all den Jahren als Diplomatin nicht mehr gelernt?

»Diese Welt gehört den Ariantu«, erinnerte sie Gregach. »Nicht denjenigen, die derzeit auf ihr leben. Nun, wann lassen Sie die Starfleet-Offiziere frei?«

»Nachdem sie alle meine Fragen ausführlich beantwortet haben.«

Neuerlicher Groll zitterte in Stephaleh, und sie trachtete danach, ihn unter Kontrolle zu halten. »Na schön. Innerhalb einer Stunde werde ich Ihrer Regierung einen förmlichen Protest übermitteln. Ich möchte nicht, daß den Gefangenen irgend etwas zustößt. Diese Angelegenheit muß zu einem *zufriedenstellenden* Ende gebracht werden. Zu einem *schnellen* und zufriedenstellenden Ende.«

Jetzt nahm sich Gregach einige Sekunden Zeit, um nachzudenken. Eigentlich überlegte er immer recht gründlich, und Stephaleh bedauerte nun ihren vorwurfsvollen Kommentar. Vielleicht beschloß der K'Vin, ihn einfach zu überhören und ihrer Erregung zuzuschreiben. Oder auch nicht. Möglicherweise war ihre Freundschaft unrettbar verloren.

»Dann erlauben Sie mir bitte, ein schnelles und *zufriedenstellendes* Gespräch mit meinen Gästen zu führen. Gregach Ende.«

Der K'Vin drehte sich um und sah Gezor an, der stumm neben der Tür des Büros wartete. »Nun, was halten Sie davon? Meine gute Freundin Stephaleh wirft mir vor, Vereinbarungen zu verletzen!«

»Im Prinzip hat sie recht, Botschafter. Wir sollten darauf hinweisen, daß die Starfleet-Offiziere im K'Vin-Territorium gefunden wurden. *Sie* haben die Vorschriften zuerst mißachtet.«

»In der Tat, Gezor. Trotzdem beruft sich Stephaleh aufs Protokoll. Wir stehen dicht vor einem Krieg, der ganz Kirlos verheeren könnte, aber sie regt sich über Formulierungen auf!«

»Was wollen Sie jetzt unternehmen, Botschafter? Welche Maßnahmen halten Sie für angebracht?«

Gregach schwieg und spielte zunächst mit dem Gedanken, seine alten Freunde zu einem traditionellen Kriegsrat zu versammeln. Er hatte jedoch erfahren, daß es einige von ihnen ganz bewußt ablehnten, sich bezüglich der rasch verändernden Situation auf dem laufenden zu halten, und er wollte keine Zeit mit wiederholten Einsatzbesprechungen verlieren. Gregach sehnte sich danach zu handeln — aber *welche* Anweisungen sollte er geben?

Zamorh wartete, bis er glaubte, daß die Botschafterin ihre Fassung wiedergewonnen hatte. »Die Verhaftung Lieutenant Worfs und der anderen beunruhigt mich sehr«, sagte er. »Verfügen sie vielleicht über wichtige Informationen?«

»Sie wissen bestimmt etwas, ja, aber vermutlich will Gregach etwas ganz anderes hören. Die Auskünfte der Offiziere verärgern ihn vielleicht, und angesichts der von zunehmender Feindseligkeit geprägten Situation könnte das gefährlich sein.«

»Sie wissen sicher, daß die K'Vin bei Verhören manchmal das Mittel der Folter verwenden ...«

»Ausgeschlossen!« entfuhr es Stephaleh. »Gregach würde sich niemals dazu hinreißen lassen, Föderationsrepräsentanten zu foltern. Die diplomatischen Konsequenzen wären ...«

»Was, Botschafterin? Ist eine weitere Verschlechterung der Beziehungen möglich — abgesehen von einem Krieg?«

»Vielleicht haben Sie recht, Zamorh. Doch ich werde nichts unversucht lassen, um eine bewaffnete Auseinandersetzung zu verhindern. Es ist schon schlimm genug, daß Powell und seine Leute in den Straßen patrouillieren müssen.«

»Wenn ich die Lage richtig einschätze, dürfen wir nicht einfach die Hände in den Schoß legen.«

»Das stimmt, Zamorh. Aber bei den Gottheiten: Ich weiß nicht, was es nun zu unternehmen gilt. Ich habe keine Ahnung, wer hinter den Anschlägen steckt und warum sich Starfleet-Offiziere im K'Vin-Territorium aufhielten — was im klaren Widerspruch zu der Vereinbarung steht.«

»Vielleicht gibt es eine Möglichkeit, die Freilassung der Gefangenen zu beschleunigen«, sagte der Sullurh und neigte dabei den Kopf zur Seite. Er zögerte ganz offensichtlich, und Stephaleh begriff, daß sie ihn aus der Reserve locken mußte.

»Wir können offizielle Proteste erheben und Petitionen einreichen«, erwiderte Stephaleh. »Doch ich kenne niemanden auf diesem Planeten, der in der Lage ist, durch diplomatische Kanäle eine Freilassung zu erwirken. Vielleicht sind jene Kanäle jetzt für immer geschlossen.«

»Mein Volk war lange vor den K'Vin und der Föderation hier, Botschafterin.«

»Ja, ich weiß, Zamorh. Worauf wollen Sie hinaus?«

»Wir haben die alten Ruinen untersucht, bevor sich hier andere Leute niederließen. Wir kennen Tunnel und Stollen, die viele Gebäude miteinander verbinden. Offenbar gehören sie zu einem früheren Transportsystem.«

»Und?« Stephaleh wurde ungeduldig. Sie wollte *aktiv* werden, doch Zamorh ließ sich Zeit.

»Einer dieser Tunnel führt von Busieks Schenke an

der Grenze zur K'Vin-Botschaft. Vielleicht ist er durch die Explosion nicht beschädigt worden.«

»Schlagen Sie vor, jemanden zu schicken, um die Offiziere zu befreien? Das gäbe Gregach einen Vorwand, seine Gefangenen einem noch schärferen Verhör zu unterziehen und vielleicht sogar einen von ihnen zu töten. Die bis vor kurzer Zeit freundlichen Beziehungen zwischen uns wären endgültig zerstört, und es käme zu erheblichen Spannungen zwischen Hegemonie und Föderation.«

»Es tut mir leid, Botschafterin. Ich versuche nur, Ihnen mit Ratschlägen zu helfen.«

Stephaleh musterte ihren Assistenten und überlegte. Gab es keine andere Alternative? Und wen sollte sie schicken? Powell? Oder Ekrut, der zweifellos klein und agil genug war? Sie schüttelte den Kopf und legte beide Hände flach auf den Tisch. »Nein, Zamorh. Ein Rettungsversuch kommt nicht in Frage. Solchen Maßnahmen fehlt die Feinheit der Diplomatie. Statt dessen werde ich mit großer Sorgfalt Worte wählen, um Worf, Data und LaForge zurückzubringen — oder um Botschafter Gregach zu beschwichtigen.«

Gezor schwieg einige Sekunden lang, bevor er erneut seine Stimme erklingen ließ. »Sir, ist nicht eine Reaktion angebracht? Wenn ich die K'Vin-Traditionen richtig verstehe ...«

»Ja, aber es muß die *richtige* Reaktion sein«, erwiderte Gregach. »K'Vin handeln besonnen. Vorsicht ist angebracht.«

»Vielleicht lassen sich die Geiseln für Ihre Zwecke verwenden.«

»Die Starfleet-Offiziere sind keine Geiseln, Gezor. Eine solche Bezeichnung halte ich für völlig unangemessen. Ich sehe sie mehr als Gäste, worauf ich auch Stephaleh hingewiesen habe. Ist Worf in einem komfortableren Quartier untergebracht worden?«

»Selbstverständlich, Botschafter.«

»Gut. Ein Taktiker wie er kann mir vielleicht helfen.« Gregach drehte sich um und verließ das Büro.

Zamorh befand sich allein in seinem Zimmer und dachte nach. Die Chronometer — sie wurden jetzt an jedem Abend synchronisiert — teilten ihm mit, daß der entscheidende Zeitpunkt näher rückte. Er hatte sorgfältige Vorbereitungen getroffen, um den Plan in die Tat umzusetzen, und er wußte, daß sich Gezor ebenfalls Mühe gab. Zwar spitzte sich die Lage rasch zu, aber keine der beiden Seiten unternahm den nächsten Schritt. Zamorh kannte die Bedeutung jenes Schritts und fragte sich, wie die Botschafter dazu veranlaßt werden konnten, ihn einzuleiten. Vielleicht war jetzt die Zeit für eine militärische Aktion der Föderation gekommen — um die K'Vin ein wenig aufzuscheuchen und zu zwingen, Stephalehs Standpunkt ernster zu nehmen. Der Sullurh stand auf, blickte in den Spiegel und stellte zufrieden fest, daß es an seinem Erscheinungsbild nichts auszusetzen gab. Mit zielstrebigen Schritten ging er durch den Flur und näherte sich dem Büro der Botschafterin.

Stephaleh saß wie erwartet an ihrem Schreibtisch, blätterte in Unterlagen und merkte nicht, daß ihr Assistent eintrat — die typische Unauffälligkeit der Sullurh.

»Wenn Sie gestatten, Botschafterin ... Mir ist gerade etwas eingefallen.«

Die Andorianerin sah auf, und in ihrem Nacken begann ein unangenehmes Stechen. Am Morgen hatte sie es nicht gespürt, doch jetzt fühlte es sich an, als würde es ihr keine Ruhe mehr gönnen. »Ja, natürlich, Zamorh. Ich höre.«

»Was den Rettungsversuch angeht, habe ich mich vielleicht geirrt, und dafür möchte ich mich entschuldigen.«

»Schon gut. Uns allen fällt es schwer, klar zu denken.«

»Wie dem auch sei ...«, fuhr Zamorh fort. »Da es Ihnen ganz offensichtlich widerstrebt, die weiteren Entwicklungen einfach abzuwarten, wäre es vielleicht angebracht, unsere Sicherheit zu überprüfen, Vorräte anzulegen und so weiter — für den Fall, daß wir angegriffen werden. Eine erhöhte Verteidigungsbereitschaft erscheint mir angemessen.«

Ein sehr konstruktiver Vorschlag, dachte Stephaleh. Es erstaunte sie, daß sie erst jetzt auf den Gedanken kam, das defensive Potential des Föderationssektors zu verstärken. Selbst Powell hatte nichts davon erwähnt. Im Vergleich mit Worf ließ Powell sehr zu wünschen übrig. Die Botschafterin beschloß, nach der Überwindung der gegenwärtigen Krise einen neuen Sicherheitschef zu bestimmen. »Einverstanden, Zamorh. Bitten Sie Powell, sich darum zu kümmern. Und vielen Dank für Ihre Anregung.«

Worf saß auf einem harten Bett und überlegte, warum ihm eine besondere Behandlung zuteil wurde. Er hätte sich voll und ganz damit zufrieden gegeben, in der wesentlich kleineren Zelle bei Geordi und Data zu bleiben. Die dortigen spartanischen Verhältnisse entsprachen seinen Wünschen, und die Gesellschaft der beiden anderen Offiziere wäre ihm lieber gewesen, als allein zu sein — immerhin gab es viel zu klären. Der Androide ging ihm zwar manchmal auf die Nerven, aber Worf gestand sich ein, daß Data als vorgesetzter Offizier recht gute Leistungen vollbracht hatte.

Er hob den Kopf, als sich ein Schlüssel im Schloß drehte. Einige Sekunden später schwang die Tür auf, und Botschafter Gregach kam herein. Worf erhob sich sofort, aber Gregach bedeutete dem Klingonen mit einer knappen Geste, wieder Platz zu nehmen. Auf einem kleinen Tisch neben dem Bett stand ein begonnenes Dyson-Spiel. Bei der ersten Partie hatte der K'Vin Worf besiegt.

Doch wenigstens lernte Worf rasch: Die zweite Partie war noch nicht entschieden.

»Ich bin hier, um mit Ihnen über einige Dinge zu sprechen«, verkündete Gregach.

»Dinge?«

»Ja, Worf. Uns steht eine Zeit des Handelns bevor, und vielleicht verlangt sie verzweifelte Maßnahmen von uns. Meine ehemaligen Gefährten nützen mir nichts mehr: Sie sind alt und haben ihren Kampfgeist verloren. Die Sullurh leisten mir gute Dienste, aber soweit ich weiß, ist niemand von ihnen in die Schlacht gezogen. Doch was Sie betrifft ... Sicher liegen viele Kämpfe hinter ihnen.«

»Ja«, bestätigte Worf und fragte sich, was Gregach bezweckte.

»Die Klingonen faszinieren mich schon seit langer Zeit. Ich bedauere, daß sich unsere Völker nie in einem großen Gefecht begegnet sind — ich hätte dabei gern Erfahrungen gesammelt. Nun, lassen wir das. Ich möchte die aktuelle Situation mit Ihnen erörtern. Überall erklingen Vorwürfe und Anklagen, aber niemand weiß etwas Genaues.«

»Einige Dinge erscheinen mir völlig klar, Botschafter«, erwiderte Worf. »Erstens: Die zeitliche Abstimmung der Anschläge auf beiden Seiten legt einen Plan nahe. Zweitens: Nicht nur Sie wurden angegriffen, sondern auch wir; es starben sowohl Bürger des Föderationssektors als auch Bewohner des K'Vin-Territoriums, woraus sich der Schluß ziehen läßt, daß es die Attentäter nicht auf eine der beiden Regierungen abgesehen haben. Drittens: Den Unbekannten geht es um irgend etwas, daß sich hier auf Kirlos befindet. Vielleicht gibt es einen Aspekt dieser Welt, dem bisher niemand Beachtung geschenkt hat.«

Gregach unterbrach den Vortrag des Klingonen, indem er näher trat und auf ihn hinabsah. »Etwas auf Kirlos? Zum Beispiel?«

»Das wissen wir nicht. Aber die Anschläge beziehen sich auf *etwas*, nicht auf *jemanden*.«

»Können Sie mir weitere Schlußfolgerungen anbieten?« Gregach bewunderte Worfs Logik.

»Ja. Wir haben Grund zu der Annahme, daß Ihr Assistent Gezor an der Verschwörung beteiligt ist. Aber Sie ziehen es offenbar vor, diese Möglichkeit zu ignorieren.«

Der K'Vin wanderte durch den kleinen Raum und stellte fest, daß er sich zum erstenmal in diesem Zimmer aufhielt. Früher war es fremden Würdenträgern als Unterkunft zur Verfügung gestellt worden, doch in seinen Jahren auf Kirlos hatte Gregach nie Besucher empfangen. Das bedauerte er nun. Stimmten die Vermutungen des Klingonen? Konnte Gezor tatsächlich in eine Verschwörung verwickelt sein? Worfs Ausführungen klangen überzeugend. Die ersten drei Hinweise ergaben durchaus einen Sinn, aber der vierte ... Warum sollte Gezor seinen Vorgesetzten verraten?

»Weshalb glauben Sie, daß Gezor hinter den Anschlägen steckt?« fragte er.

»Vielleicht trifft ihn nicht die volle Verantwortung. Vielleicht ist er Teil einer größeren Verschwörung.«

»Sie sind ganz sicher, nicht wahr, Lieutenant?« Gregach drehte sich um, musterte Worf und suchte nach Aufrichtigkeit hinter den Worten. Der Klingone nickte nur und blickte starr geradeaus. »Was schlagen Sie vor?«

»Reden Sie mit Gezor und stellen Sie ihm alle Fragen, die Sie an mich und meine Kollegen richten wollten.«

»Und dann?«

»Bestehen Sie auf Antworten. Packen Sie das Problem an und lösen Sie es. Entweder beenden wir die Feindseligkeiten, oder wir finden einen Grund, zu den Waffen zu greifen — um dann in den Kampf zu ziehen.«

»Das würde Ihnen *gefallen*, oder?«

»Ich kämpfe gern, ja — aber nur dann, wenn es sich

lohnt. Verletzte Gefühle reichen als Anlaß nicht aus. Vergeudete Mühen können einen Herrscher um die Macht bringen. Klingonen fochten die besten Schlachten, wenn es dabei um Welten ging.«

»Ich nehme an, Sie haben viele Herrscher kennengelernt.«

Worf brummte. Dieser Aspekt seines Volkes — kaltblütiges Morden, um politische Vorteile zu erringen — stieß ihn ab. Er war Purist und wünschte sich einen Sinn für den Kampf.

»Sie haben mich zum Nachdenken angeregt. Vielen Dank dafür. Ruhen Sie sich nun aus. Bestimmt erwarten uns anstrengende Tage.«

Gregach wandte sich ab und klopfte an die Tür. Ein Wächter öffnete sie, und der Botschafter kehrte in den Korridor zurück. Worf saß geduldig auf seinem Bett und wußte, daß für ihn bald die Zeit des Handelns kam.

KAPITEL 14

Ilugh wäre lieber in der Nähe des K'Vin-Botschafters geblieben, wo er hingehörte. Aber Gregach hatte es für wichtiger gehalten, ihn den Patrouillen auf dem Strip zuzuweisen.

Diese Entscheidung erwies sich nun als richtig. Als Ilugh von dem Aufruhr erfuhr, kletterte er sofort in einen Bodenwagen. Die Entfernung war nicht groß genug, um eine Transmitterzelle zu benutzen. Außerdem funktionierten viele von ihnen nicht mehr — manche Leute machten ihrem Zorn durch mutwillige Zerstörungen Luft.

Als der Fahrer den Wagen über kurvenreiche Straßen lenkte, fühlte Ilugh zunehmende Benommenheit, als befände sich noch immer ein Rest von Plethan in seinen Lungen. Das war natürlich unmöglich. *Sicher ist es eine der psychosomatischen Folgen, vor denen mich die Ärzte warnten,* dachte er. Eine sogenannte Wiederkehr von Symptomen. Aber angeblich sollten sie nur gering ausgeprägt und von kurzer Dauer sein.

Ein weiterer Beweis dafür, daß die Quacksalber keine Ahnung haben, fügte Ilugh in Gedanken hinzu, kämpfte gegen übelkeiterweckenden Schwindel an und beobachtete, wie Straßenecken vorbeihuschten.

Ilugh beabsichtigte natürlich nicht, sich zu beklagen. Es war ihm schwer genug gefallen, für den aktiven Dienst tauglich geschrieben zu werden. Er wollte auf keinen Fall ins Lazarett zurück.

Kurz Zeit später erreichte er den Rand der Menge. Der Fahrer hielt sich an seine Anweisungen und verringerte die Geschwindigkeit nicht. Ungerührt fuhr er weiter, und die Randalierer sprangen beiseite. Er bremste erst, als die Menge so dicht wurde, daß niemand mehr rechtzeitig ausweichen konnte.

Nach einigen Sekunden sah sich Ilugh erstaunt um. Der Tumult war weitaus größer, als er zuerst angenommen hatte. Soviel zur vielgerühmten K'Vin-Disziplin: Sie wurde einfach fallengelassen, wenn die Anspannung ein kritisches Ausmaß erreicht.

Ilugh und der Fahrer entdeckten die in Bedrängnis geratenen Grenzwächter gleichzeitig. Einige von ihnen lagen bewußtlos auf dem Boden — die anderen hatten bestimmt das Feuer eröffnet und etliche Zivilisten betäubt.

Der für die Wachgruppe verantwortliche Gardist wirkte erleichtert, als er den Wagen sah. Sein Gesicht erschien Ilugh vertraut, doch er erinnerte sich nicht an den Namen.

»Was ist los?« rief er, als das Fahrzeug hielt. Sofort stieg er aus.

Der Gardist nickte in Richtung der Menge. Ilugh konnte ihn kaum verstehen — hinter ihm ertönten Schreie aus Hunderten von Kehlen.

»Die Sache auf der Föderationsseite. Viele Leute fordern Vergeltung dafür.« Der Wächter runzelte die Stirn und schob seine Hauer vor. »Die hier versammelten Bürger meinen, wir sollten zuerst zuschlagen. Wenn Stephaleh sie dazu provozieren will, ihren Sektor zu stürmen, so sind sie gern bereit, den Erwartungen der Botschafterin zu genügen.«

Ilugh brummte und beobachtete, wie die Menge wieder eine kompakte Masse bildete. Er hob den Blaster und ließ keinen Zweifel daran, daß er schießen würde. Doch die erhoffte Wirkung blieb aus — der Mob kam langsam näher.

»Es sollte eigentlich Verstärkung für uns eintreffen, oder?« fragte der Gardist.

»Rechnen Sie nicht mit vielen Soldaten«, erwiderte Ilugh. Auch in ihm regte sich nun Unbehagen. »Es gibt noch andere Unruheherde, obgleich hier ...«

Er fand keine Gelegenheit, den Satz zu beenden. Irgend etwas — oder *irgend jemand* in ihrer Mitte — stachelte die Menge an. Plötzlich drängte sie nach vorn.

Ilugh feuerte, betätigte immer wieder den Auslöser.

Mehrere Aufrührer stürzten zu Boden, und andere stiegen über sie hinweg. Der Blaster trieb die aufgebrachten Leute nicht zurück. Es waren zu viele, und sie ließen sich jetzt nur noch von einer fatalen Mischung aus Furcht und Haß leiten.

Erst langsam und dann immer schneller wichen die Gardisten zurück. Plötzlich standen sie mitten auf dem Strip und schließlich an der anderen Straßenseite, die zum Föderationssektor gehörte.

Ilugh versuchte, einen kühlen Kopf zu bewahren. Er rief den Wächtern Befehle zu, doch es hatte keinen Sinn: Aus dem Rückzug wurde Flucht.

Ein weiterer Strahl fauchte aus dem Lauf seiner Waffe, und dann entriß ihm jemand den Blaster. Etwas prallte an Ilughs Kopf, und er spürte, wie die Knie unter ihm nachgaben ...

Später lehnte er an dem Bodenwagen, hatte einen metallischen Geschmack im Mund und fragte sich, wie lange er bewußtlos gewesen war. Zwei Gardisten knieten neben ihm, und in einem von ihnen erkannte er den Fahrer. Sie hielten ihre Blaster bereit, obwohl das kaum etwas nützte. Der unaufhaltsame Mob strömte rechts und links vorbei, wie das Wasser eines Flusses, aus dem ein Felsen aufragte.

Ilugh stemmte sich hoch und beobachtete, wie die Menge über den Strip flutete und die Föderationsseite erreichte.

Voller Mitgefühl dachte er an die armen Föderationsbürger, die nicht rechtzeitig vor der zornigen Menge fliehen konnten.

»Sie sind ein Narr, Trimble, fast noch dümmer als die Andorianerin in der Botschaft!«

Lars Trimble musterte die Kaufleute vor der halb geöffneten Tür seiner Wohnung. Ärger verzerrte ihre Mienen, und die frühere Freundlichkeit im Gebaren der Händler hatte sich verflüchtigt. Sie dachten nur noch an Flucht.

»Wir müssen sie unter Druck setzen und *zwingen*, den Evakuierungsbefehl zu geben.«

Trimble versuchte, möglichst ruhig zu sprechen. »Soweit ich weiß, hat sie diese Anweisungen inzwischen erteilt. Es sind bereits Raumschiffe unterwegs, um uns alle in Sicherheit zu bringen.«

Mand'liiki schüttelte seine kleine rhadamantharische Faust. *»Lügen!«* zischte er. »Alles Lügen. Stephaleh steckte von Anfang an dahinter. Sie wird diese Sache nicht einfach so beenden — zumindest nicht aus eigenem Antrieb.« Er wandte sich an die anderen. »Ich glaube erst daran, daß sie die Order gegeben hat, wenn ich es selbst sehe.«

Die übrigen Geschäftsleute brummten zustimmend, und einige von ihnen gestikulierten aufgeregt.

»Lars«, erklang eine Stimme hinter ihm. Er warf einen Blick über die Schulter und sah das von Furcht gezeichnete Gesicht seiner Frau. Sanft schob er sie in die Wohnung zurück.

»Stephaleh hat Ihnen den Verstand geraubt, Trimble! Durch das Gespräch mit der Botschafterin haben Sie Ihren Willen verloren — sonst wären Sie mit *uns* hier draußen!«

Er drehte sich wieder zu den Händlern um. »Nein«, erwiderte er. »Sie hat keinen Einfluß auf mich.«

»Dann schließen Sie sich uns an!« rief der Rhadamanthaner. »Beweisen Sie ihr, daß Sie noch immer eigene Entscheidungen treffen können!«

Der Mensch schüttelte den Kopf. »Sie irren sich und machen einen großen Fehler. Die Föderation beginnt keine Kriege — das wissen Sie ebensogut wie ich. Und auch Stephaleh will keinen Konflikt herbeiführen. Zuerst habe ich daran gezweifelt, aber ich hatte Zeit genug, gründlich darüber nachzudenken und *vernünftig* zu sein.« Lars befeuchtete sich die Lippen. Für gewöhnlich fiel es ihm schwer, die richtigen Worte zu finden; er mußte nach ihnen suchen. »Bestimmt sind die K'Vin für das Chaos verantwortlich. Sie versuchen, uns gegeneinander aufzubringen. Und es gelingt ihnen. Wir erledigen die schmutzige Arbeit für sie, so daß sie anschließend den Föderationssektor stürmen und übernehmen können, was uns gehört. Sie wollen Kirlos und das wirtschaftliche Potential dieses Planeten ganz für sich allein, ohne einen Tropfen K'Vin-Blut zu vergießen.«

»Auch die K'Vin haben Opfer zu beklagen!« ereiferte sich einer der Händler. In der Wohnung schluchzte eins von Trimbles Kindern, und er versteifte sich unwillkürlich.

»Das stimmt«, fügte ein anderer Kaufmann hinzu. »Auf der anderen Seite wurde *viel* Blut vergossen. Dort starben mehr Leute als hier!«

»Und Sie glauben den Berichten der K'Vin eher als den Meldungen der Föderationsbotschaft?« fragte Trimble. Erneut schüttelte er den Kopf. »Woher wollen Sie wissen, daß Bürger der Hegemonie ums Leben kamen? Waren Sie *dabei?* Und selbst wenn es stimmt ... Vielleicht sind die entsprechenden Personen ganz bewußt geopfert worden. Immerhin behaupten Sie, die Föderation opfere *uns.*«

Dieser Hinweis überraschte die Kaufleute fast ebensosehr wie ihn selbst. Trimble hatte den Pfad der Logik bisher nicht so weit beschritten und nie einen Gedanken daran verschwendet, wie er seinen Standpunkt den anderen Händlern erklären sollte. Doch er begriff nun, daß die eigenen Argumente *wahr* klangen.

Einige Sekunden lang herrschte Stille. Dann räusperte sich Mand'liiki.

»Hübsche Worte«, fauchte er. »So wie die Stephalehs. Aber wir kennen die Wahrheit. Wir haben gesehen, wie die Starfleet-Offiziere eintrafen, und kurz darauf kam es zu den ersten Problemen. Wollen Sie wie die Botschafterin behaupten, es sei alles nur Zufall?«

Trimble seufzte. »Ich weiß es nicht«, sagte er. »Vielleicht gab es einen uns unbekannten Grund für ihre Ankunft. Aber sie sind ganz sicher nicht gekommen, um Katastrophen zu säen und einen Krieg mit den K'Vin zu provozieren.«

»Oh, natürlich nicht«, entgegnete der Rhadamanthaner spöttisch. »Genausowenig umkreist Kirlos eine Sonne.«

Die Händler lachten und nickten, streiften die von Trimble geweckte Skepsis einfach ab.

Es geht ihnen gar nicht um die Wahrheit, fuhr es Lars durch den Sinn. Sie wollten das glauben, was für sie leichter war. Und es war leichter, in die Botschaft vorzudringen und gegen Stephaleh zu protestieren, als sich einer Konfrontation mit den K'Vin zu stellen.

»Wir geben Ihnen eine letzte Chance«, brummte der Rhadamanthaner und richtete einen langen, dünnen Zeigefinger auf Trimble. »Begleiten Sie uns?«

Der Mensch zögerte nicht. »Nein.«

Mand'liiki brachte seine Verachtung zum Ausdruck, indem er mit den Armen ruderte. »Kommt!« forderte er die übrigen Kaufleute auf. »Wir brauchen ihn nicht. Es gibt andere, die sofort bereit sind, sich uns anzuschließen.«

Sie gingen durch die schmale, kurvenreiche Straße fort. Trimble sah ihnen nach.

»Sind sie fort, Lars?«

Er richtete den Blick auf Frau und Söhne. »Ja«, antwortete er. »Sie sind fort, aber ...«

Ein seltsames Geräusch unterbrach ihn, ein dumpfes Stampfen, das allmählich anschwoll und gleichzeitig weit entfernt blieb.

Doch dann wurde es lauter und kam näher. Trimble hörte auch etwas anderes: Schreie, die von unerbittlichem Zorn kündeten.

Hatte Mand'liiki so schnell einen Mob versammelt? Oder war einer während ihres Gesprächs entstanden? Trimble lauschte, und seine Besorgnis nahm immer mehr zu — die Geräusche schienen nicht von Föderationsbürgern zu stammen.

Er trat durch die Tür nach draußen, und schon nach wenigen Metern bekam er eine Antwort auf seine stumme Frage.

Auf der nächsten breiten Straße wimmelte es von K'Vin. Sie brüllten und zerschmetterten Schaufenster. Entsetzt beobachtete Lars, wie sie das Portal einer Taverne zerstörten und die Markise davor zerfetzten.

Mand'liiki und seine Gruppe flohen. Dutzende von K'Vin verfolgten sie und ließen keinen Zweifel an ihren Absichten. Trimble erstarrte. Eine bizarre Szene bot sich ihm dar, ein Anblick, der nicht real sein konnte. Fast sein ganzes Leben hatte er auf dieser Straße verbracht, ohne hier jemals einen K'Vin gesehen zu haben. Doch jetzt ...

»Lars!«

Die Stimme seiner Frau brachte ihn in die Wirklichkeit zurück. Er befreite sich von der sonderbaren Lähmung und kehrte zur Wohnung zurück.

Ein Gedanke: Vielleicht konnte er Mand'liiki und den anderen helfen. Und dann: Dafür reichte die Zeit nicht mehr aus. Erschrocken sah er, wie zwei Händler von K'Vin zu Boden gerissen wurden.

Er eilte die Stufen hoch und spürte die Hand seiner Frau am Arm. Sie zerrte ihn über die Schwelle, warf hinter ihm die Tür zu.

Die Kinder weinten, aber Trimble achtete nicht darauf, preßte das Gesicht ans Fenster und starrte entsetzt nach draußen. Plötzlich entdeckte er den Rhadamanthaner. Seine Züge offenbarten Grauen und Todesangst.

Trimble empfand das Geschehen als erschütternd und auch fesselnd. Natürlich wußte er, daß ihn die K'Vin gesehen hatten. Jeden Augenblick konnten einige von ihnen die Treppe hochstürmen und versuchen, die Tür aufzubrechen ...

Aber derzeit drohte ihm und seiner Familie keine Gefahr. Die Eindringlinge gaben sich damit zufrieden, die Geschäfte zu verwüsten.

Sie liefen ... wohin? *Zur Botschaft?*

Ja. In jene Richtung waren sie unterwegs. Offenbar glaubten sie wie Mand'liiki, daß Stephaleh und die Starfleet-Offiziere hinter den Anschlägen steckten.

Lars dachte daran, was der Botschafterin bevorstehen mochte, und er schauderte heftig.

»Mein Gott«, hauchte seine Frau, als draußen die K'Vin vorbeistapften. »Mein Gott!«

KAPITEL 15

Dr. Crusher ließ sich auf die weichen Kissen des Sofas sinken, zog das eine Bein an und wartete darauf, daß Troi Erfrischungen besorgte. Sie befanden sich im Quartier der Ärztin, aber Beverly fühlte sich zu erschöpft, um die Pflichten der Gastgeberin wahrzunehmen. Angesichts ihrer Müdigkeit bedauerte sie es fast, nicht allein zu sein, doch in der letzten Zeit hatte sie kaum Gelegenheit gefunden, mit Freunden zu plaudern. Deshalb sehnte sie sich nicht nur nach Schlaf, sondern auch nach angenehmer Gesellschaft.

Deanna entnahm dem Ausgabefach des Synthetisierers zwei hohe Gläser — goldfarbene Flüssigkeit schwappte in ihnen — und kam damit zurück. Sie reichte der Ärztin ein Glas und setzte dann das begonnene Gespräch fort.

»Die meisten Kolonisten freuen sich sogar darüber, Tehuán verlassen zu haben. Durch die Evakuierung sind sie in der Lage, bei den Verletzten zu bleiben, und ihre Unterkünfte an Bord sind geradezu luxuriös, wenn man sie mit den Wohnungen der Siedlung vergleicht. Da sie sich nur für kurze Zeit bei uns aufhalten, gewinnen sie nicht den Eindruck, irgend etwas zu vernachlässigen.«

Beverly trank einen Schluck und genoß den Geschmack des kühlen, süßen Fruchtsaftes. Troi blieb stehen, und daher fiel es ihr leicht, einen Blickkontakt zu vermeiden.

Nach einer kurzen Stille fügte Deanna hinzu: »Allerdings empfindet die Besatzung nicht auf diese Weise.«

»Ist das so offensichtlich?« fragte Beverly und dachte an die empathischen Fähigkeiten der Counselor.

»Ich meine nicht Sie im besonderen. Einige Offiziere scheinen ... Bedenken in Hinsicht auf die jüngsten Anweisungen zu haben.«

Also hatte Deanna auch mit Will Riker darüber geredet. Beverly fragte sich, ob Troi nun als Bordcounselor oder als Privatperson sprach. »Halten Sie es für richtig, nach Kirlos zurückzukehren?«

Diesmal sah Deanna zur Seite. »Die Order des Captains erfüllt mich mit Unbehagen. Glücklicherweise gehören Kommandoentscheidungen nicht zu meinem Zuständigkeitsbereich.«

Bevor Beverly Antwort geben konnte, wandte sich die Counselor zur Tür um. Es summte leise, und einige Sekunden später kam Wesley Crusher herein.

Das Programm des Quartiercomputers sah uneingeschränkten Zugang für Wesley vor, aber da er nicht mehr bei seiner Mutter wohnte, war eine gewisse Distanz zwischen ihnen entstanden. Er betätigte immer erst den Türmelder, bevor er eintrat — ein stillschweigender Kompromiß zwischen familiärer Intimität und gegenseitiger Respektierung der Privatsphäre.

»Störe ich?« fragte Wesley. Zwar mochte er Troi, doch dünne Falten bildeten sich in seiner Stirn, als er jemand anders bei seiner Mutter antraf. Rasch tarnte er diese Reaktion, doch Beverly kannte ihn zu gut, um die Zeichen der Anspannung zu übersehen. Außerdem war er nicht imstande, seine Gefühle Deanna gegenüber zu verbergen.

Die Counselor stellte ihr Glas ab. »Ich habe die Arbeit unterbrochen und sollte nun in mein Büro zurückkehren.«

Taktvoll schritt sie in den Korridor, ließ Mutter und Sohn allein. Wesley war ganz offensichtlich beunruhigt, aber Beverly mußte kummervoll feststellen, daß sie sich ein wenig ärgerte — warum wählte der Junge ausgerechnet diesen Zeitpunkt, um sie zu besuchen? Dann erinnerte sie sich daran, wie lange es her war, seit sie zum letztenmal ganz offen miteinander gesprochen hatten, und ihr Verdruß wich Besorgnis.

»Was ist los?« Sie konnte weitaus subtiler sein, aber diesmal erzielte ihre direkte Frage die erhoffte Wirkung.

»Es geht um Captain Picard.«

Die Finger der Ärztin schlossen sich fester ums Glas.

»Ihm ist ein Fehler unterlaufen«, entfuhr es Wesley. »Alle wissen es: du, Commander Riker, auch Counselor Troi. Warum hat er die Anweisung gegeben, nach Kirlos zurückzukehren?«

Ja, warum? »Weil er der Captain ist. Selbst wenn uns seine Gründe unverständlich bleiben: Wir müssen darauf vertrauen, daß er es am besten weiß.«

Beverly beobachtete, wie ihr Sohn versuchte, sich zu einem Vertrauen durchzuringen, an dem es ihr selbst mangelte.

»Das habe ich immer geglaubt«, sagte er schließlich. »Ich meine, Captain Picard weiß soviel mehr als alle anderen. Ich hielt es immer für unmöglich, daß er einmal eine falsche Entscheidung trifft.«

»Bis jetzt?«

Wesley nickte.

»Niemand ist perfekt«, erwiderte Beverly und faßte die Überlegungen der vergangenen Tage in Worte. »Nicht einmal Captain Picard. Aber er gilt als einer der besten Raumschiffkommandanten bei Starfleet. Und weil seine Situationsbeurteilungen viel häufiger richtig sind als falsch, besteht unsere Pflicht darin, alle Befehle des Captains auszuführen.«

»Auch wenn sie den Tod der Bewohner von Devlin Vier bedeuten?«

»Ja.« So mußte die Antwort lauten — ungeachtet aller Zweifel. Andernfalls hätte Beverly den Sinn ihrer Starfleet-Karriere in Frage stellen müssen, und dazu war sie derzeit zu müde.

Wesley nahm neben ihr auf dem Sofa Platz, und sie widerstand der Versuchung, ihn zu umarmen. Er hätte eine mütterliche Geste darin gesehen, ohne zu erkennen, daß sie ebenfalls Trost brauchte.

»Zum Glück habe ich dienstfrei«, sagte er nach einer Weile. »Ich möchte jetzt nicht auf der Brücke sein.«

Picard hatte sich die Nachricht zweimal angehört: Sie war knapp und präzise. Es gab keinen Grund, länger im Bereitschaftsraum zu bleiben. Trotzdem verharrte er an seinem Schreibtisch und spürte nicht den Wunsch, aufzustehen und zur Brücke zu gehen. Er versuchte, seine Trägheit auf Erschöpfung zurückzuführen, mußte sie sich jedoch als maßloses Grübeln eingestehen. Diese Erkenntnis verschlechterte seine Stimmung. Er hatte eine Entscheidung getroffen und konsequent danach gehandelt; daher war es sinnlos, sich jetzt auf diese Weise zu quälen. *Gib dir endlich einen Ruck,* dachte er.

Aber er blieb auch weiterhin sitzen.

Die Ruhe zerfaserte seine inneren Barrieren und weckte unwillkommene Erinnerungen. In Gedanken kehrte er zur Besprechung mit seinen Senior-Offizieren zurück, hörte ihre Stimmen und Argumente, trachtete erneut danach, alle Einwände zurückzuweisen.

Der Instinkt hatte ihm zugeflüstert, daß sich der Grund für die jüngsten Ereignisse auf Kirlos befand und eine Rückkehr erforderte. Er war bereit gewesen, dieser mentalen Stimme zu vertrauen und die Warnungen der Offiziere zu ignorieren. Aber wenn er sich irrte ... Ein Captain brauchte Selbstbewußtsein, um seine Pflichten wahrzunehmen, doch verwandelte es sich bei ihm in Arroganz? *Ich wäre nicht der erste Kommandant, der auf die andere Seite dieser feinen Grenzlinie gerät, ohne die Veränderung in sich zu bemerken.*

Picard stellte sich den Zweifeln und drängte sie beiseite. Sie genügten nicht, um seine Entscheidung zu revidieren, und eine weitere Beschäftigung mit ihnen war nicht nur sinnlos, sondern auch gefährlich. Er *mußte* an der Überzeugung festhalten, daß ihm die Geschehnisse schließlich recht gaben.

Aber das Warten fiel ihm schwer.

Der Türmelder summte. »Herein«, sagte der Captain.

Das Schott glitt mit einem leisen Zischen beiseite. Picard hob den Kopf und sah Riker, der den Bereitschaftsraum betrat. Hinter ihm schloß sich die Tür, und der Erste Offizier blieb abrupt stehen.

»Captain?«

Erst jetzt bemerkte Jean-Luc, daß er die ganze Zeit über im Dunkeln gesessen hatte. Er berührte eine Kontrollfläche und blinzelte, als helles Licht strahlte. Riker ging zum Schreibtisch und nahm Haltung an.

»Wir nähern uns dem Sydon-System, Captain.«

»Danke, Nummer Eins.«

Riker hätte ihm diese Meldung auch per Interkom geben können und benutzte sie als Vorwand, um persönlich zu erscheinen. Unter gewöhnlichen Umständen hätte der Erste Offizier die Neugier in bezug auf eine Starfleet-Nachricht ganz offen gezeigt. Sein Takt war ein Symptom für die Anspannung, die seit der Besprechung zwischen ihm und dem Captain herrschte. Picard bot ihm die Informationen an, bevor Riker ihn danach fragte — oder bevor er den Raum verließ, ohne sich danach zu erkundigen.

»Die Mitteilung betrifft Starfleets offizielle Reaktion auf meine eigenmächtige Entscheidung, nach Kirlos zurückzukehren.« Die kühlen Worte des Admirals hatten ihn auch deutlich auf den inoffiziellen Standpunkt hingewiesen. »Angesichts der jüngsten Unruhen und Stephalehs Beschluß, im Föderationssektor von Kirlosia das Kriegsrecht zu proklamieren, gibt man mir das Recht, mich auf den Ermessensspielraum des Captains zu berufen.«

»Also billigt Starfleet Command Ihre Anweisungen«, sagte Riker in einem neutralen Tonfall.

»Man billigt sie, wenn sie sich als gerechtfertigt herausstellen«, erwiderte Picard. »Andernfalls wird man sie verurteilen.«

Dann verlor er wahrscheinlich das Kommando über die *Enterprise.* Er stellte sich vor, in den Verwaltungstrakt einer Starbase versetzt zu werden, wo sich der Ermessensspielraum des Captains auf die Frage beschränkte, welche Computerausdrucke er lesen sollte. Man würde ihm nie wieder die Verantwortung für ein Raumschiff geben.

Plötzlich glänzten die pulsierenden Lichter der Alarmstufe Gelb und bewahrten ihn davor, sich ein derartiges Schicksal in allen Einzelheiten auszumalen.

»Captain und Erster Offizier zur Brücke.«

Picard sprang auf, aber Riker war etwas schneller und erreichte den Kontrollraum vor ihm. Er bat um einen Statusbericht, als der Captain im Kommandosessel Platz nahm; wenn sich die Flotte der Angreifer in der Nähe befand, hatte Picard die richtige Entscheidung getroffen.

Doch als der Captain den Erklärungen des Sicherheitsoffiziers lauschte, verschwand die Erleichterung aus ihm und wich Betroffenheit.

»Die Fernbereichssensoren haben ein Kriegsschiff der K'Vin geortet, einen Schlachtkreuzer der Klasse D. Die Kursdaten deuten darauf hin, daß er Kirlos anfliegt.« Burke legte eine kurze Pause ein und betrachtete die Anzeigen seines Pults. »Berichtigung. Das Schiff hat den Kurs geändert und nähert sich der *Enterprise.*«

»Schilde hoch«, sagte Picard sofort. Bei manchen Völkern galt die Aktivierung der Deflektoren als Provokation, als ein Anzeichen für bevorstehende Aggressionen. Aber nach den Auskünften der Botschafterin Stephaleh zu urteilen sahen sich die K'Vin durch mangelnde Verteidigungsbereitschaft zum Angriff herausgefordert.

»Der Kreuzer ist nun in Kom-Reichweite.« Ein heller Fleck erschien in der Mitte des Wandschirms.

»Kontakt herstellen.« Picard holte tief Luft und bereitete sich auf jenes laute Geschrei vor, daß bei den K'Vin als Gruß üblich war.

»Kommunikationskanal geöffnet, Sir. Aber es erfolgt keine Reaktion.«

Der Captain ließ den Atem entweichen. Riker und er wandten sich einander zu und wechselten einen fragenden Blick. Handelte es sich um typisches K'Vin-Verhalten, oder mußten sie damit rechnen, daß der Schlachtkreuzer das Feuer eröffnete?

»Zehn Minuten bis zur kritischen Distanz... Die Sensoren registrieren energetische Aktivität in den Waffensystemen.«

»Also wollen sie angreifen«, sagte Riker. Picard hörte eine Mischung aus Ärger und Überraschung in der Stimme des jüngeren Mannes.

»Ja, so sieht es aus.« Der Captain dachte an die wenigen ihm offenstehenden Möglichkeiten. Wenn er einen Kurswechsel anordnete, begannen die K'Vin mit der Verfolgung. Ein Kriegsschiff der Klasse D war mindestens so schnell wie die *Enterprise* und verfügte dabei über genug Energiereserven, um Photonentorpedos abzufeuern. Es hatte jetzt keinen Zweck, Stephaleh für die Abwesenheit seines Chefingenieurs und des besten Waffenoffiziers zu verfluchen.

Selbst wenn eine Flucht möglich gewesen wäre... Anschließend konnten die K'Vin ihre Reise nach Kirlos fortsetzen. Sie würden den Planeten mit unbefriedigter Blutgier und zusätzlichem Argwohn der Föderation gegenüber erreichen.

Es gab nur eine sinnvolle Alternative. Picard mußte es darauf ankommen lassen und konnte nur hoffen, daß der Kommandant des Schlachtkreuzers bluffte.

»Alarmstufe Rot. Gefechtsstationen besetzen.«

Rote Lichter und hektische Aktivität wiesen auf den

veränderten Status hin. Kurze Zeit später herrschte eine von Wachsamkeit geprägte Stille. Die übrigen Brückenoffiziere blickten auf die Anzeigen ihrer Konsolen, während Picard und Riker die Darstellungen des Wandschirms betrachteten. Der konturlose Fleck verwandelte sich in ein immer größer werdendes Kriegsschiff.

»Acht Minuten bis zur kritischen Distanz.«

»Ich muß mich bei Ihnen entschuldigen«, sagte Riker so leise, daß ihn nur der Captain hörte. »Die Probleme auf Kirlos sind weitaus ernster, als ich angenommen habe. Wenn Sie keine Rückkehr befohlen hätten, wäre der Föderationssektor völlig wehrlos.«

»Ich sehe die Sache anders, Nummer Eins.« Es gelang Picard nicht, die Verbitterung aus seiner Stimme zu verbannen. »Ohne einen ebenbürtigen Gegner hätten die K'Vin vermutlich nur mit ihrer überlegenen militärischen Macht geprahlt, aber durch diese Konfrontation könnten die diplomatischen Beziehungen zwischen Föderation und Hegemonie irreparabel gestört werden. Meine Entscheidung, Tehuán zu verlassen, hat das Schiff und die Kolonisten an Bord in Gefahr gebracht. Außerdem führt sie vielleicht zu einem interstellaren Krieg.«

Picard begriff nun, daß er einen Fehler gemacht hatte.

KAPITEL 16

Geordi legte das kleine Werkzeug beiseite, hob langsam, fast ängstlich das VISOR und setzte es auf.

Lieber Himmel, es funktioniert noch immer nicht! dachte er zuerst. Doch dann erblickte er etwas — die Zellenwand. Es gab einfach nur wenig zu sehen.

Er drehte den Kopf zu Thul und gab einen Freudenschrei von sich. Das Gerät vor seinen Augen zeigte ihm ein vertrautes Farbenmuster, wenn auch nicht die typischen infraroten Emissionen eines Menschen. Kein Wunder: Immerhin war Thul ein Sullurh. Erleichterung durchströmte LaForge; endlich bestand die Welt um ihn herum nicht mehr nur aus Finsternis.

»Ich wußte es!« jubelte er. »Eine Neujustierung der elektronischen Komponenten an den neuralen Verbindungsstellen genügte, um ...«

Er war so sehr auf sein VISOR konzentriert gewesen, daß er den Androiden vergessen hatte. Geordi wandte sich ruckartig um. »Data!« stieß er hervor und starrte auf die reglose Gestalt hinab.

Der Chefingenieur öffnete den vorderen Teil von Datas Uniform und begann sofort mit der Arbeit. Thul beobachtete ihn erstaunt — er hatte noch nie zuvor einen Androiden gesehen, und die Einzigartigkeit dieses Wesens faszinierte ihn.

Geordis Hände bewegten sich mit sicherem Geschick; das wiederhergestellte Sehvermögen stärkte auch seine Selbstsicherheit. Er versuchte, die Niedergeschlagenheit der vergangenen Stunden zu vergessen. Nur das Hier und Jetzt spielten eine Rolle, und natürlich die Zukunft …

Worauf lag Data eigentlich?

LaForge hielt inne. »Stimmt was nicht?« fragte Thul verwirrt. »Was ist passiert? Können Sie keine Reparatur durchführen?«

»Wie?« erwiderte Geordi. »Nun, ich bin fast fertig, aber … Sehen Sie sich das an.« Er deutete zu Boden.

»Was soll ich mir ansehen?« erkundigte sich Thul.

»Oh, natürlich. Entschuldigen Sie.« Erneut tasteten Geordis Finger über Datas Schaltkreise. »Sie erkennen es nicht. Ich stelle seltsame infrarote Emissionen des Bodens fest. Der entsprechende Bereich ist etwa … vier Quadratmeter groß.«

»Und was bedeutet das?« kam es von Thuls Lippen.

»Etwas darunter bewirkt einen Temperaturunterschied — vielleicht ein verborgener Zugang oder dergleichen. Sobald ich Data in Ordnung gebracht habe … na bitte!«

Bei den letzten Worten hob der Androide die Lider.

Seine Augen paßten sich sofort der Dunkelheit an. »Sind wir in Gefahr?« fragte Data.

»Natürlich«, entgegnete LaForge fröhlich. »Aber wir können diesen unfreundlichen Ort verlassen.«

»Das freut mich.«

Geordi brauchte nur wenige Sekunden, um die Brustplatte des Androiden zu schließen, und dann wies er ihn auf seine Entdeckung hin. Die Fläche mit den unterschiedlichen infraroten Ausstrahlungen erstreckte sich in der Mitte des Zellenbodens. »Was könnte sich darunter verbergen?« murmelte der Chefingenieur. »Und warum ist diese Anomalie nicht längst entdeckt worden?«

»Auf die erste Frage kann ich Ihnen leider keine Antwort geben«, sagte Data. »Was die zweite betrifft … Denken Sie daran, daß die K'Vin-Botschaft auf Ariantu-Ruinen erbaut wurde. Als man diese Stelle wählte, ließ man hier natürlich keine archäologischen Ausgrabungen zu.«

»Nun, wir fangen jetzt mit dem Graben an«, meinte Geordi. »Wie lange dauert es wohl, um ein genügend großes Loch zu schaffen?«

Data kniete und dachte kurz nach. Dann holte er plötzlich aus und schlug mit der Faust zu. Die Steine splitterten, und der Arm des Androiden verschwand bis zur Schulter im Boden.

»Nicht lange«, sagte er.

Innerhalb einer halben Stunde räumten sie die Steine über dem Tunnelzugang beiseite. Es war sehr anstrengende Arbeit, und Geordi spürte die Dehydration, vor der Dr. Crusher gewarnt hatte.

Er blickte ins Loch, und sein VISOR teilte ihm mit, daß die Entfernung zum Boden knapp zwei Meter betrug. Er hoffte inständig, daß sein Sehinstrument richtig funktionierte. Wenn der Schacht nicht zwei, sondern zwanzig Meter tief war ...

»Vielleicht sollte ich als erster gehen«, bot sich Thul an.

»Diese Ehre gebührt mir«, sagte Geordi.

Der Androide ergriff LaForge an den Armen und ließ ihn vorsichtig ins Loch hinab. Als Geordis Füße festes Gestein berührten, lösten sich Datas Finger von seinen Armen.

Die Luft war stickig und muffig, kaum atembar. Eine mehrere Zentimeter dicke Staubschicht bedeckte den Boden. Doch der Chefingenieur schenkte diesen Dingen keine Beachtung.

Seine Aufmerksamkeit galt einer glänzenden Metalltür.

Sofort schrillte ein mentaler Alarm in ihm. Als er zum letztenmal in fremder Umgebung vor einer glänzenden Metalltür stehengeblieben war, hätte er sich fast in eine Schleimpfütze verwandelt. Ganz langsam und vorsichtig trat er näher, dazu bereit, beim geringsten Anzeichen von Gefahr zurückzuspringen.

Die Tür glitt lautlos beiseite und gab den Blick in eine Kammer frei.

»Data!« rief LaForge.

»Was haben Sie gefunden, Geordi?«

Er schüttelte den Kopf. »Das sollten Sie sich selbst ansehen.«

Der Androide sprang in den Tunnel, und Thul folgte ihm. Das einzige Licht stammte von den Chemofackeln in der feuchten Zelle, aber es genügte.

Data neigte fasziniert den Kopf zur Seite. »Ein Turbolift.«

»So hat es den Anschein. Benutzen wir ihn? Sie haben den Befehl, Data.«

»Ja, das stimmt. Allerdings ist in diesem Fall kaum eine Entscheidung nötig. Uns bleibt gar keine andere Wahl, oder?«

»Also gut. Probieren wir ihn aus.«

Sie betraten den Turbolift. Er unterschied sich von denen an Bord der *Enterprise*, war wesentlich größer; an den Wänden zeigten sich seltsame dekorative Symbole und unverständliche Hieroglyphen — unverständlich zumindest für Geordi. Data betrachtete sie und hatte bereits mit einer Signifikanzanalyse begonnen.

Die Tür schloß sich, und die Transportkapsel setzte sich in Bewegung. Sie entwickelte eine erstaunliche Geschwindigkeit und raste seitwärts.

LaForge hielt sich am Geländer fest und dachte an den Computervirus, der einen elektronischen Amoklauf des *Enterprise*-Turbolifts verursacht hatte. Data und Thul griffen ebenfalls nach den Haltestangen.

Die Kapsel sauste eine Zeitlang weiter und hielt dann an.

»Das war leicht«, kommentierte Geordi.

Plötzlich fiel die Kabine.

LaForge und Thul schnappten erschrocken nach Luft.

Data hob nur die Brauen, als der Lift wie ein Stein in die Tiefe stürzte. Geordi wußte instinktiv, daß die Kapsel auf energetischen Kissen ruhte, daß es sich um einen kontrollierten Fall handelte und sie nicht Gefahr liefen, durch einen jähen Aufprall zerquetscht zu werden.

Er *hoffte* es wenigstens.

Eine entsetzliche Ewigkeit lang stürzte der Lift, und die Passagiere hörten das Fauchen verdrängter Luft. Schließlich wurde die Kapsel langsamer und verharrte erneut. Geordi versteifte sich unwillkürlich, davon überzeugt, daß ihnen ein diagonaler oder gar spiralförmiger Transfer bevorstand.

Statt dessen öffnete sich die Tür — allem Anschein nach hatten sie das Ziel erreicht.

Staunend schritten LaForge und seine beiden Begleiter durch einen Saal, den man später — wenn es überhaupt ein Später gab — als Omega-Ebene bezeichnen würde.

Überall standen schimmernde Konsolen mit runden Bildschirmen und matt glühenden Kontrollflächen. Hier sahen sie noch viel mehr der komplexen Hieroglyphen, die sie bereits aus dem Innern des Turbolifts kannten. Die Decke wölbte sich endlos nach oben, wie die einer Kathedrale.

Geordi merkte, daß er voller Ehrfurcht den Atem anhielt. »Wo sind wir hier?«

Etwas stieß gegen seine Schulter. Er zuckte heftig zusammen und sprang dann mehrere Schritte weit zur Seite.

Data stand neben ihm und trug eine Waffe, die fast ebenso groß war wie er.

»Ich nehme an, dies ist ein Arsenal«, erwiderte er.

Thul eilte wie in Ekstase umher, strich mit den Fingerkuppen über die eigentümlichen Symbole und murmelte wie im Gebet. Geordi sah sich um. »Wissen Sie, was es mit dieser Anlage auf sich hat, Thul?«

»Das Nervenzentrum von Kirlos«, hauchte der Sullurh. »Danach habe ich … danach haben Dr. Coleridge und ich gesucht. Das Zentrum der Ariantu-Technologie.«

Thuls Stimme klang immer lauter und aufgeregter. »Die Ariantu waren stolze Krieger«, fuhr er fort. »Sie verehrten Waffen und Macht, liebten sie mehr als alles andere.«

Geordi hörte nur mit halbem Ohr zu und berührte eine der Kontaktflächen. Der Bildschirm darüber erhellte sich, und Diagramme leuchteten auf, wechselten jeweils nach einigen Sekunden. *Unglaublich.* Technische Übersichten … *Von Triebwerken,* dachte der Chefingenieur. Aber sie bezogen sich nicht auf die Warptechnik. »Sehen Sie sich das an, Data.«

Der Androide schnallte sich die riesige Waffe auf den Rücken und trat zu Geordi. Die Geschwindigkeit, mit der die verschiedenen Diagramme über den Bildschirm huschten, schien ihn nicht zu beeindrucken — er konnte Information zehnmal so schnell aufnehmen. »Interessant«, sagte er. »Ein Sprungtriebwerk.«

»Wie bitte?« fragte der hinter ihnen stehende Thul.

»Ein Antrieb, der nicht auf kontinuierlichem Schub basiert, sondern auf jähen Verschiebungen der Raum-Zeit-Koordinaten. Man erreicht das Ziel mit einer Folge von einzelnen Sprüngen.«

»Natürlich!« entfuhr es Geordi. »*Das* ist die Erklärung. Verstehen Sie nicht, Data? Auf diese Weise hatten die Ariantu Zugang zum Delta-Niveau, der Raumhafen-Ebene! Sie benötigten keine Hangarschotten, weil sie sich einfach teleportierten. Herein und hinaus, innerhalb eines Sekundenbruchteils.«

»Schade«, sagte Data. »Ich fand Ihre Wurmloch-Theorie sehr faszinierend.«

»Vielleicht haben die Ariantu auch eine solche Technik entwickelt. Aber wie dem auch sei: Wir müssen jetzt nach oben zurück.«

»Der Lift bringt uns nur bis zum Verlies unter der

K'Vin-Botschaft«, erwiderte der Androide ruhig. »Ich sehe keine Verbesserung unserer Situation.«

»Ich schon.« Geordi lächelte.

Data griff nach seiner Waffe. »Oh, Sie haben recht. Wir sind jetzt nicht mehr hilflos.«

»Ganz im Gegenteil. Ich besorge mir ebenfalls eine Kanone. Versuchen Sie inzwischen, Ihren Strahler auf Betäubung zu justieren. Ich möchte vermeiden, eine ganze Kompanie von Wächtern ins Jenseits zu schikken.«

Der Turbolift brachte sie zu dem Loch zurück, und von dort aus kletterten Geordi, Data und Thul in die Zelle. LaForge bemerkte, daß sich der Sullurh verändert hatte: Neue Kraft schien ihn zu erfüllen, und Zielstrebigkeit haftete allen seinen Bewegungen an. Hatte er Nassa Coleridges Träume wirklich so sehr geteilt? *Seit wann kannte er sie überhaupt?* überlegte der Chefingenieur. Irgend etwas erschien ihm seltsam, aber er wollte jetzt keine Zeit vergeuden, indem er gründlich darüber nachdachte.

Als Thul und der Androide hinter ihm standen, sagte er laut: »Alles klar? Gut. Die Freiheit winkt.«

Er schwang die Waffe herum, zielte auf die Tür und betätigte den Auslöser.

Grelles Gleißen zuckte aus dem Lauf, und das stählerne Portal zerplatzte mit einem donnernden Krachen.

Rasch senkte Geordi das energetische Niveau des Strahlers — die gegenwärtige Energiestärke konnte zu leicht jemanden töten, und LaForge wollte nicht zu einem Mörder werden. Er spannte die Muskeln, wußte Data hinter sich und wartete auf das Geräusch eiliger Schritte. Bestimmt dauerte es nur wenige Sekunden, bis die ersten Gardisten eintrafen.

Nichts geschah.

Ein Trick? Warteten die Wächter im Korridor?

»Data«, hauchte Geordi. »Hören Sie jemanden atmen?«

Der Androide zögerte. »Abgesehen von den Personen in dieser Zelle?«

»Ja.«

»Nein, niemanden.«

Der Chefingenieur runzelte die Stirn, und unmittelbar darauf summte sein Insignienkommunikator. Er klopfte kurz an das kleine Gerät. »Hier LaForge.«

»Wo sind Sie gewesen?« fragte Worfs Baß. »Ich habe mehrmals versucht, Kontakt mit Ihnen aufzunehmen.«

Ein interessanter Hinweis: Irgend etwas im Saal mit den Konsolen schirmte Kom-Signale ab. »Wir brechen gerade aus«, antwortete Geordi. »Seltsam ist nur, daß uns niemand daran zu hindern versucht.«

»Natürlich nicht«, brummte Worf. »Die Wächter laufen draußen umher und gackern wie kopflose Hühner.«

»Das halte ich für unmöglich«, wandte der Androide ein. »Ohne den Kopf dürfte es Hühnern sehr schwer fallen, zu gackern oder ...«

»Nicht jetzt, Data.« Geordi seufzte. »Was ist los, Worf?«

»Überall auf dem Planeten wurde Alarm gegeben«, erklärte der Klingone. »Die Sensoren liefen praktisch Amok. Etwas Großes nähert sich Kirlos, eine bisher noch nicht identifizierte Raumflotte. Den Spekulationen sind derzeit keine Grenzen gesetzt. Ihr Spektrum reicht von einem romulanischen Angriff bis hin zu den Borg.«

Data blieb völlig gelassen und aktivierte seinen eigenen Kommunikator. »Befinden Sie sich bei dem K'Vin-Botschafter, Lieutenant Worf?«

»Ich kann jederzeit zu ihm.«

»Bleiben Sie bei Gregach. Wenn alle so abgelenkt sind, wie Sie behaupten, so ergeben sich bei unserer Flucht aus der Gefangenschaft sicher keine nennenswerten Probleme. Wir kehren zur Föderationsbotschaft zurück und setzen uns von dort aus mit Ihnen in Verbindung.«

Der Klingone zögerte kurz. »Ein guter Plan«, entgegnete er widerstrebend.

»Ich weiß«, sagte der Androide ruhig. »Data Ende.«

Sie verließen die Zelle, eilten durch den Korridor und brannten mit ihren Waffen ein großes Loch in die Außenwand der K'Vin-Botschaft. Niemand versuchte, sie aufzuhalten. Unterwegs begegneten sie nicht einem einzigen Gardisten, und auch draußen waren keine Wächter zu sehen. Nur Zivilisten hielten sich in der Nähe des Botschaftsgebäudes auf: Sie wirkten so verzweifelt, als sei das Ende der Welt gekommen; viele von ihnen schrien.

Eine typisch *menschliche* Reaktion, fand Data.

»Wir müssen so schnell wie möglich zu Botschafterin Stephaleh und mehr über die mysteriöse Flotte in Erfahrung bringen«, sagte er. Geordi nickte rasch. »Thul«, fügte der Androide hinzu, »ich möchte, daß Sie ...«

Er unterbrach sich und drehte den Kopf von einer Seite zur anderen. Die Situation entsprach Worfs Beschreibungen: Überall liefen Leute umher. Aber von Thul fehlte jede Spur.

Auch LaForge sah sich um. »Ich weiß, daß er uns nach draußen begleitet hat.«

»Vielleicht ist er auf dem Weg zu seiner Familie«, vermutete Data.

»Ja, wahrscheinlich haben Sie recht. Wer kann es ihm verdenken? Wenn das Ende der Welt bevorstünde, hätte ich ebenfalls den Wunsch, bei meiner Familie zu sein.«

»Tatsächlich? *Mein* Wunsch wäre es, das Ende der Welt zu verhindern.«

»Guter Hinweis.« Der Chefingenieur klopfte Data auf die Schulter. »Gehen wir.«

Thul eilte atemlos durch die schmalen Gassen; seine Beine schmerzten. Nie zuvor war er so aufgeregt gewesen.

Nein, das stimmte nicht ganz. Eine ähnliche Aufregung hatte ihn erfaßt, als er zum erstenmal die Ariantu sah.

Ein unvergeßliches Erlebnis ... Seine Erinnerung zeigte ihm vier von ihnen — groß und stolz, mit dem Gebaren von Jägern. Sie trugen weite Umhänge, aber Thul durchschaute die Tarnung. Kein Wunder: Sein Leben lang hatte er auf sie gewartet, hielt dabei wie die Ahnen an der Hoffnung fest, daß Geduld und unerschütterlicher Glaube eines Tages belohnt wurden.

Und dann geschah das Wunder. Die Ariantu kamen tatsächlich. Er empfing sie unter *seinem* Dach, in *seinem* Haus, und sie wollten mit *ihm* sprechen.

Es war wie ein Traum, wie eine Vision, zu schön, um wahr zu sein. Die Präsenz der Ariantu, ihre Realität, hatte ihn so sehr verblüfft, daß er keine Worte fand, um sie zu begrüßen. Erst als sie selbst einen Gruß formulierten — in einer Sprache, die Thul fremd und gleichzeitig herrlich vertraut erschien —, erinnerte er sich an seine guten Manieren und bat die Besucher, Platz zu nehmen.

Seine Stühle und Sessel erwiesen sich als zu klein für sie, was ihm erhebliche Verlegenheit bereitete. Es handelte sich um *wahre* Ariantu, und im Lauf der Jahrtausende waren die Sullurh — auf Kirlos, während ihre Artgenossen ins All zogen — degeneriert. Sie brauchten keinen Vergleich mit ihren Vorfahren, um sich dieser Tatsache bewußt zu sein. Die Unterschiede wurden schon von einer Generation zur nächsten deutlich, ein Ergebnis der Inzucht, die auch ihre Schwänze zu Stummeln schrumpfen ließ. Während der *Enio'lo*-Zeremonie entfernte man selbst diese Stummel, so daß die Sullurh nicht mit den Ariantu in Zusammenhang gebracht werden konnten, die hier einst geherrscht hatten.

Vor langer Zeit hatten die Anführer der Sullurh das *Enio'lo* als notwendige Voraussetzung für ihr Verwalteramt eingeführt; in der Alten Sprache bedeutete der

Ausdruck *jene, die blieben.* Jahrhunderte nach dem Aufbruch der Ariantu kamen Fremde und ließen sich auf Kirlos nieder, zuerst nur wenige, doch dann immer mehr. Viele von ihnen, insbesondere die K'Vin, waren den Ariantu feindlich gesinnt. Um zu überleben, mußten die Sullurh unauffällig sein und sich anpassen. Sie unternahmen nichts gegen die Reduzierung der genetischen Vielfalt, die zu physischen Veränderungen führte, und sie verzichteten auf ihre Schwänze.

Doch der Wandel beschränkte sich nur auf das Äußere; tief in ihrem Herzen blieben die Sullurh stolze Ariantu, die über den größten Schatz ihres Volkes wachten — eine künstliche Welt, die zur Blütezeit des interstellaren Reiches entstanden war. Sie schützten den Planeten vor den schädlichen Folgen der ökonomischen Invasion auf die einzige ihnen mögliche Weise — indem sie die auf Kirlos entstandenen Machtstrukturen der fremden Kulturen unterwanderten.

Integration bedeutete Mühe und Opferbereitschaft. Als es Lekhor und seinen Begleitern schwerfiel, auf Thuls Stühlen zu sitzen, dachte der Sullurh daran, wie groß das Opfer seines Volkes gewesen war.

Doch die Besucher sahen mit würdevoller Güte sowohl über die Größe der Möbel als auch alle Unterschiede zwischen Thul und ihnen hinweg. Lekhor meinte, es spiele keine Rolle, wer geblieben sei und wer Kirlos verlassen habe. Die Aufgabe der Ariantu bestand nun darin, ihren früheren Ruhm zurückzugewinnen, und die Sullurh verdienten ihren Anteil daran.

Lekhor fügte hinzu, den Ariantu sei es bereits gelungen, einen großen Teil ihrer Kultur wiederherzustellen. Aber sie sehnten sich nach Kirlos, der Seele und dem Symbol dessen, was sie einst gewesen waren. Die Erinnerung daran schwamm in ihrem Blut, stellte einen notwendigen Faktor beim Wiederaufbau des Imperiums dar.

Thul nickte, als er diese Worte vernahm. Ja. Natürlich. Damit hatten die Sullurh gerechnet. Dafür hatten sie gearbeitet, Jahrzehnt um Jahrzehnt, Jahrhundert um Jahrhundert.

Doch die Zurückgewinnung von Kirlos, so warnte Lekhor, sei keineswegs einfach. Militärische Macht reichte dafür nicht aus, denn zusammen waren Föderation und K'Vin zu stark. Nein, das Mittel der List mußte verwendet werden — um zu teilen und zu herrschen.

Aus diesem Grund kamen die vier Ariantu. Um die Saat der Zwietracht und des Argwohns auszubringen. Um die Föderation zu vertreiben, so daß nur die K'Vin blieben und es mit ihrem alten Feind zu tun bekamen — einem Feind, der erneut so stark war wie die Hegemonie, vielleicht sogar stärker.

Aber dazu brauchten sie die Hilfe der Sullurh. Den Ariantu fehlte jede Möglichkeit, die Botschafter der Föderation und der K'Vin zu beeinflussen, doch Jene-die-blieben hatten über Jahre hinweg das Vertrauen der Diplomaten gewonnen. Jetzt bekam ihre geduldige Arbeit einen neuen Sinn.

So wurde es beschlossen. Die Ariantu — Lekhor und seine Gefährten — entwickelten Sabotage- und Mordpläne. Als Oberhaupt der Sullurh-Gemeinschaft sollte Thul zusammen mit Gezor und Zamorh für Chaos sorgen, um schließlich einen Konflikt zwischen den beiden Sektoren auf Kirlos auszulösen.

Zu welchem Zweck? Um den Weg für die Ariantu-Flotte zu ebnen, die bald zurückkehren würde, um erneut Anspruch auf die wichtigste ihrer Welten zu erheben. Sobald alles begann, gab es weder Kontakte noch Koordination mit der Flotte, denn beide Botschaften überwachten die planetare Kommunikation. Die Ariantu verließen sich blindlings auf den Erfolg der Sullurh.

Doch es ergaben sich Schwierigkeiten. Beide Botschafter widerstanden hartnäckig allen Bemühungen, sie in Feinde zu verwandeln. Stephaleh lehnte es zu lange ab, eine Evakuierung ihres Sektors zu veranlassen.

Woraus folgte: Die Ariantu-Flotte näherte sich einem Planeten, den sie nicht so einfach ihrem Willen unterwerfen konnte. Die Sullurh hatten versagt, und ihre Bemühungen blieben umsonst — Bemühungen, die vor Jahrhunderten begonnen hatten, als noch niemand wußte, wozu sie letztendlich dienten.

Das war eine sehr bittere Pille.

Dann fand Thul eine Lösung für ihr Problem — das notwendige Wissen, um Kirlos den Ariantu zurückzugeben, trotz des Fehlschlags der ursprünglichen Pläne.

Seltsamerweise verdankte er es den Offizieren der *Enterprise.* Er hatte es zugelassen, mit ihnen eingesperrt zu werden, um keinen Hinweis auf Lekhors Gruppe zu geben.

Zu jenem Zeitpunkt wußte er bereits, daß der Plan zum Scheitern verurteilt war, daß die Flotte eintraf, bevor seine Anstrengungen die erwarteten Früchte tragen würden. Trotzdem gelangte Thul zu dem Schluß, daß die Sullurh helfen konnten, indem sie das Bündnis mit den Ariantu geheimhielten.

Damit hatte er genau die richtige Entscheidung getroffen, wie sich nun herausstellte.

Wenn er nicht mit Data und Geordi im Verlies untergebracht worden wäre, hätte er nichts von der legendären Omega-Ebene erfahren.

Lekhors Unterkunft befand sich direkt voraus, auf der anderen Straßenseite. Thul ging noch schneller und war kaum mehr imstande, sich zu beherrschen. Diese Nachricht glich alle Fehler aus. Sie tilgte die Schuld der Sullurh und gab ihnen das Recht, am neuen Imperium der Ariantu teilzuhaben.

Die Frau stand ganz plötzlich vor ihm. Thul stieß fast gegen sie, bevor er die Gestalt bemerkte — und feststellte, daß sie schwanger war.

Er erkannte sie. Erst vor einem Jahr hatte er die *Enio'lo*-Zeremonie an ihrer Tochter durchgeführt.

»Meister Thul«, sagte sie und griff respektvoll nach

seiner Hand. Die sich ausbreitende Panik hatte ganz offensichtlich Furcht in ihr geweckt.

»Nicht jetzt!« brachte er schnaufend hervor. »Ich habe keine Zeit. Tut mir leid.«

Mit diesen Worten trat er an ihr vorbei und eilte weiter. *Wenn sich unsere Hoffnungen erfüllen,* dachte er, *wird das* Enio'lo-*Ritual bei ihrem Kind vielleicht gar nicht nötig. Mit ein wenig Glück kann es seinen Schwanz behalten.*

Diese Überlegungen ließen eine sonderbare Trauer in ihm entstehen. Die Zeremonie galt als ein Zeichen der Schande bei den Sullurh, als Leugnung ihrer Abstammung, zumindest gegenüber den anderen Bewohnern von Kirlos. Andererseits: Sie gehörte zur Sullurh-Tradition und hatte dadurch einen eigenen kulturellen Wert.

Thul verdrängte diese Gedanken, als er die Stufen zu Lekhors Wohnung hinunterging. Er klopfte an die Tür — viermal, das vereinbarte Zeichen.

Zuerst reagierte niemand. Dann zeigte sich ein Streifen Licht unter der Tür, und sie schwang auf.

Es stand nicht Lekhor vor ihm, sondern Eronn. Der Ariantu blickte auf Thul hinab und forderte ihn mit einer stummen Geste auf, die Unterkunft zu betreten.

Eine recht kühle Begrüßung, fand der Sullurh. *Aber das wird sich ändern, wenn ich von meiner Entdeckung berichte.*

Sie schritten durch einen schmalen Flur und erreichten ein kleines Zimmer. Lekhor und Naalat saßen dort. Pirrus war nicht zugegen.

»Thul«, sagte Lekhor und stand auf. Nur hier, wo ihn keine Fremden beobachten konnten, zeigte er sein unverhülltes Gesicht. Der Sullurh sah dunkelrote, fast kastanienbraune Augen, darunter eine kurze Schnauze mit spitzen, raubtierartigen Zähnen.

Die Ariantu unterschieden sich sehr von den durchschnittlichen Sullurh, bei denen diese Merkmale nur noch rudimentärer Natur waren. *Und doch sind wir Brü-*

der, stammen von den gleichen Vorfahren ab, haben die gleichen Instinkte, fuhr es Thul durch den Sinn.

»Wir sind geflohen«, sagte er und betonte damit das Offensichtliche. »Das heißt: Die *Enterprise*-Offiziere sind entkommen, und ich habe sie begleitet.«

Lekhor nickte und kniff die Augen zusammen. »Ich verstehe. Vermutlich befinden sie sich jetzt wieder in der Botschaft — mit dem bestätigten Wissen, daß Gezor unser Werkzeug ist.«

Es klang so, als hätte Thul so etwas verhindern sollen. Oder bildete sich der Sullurh das nur ein?

»Zwei von ihnen sind zur Botschaft zurückgekehrt«, antwortete er. »Der dritte — der Klingone — hält sich nach wie vor bei Gregach auf.«

Lekhor sah die anderen Ariantu an. Keine Worte, nur Blicke. Thul bedauerte, daß er nicht ebenfalls auf diese Weise kommunizieren konnte; seine Vorfahren waren bestimmt dazu in der Lage gewesen.

»Aber ich bringe weitere Neuigkeiten«, platzte es aus ihm heraus. »Eine gute ... nein, eine *großartige* Nachricht.«

Das rückte ihn wieder ins Zentrum der allgemeinen Aufmerksamkeit. Thul holte tief Luft, bevor er mit den Schilderungen begann.

»Um zu fliehen, mußten wir tief ins Gamma-Niveau vorstoßen«, erläuterte er. »So tief, daß wir eine Ebene darunter fanden.«

»*Darunter*«, wiederholte Lekhor.

»Ja«, sagte Thul.

Die Ariantu offenbarten kaum eine Reaktion. Sie musterten ihn, sahen sich an, doch ihre Züge verrieten ebensowenig Aufregung wie die Gesichter von Data und Geordi bei der Entdeckung des Tunnels.

Dann fiel ihm der Grund ein. Vielleicht gab es bei den raumfahrenden Ariantu nicht die gleichen Legenden wie bei den Sullurh. Vielleicht hatten sie während der vergangenen Jahrtausende einige vergessen.

»Haben Sie nie von der Omega-Ebene gehört?« fragte er. »Von den dort verborgenen Geheimnissen?«

»Wir wissen davon«, erwiderte Lekhor, und Thul glaubte, einen ironischen Unterton zu hören. »Wir wissen auch, daß manche Sterne ungehorsame Kinder entführen und Krieger im Jenseits einen endlosen Festschmaus genießen. Es sind Legenden, ohne eine Faktenbasis.«

Thul schüttelte den Kopf. »Nein. Sie sind zu lange fort gewesen — daher Ihr Zweifel. Die Omega-Ebene existiert *tatsächlich*. Und sie enthält Dinge, die uns den Sieg ermöglichen!«

Doch die Ariantu blieben ungerührt und glaubten ihm kein Wort. Schlimmer noch: Sie starrten ihn an, als hielten sie ihn für übergeschnappt.

»Ich habe den Saal mit eigenen Augen gesehen«, beharrte der Sullurh. »Ebenso die Waffen — große Blaster. Brauchen Sie weitere Beweise?«

Lekhor zuckte mit den Achseln. »Es gibt also eine Ebene unter dem Gamma-Niveau, und dort befinden sich einige Waffen. Aber es bedeutet nicht, daß jener Saal *die* Waffe enthält, von der die Legenden faseln.«

Thul war verblüfft. Wieso lehnten es die Ariantu ab, auch nur Nachforschungen anzustellen? Er stellte eine entsprechende Frage.

»Ganz einfach«, entgegnete Lekhor. »Sobald die Flotte eintrifft, wird sich die hiesige Lage rasch ändern. Wir müssen jederzeit für unsere Gefährten in den Schiffen erreichbar sein, und deshalb haben wir keine Zeit, uns mit den Hirngespinsten eines Sullurh zu beschäftigen.«

Mit den Hirngespinsten eines Sullurh. Dieser Ausdruck unterstrich den Unterschied zwischen raumfahrenden Ariantu und ihren Vettern von Kirlos. Nicht einfach nur Hirngespinste, sondern die eines Sullurh — als seien Thuls Überzeugungen wesentlich weniger wert als die Lekhors und seiner Artgenossen.

Diesmal bildete es sich Thul nicht ein. Die Beleidigung mochte unbeabsichtigt sein, aber sie war real.

Gleichzeitig merkte Thul, wie er das angebliche Omega-Niveau fast gegen seinen Willen aus einer anderen Perspektive betrachtete. Die Ariantu waren so kenntnisreich, so erfahren ... Bei den Göttern, sie reisten zwischen den Sternen! Und er — wie alle Sullurh — hatte sein ganzes Leben auf Kirlos verbracht.

Hatten sie vielleicht recht? Existierte das Omega-Niveau nur in den Überlieferungen von Jenen-die-blieben? Handelte es sich bei dem Saal vielleicht um eine schlichte Lebenserhaltungsanlage oder etwas noch Banaleres?

Aber die Waffen ...

Nein. *Lekhor hat recht — sie stellen keinen Beweis dar.* Die Ariantu waren ein kriegerisches Volk, und deshalb lagen in ihren Stationen immer Waffen bereit.

Nach all der Aufregung fiel es Thul schwer, sich einzugestehen, daß die Entdeckung des Saals möglicherweise gar keine Rolle spielte. Wenn er allein logische Maßstäbe anlegte, mußte er zugeben, daß Lekhors Bemerkungen vernünftig klangen.

Trotzdem ...

In diesem Augenblick kehrte Pirrus zurück. Er nahm Thuls Anwesenheit kaum zur Kenntnis und erstattete sofort Bericht.

»Überall herrscht Chaos«, sagte Pirrus ruhig, obgleich er erregt wirkte. Thul hatte beobachtet, daß die Ariantu praktisch nie außer Atem gerieten. »Die Bürger auf beiden Seiten fordern ihre Botschaften zur Kapitulation auf — ihnen ist klar, daß sie nicht die geringste Chance gegen unsere Flotte haben. Aber Gregach und Stephaleh ignorieren die Demonstrationen.«

»Was ist mit den Raumschiffen? Irgendeine Mitteilung von unseren Brüdern?«

Pirrus hob die Schultern, und dadurch geriet seine dichte Mähne über den Ohren in Bewegung. »Nein.

Vermutlich sind sie noch immer dabei, die Situation einzuschätzen.«

Lekhor knurrte kehlig. Thul hatte noch nie ein solches Geräusch von ihm gehört, und deshalb — wenn auch nicht nur aus diesem Grund — überraschte es ihn.

»Wir warten«, sagte der Ariantu. »Man gibt uns Bescheid, wenn wir gebraucht werden.« Er sah Thul an. »Warten Sie ebenfalls, bis sich die Flotte mit uns in Verbindung setzt.« In seinen Augen blitzte es kalt. »Aber nicht hier. Kehren Sie zu Ihrem Heim zurück. Wir benachrichtigen Sie.«

Thul hätte fast gefragt, *warum* er nicht bei den Ariantu bleiben durfte. Aber für Lekhor gab es sicher genug zu tun, ohne daß er *ihm* alle Einzelheiten erklären mußte.

»Na schön«, erwiderte der Sullurh. »Ich bin bereit, wenn Sie mich benötigen.«

Lekhor nickte knapp, wandte sich ab und murmelte etwas zu Naalat. Der andere Ariantu antwortete, und daraufhin erörterten sie einen Plan, der allein sie betraf.

Thul verließ die Wohnung, trat in die kirlosianische Nacht und spürte eine seltsame Unwirklichkeit. Verwirrung kam hinzu. Seine Hoffnungen in Hinsicht auf die Omega-Ebene waren enttäuscht worden — Lekhor hatte sie mit einigen wenigen Worten zerstört, und Thul litt noch immer an den Nachwirkungen des Schocks.

Die Umstände zwangen ihn zu der Erkenntnis, daß die Unterschiede zwischen Ariantu und Sullurh größer waren als die Gemeinsamkeiten.

Diese Tatsache beunruhigte ihn sehr.

KAPITEL 17

Ein Raumschiff erschien dort im All, wo einen Sekundenbruchteil vorher nur Leere gewesen war.

Die Korona eines nahen weißen Zwergsterns loderte. Ranken aus weißem Plasmafeuer wuchsen aus der Sonne, zitterten und zerfaserten in der lokalen Verzerrung des Raum-Zeit-Kontinuums.

Der Späher näherte sich dem Stern, sandte ein Signal und wartete.

Andere Schiffe materialisierten im Normalraum und bildeten eine dichte Verteidigungsformation. Der größte Kreuzer befand sich in der Mitte; acht Kampfeinheiten umringten ihn, schirmten das Herz der Flotte ab. Doch eine davon nahm seine periphere Position zu schnell und ohne die angebrachte Vorsicht ein. Das Schiff flog durch eine leuchtende Protuberanz und verglühte.

Arikka kräuselte verärgert die Lippen, als sie den Verlustbericht entgegennahm, doch der Scoutmeister legte nur kurz die Ohren an. Wenigstens hielt er den Kopf respektvoll gesenkt. Baruk mochte kaum einzuschüchtern sein, aber selbst bei einem Kom-Kontakt war er nicht mutig genug, ihrem Blick zu begegnen.

»Die Navigationskarten sind schon alt«, sagte er. »Für manche Sterne werden falsche Koordinaten angegeben.«

»Was nützt eine Nase, wenn sie keine Gefahren wittern kann?« Arikkas bauschiger Schwanz zuckte verächtlich, aber das konnte Baruk leider nicht sehen.

»Rorrul hatte es zu eilig. Sie wartete nicht auf mein Warnsignal, bevor sie das Manöver durchführte.«

»Dann hast du das Signal zu spät gesendet«, erwiderte Arikka. »Es ist deine Aufgabe, das Paac rechtzeitig auf Gefahren hinzuweisen.«

Baruk hob das Kinn und entblößte damit den Hals. Er beendete das Gespräch, indem er den Tadel akzeptierte, und die Ariantu zog praktische Konsequenzen aus der veränderten Situation. »Da du so schwerfällig bist, steht dir ein Platz am Flottenschwanz zu.«

Arikka spürte eine gewisse Zufriedenheit, als sie sah, daß ihr Enkel gedemütigt schauderte, doch die Degradierung brachte weder das verbrannte Schiff noch seine tote Besatzung zurück. Rorruls Verwandte waren eifrige Jäger gewesen, gut geeignet für die Flankenposition des großen Paac. Arikka überlegte eine Zeitlang, beförderte Howul vom ›Bauch‹ zum Späher und wies die übrigen Raumer an, die dadurch entstehende Lücke zu füllen. Niemand würde Rorrul oder das andere Schiff ersetzen, das vor einigen Tagen zerstört worden war.

Ihr Herzmeister Teroon übermittelte den Befehl ohne Widerspruch, doch nach der Kommunikation mit den Schiffsmeistern drehte er sich zu Arikka um. »Eine sehr strenge Bestrafung, Mutter. In dieser Hinsicht haben wir kaum Erfahrung, und daher sind Fehler zu erwarten.«

Der Kontrollraum bot nur wenig Platz, aber Astrogator und Pilot waren so sehr auf ihre Arbeit konzentriert, daß sie nicht lauschten. Arikka beschloß, ganz offen zu sein. »Baruk hat keinen Fehler gemacht, sondern gemordet.«

»Ich dachte, wir hätten unsere Fehden auf Ariant zurückgelassen.«

»Das habe ich ebenfalls geglaubt«, sagte Arikka und bedauerte den Verlust der Schiffe fast ebensosehr wie den Tod der Gefährten an Bord. »Doch meine Familie stirbt, nicht der Feind.«

Das Paac hatte alle seine Besitztümer verkauft oder beliehen, um eine Flotte aus zwölf Kampfschiffen zu bezahlen. Arikkas Familie konnte sich nicht einmal das Wrack eines Frachters leisten, aber diese uralten Reste der imperialen Ariantu waren zu klein, um einen kommerziellen Nutzen zu haben, und deshalb bot man sie als Schrott feil. Arikka sorgte dafür, daß der ›Schrott‹ in Ordnung gebracht wurde, um seinen ursprünglichen Zweck zu erfüllen.

»Na schön«, seufzte sie. »Wenigstens zeigt sein Verrat Schneid.«

Sie tastete nach dem Talisman, der an ihrer Halskette baumelte. Der kleine Stein war ungeschliffen, wie ihr Paac. Sie hatte keinen Künstler zur Welt gebracht, der Arizit so bearbeiten konnte, daß er sich für die Marmorsäle der Hohen Paac von Ariant eignete. Doch jene vornehmen Familien befanden sich noch immer auf der Heimatwelt und wühlten in den Feldern, während Arikka zwischen den Sternen flog. Sie und ihre Verwandten waren die wahren Nachkommen der imperialen Ariantu. Sie wollte ein neues würdiges Paac aus ihrer Familie bilden, indem sie ihren Kindern und Enkeln Gelegenheit gab, die Zähne tief in K'Vin-Fleisch zu bohren.

K'Vin. Dieser Name kam einem Schlachtruf gleich. Die K'Vin hatten es gewagt, sich auf ehemaligen Ariantu-Welten niederzulassen — und die Ariantu hielten an der Entschlossenheit fest, diese unverzeihliche Verhöhnung einstigen Ruhms gnadenlos zu rächen.

Die Adligen der Hohen Paac würden es nie wieder wagen, ihr mit Verachtung zu begegnen. Arikka stellte sich vor, wie sich die Ehrenwerten vor ihr duckten, wie ihre Schwänze durch Staub und Dreck strichen.

»Informiere das Paac. Wir springen nach Kirlos.«

Teroon brummte überrascht. »So schnell, Mutter?«

»Ja. Bevor sich meine streitsüchtigen Kinder gegenseitig umbringen.«

Es wäre ihr lieber gewesen, noch einige zusätzliche

Manöver durchzuführen, um der Familie mehr Übung zu gewähren. Der Angriff auf den Steinbruchplaneten hatte ihr nicht nur einen Arizit-Anhänger eingebracht, wie er dem Oberhaupt eines Hohen Paac gebührte; jene Ariantu, die den alten Ruhm nur aus Legenden kannten, sollten dadurch echten Kampf kosten. Niemand von ihnen hatte wissen können, daß es in der Siedlung überhaupt keine Waffen gab. Die Flotte verlor nur deshalb ein Schiff, weil sich die Flugbahnen von zwei Schiffen kreuzten, als beide die Bordkanonen abfeuerten — vielleicht mehr als nur ein unglücklicher Zufall. Durch den leichten Sieg wurden Arikkas Kinder noch arroganter und hochmütiger. Ein stärkerer Gegner war nötig, um sie Demut zu lehren — und um ihnen Gelegenheit zu geben, sich die eine oder andere Wunde zu lecken.

Teroon hatte lange die Sternkarten betrachtet und in dem Netz aus Sprung-Koordinaten nach einem Planeten mit ausreichendem Verteidigungspotential gesucht. Aber es gab keine geeigneten Ziele, die sich innerhalb von einer Woche erreichen ließen. Mit jedem verstreichenden Tag erinnerten sich Arikkas Kinder genauer an ihre planetaren Rivalitäten, und der Groll zwischen ihnen wuchs. Aus diesem Grund mußte sich die Mutter dem Ziel früher als beabsichtigt zuwenden.

Lekhor hatte genug Zeit, um unseren Plan zu verwirklichen, dachte sie. *Es sollte uns nicht sehr schwer fallen, Kirlos zu übernehmen.*

Der zweite Ariantu-Späher war behutsamer — oder vielleicht weniger rachsüchtig — als sein Vorgänger. Das Paac folgte Scoutmeister Howul und sprang in sicherem Abstand von Sydon in den Normalraum zurück. Während des Transfers durch den Sprungtunnel hatte Arikka die dichte Formation beibehalten, und nun näherte sich die Flotte der sonnenfernsten Welt.

Den Fernbereichssensoren von Kirlos — sie überwachten die an Sydon grenzenden Raumsektoren — entging das plötzliche Erscheinen von zehn Schiffen am Rand des Sonnensystems. Als sich die Flotte der Nachtseite des künstlichen Planeten näherte, wurde sie nur von einigen Nahbereichssensoren erfaßt, doch Sullurh saßen an den entsprechenden Kontrollen. Sullurhhände betätigten Tasten und desaktivierten den Alarm, bevor ihn die Angehörigen der Föderation und Hegemonie hörten. Alle Ariantu-Schiffe passierten ungehindert die orbitalen Abwehrstationen beider Seiten.

Schließlich glitt die Flotte aus der Dunkelheit ins Licht und schwebte über dem felsigen Boden, unter dem sich Kirlosia erstreckte. Niemand lebte auf der Oberfläche des Planeten; niemand blickte zum Himmel und sah die Invasoren. Nur die Sullurh wußten, daß Kirlos neue Herren hatte.

Die übrigen Bewohner werden es bald erfahren, dachte Arikka und berührte den Arizit-Stein an ihrem Hals. Sie bildete den Anfang einer Dynastie aus Ariantu-Herrschern auf Kirlos. Wie viele Paac-Mütter mochten diesen Talisman tragen, bevor sich seine Kanten glätteten? Wie viele Generationen ihrer Verwandten würden durch die unterirdischen Tunnel jener Welt wandern, die von den imperialen Ariantu konstruiert worden war?

Herzmeister Teroon gab ihr ein Zeichen, indem er kurz mit dem Schwanz winkte. Er hatte einen Kontakt zu den Einsatzagenten auf dem Planeten hergestellt, zum Leiter der Gruppe, die alles für die Ankunft des Paac vorbereiten sollte.

Arikka beugte sich zum Bildschirm und fletschte die Zähne, als sie Lekhor erkannte. »Die Jagd kann beginnen!«

Doch der Ariantu wirkte nicht erfreut. Die geschürzten Lippen und ein leichtes Zittern der Ohren deuteten auf Betroffenheit hin.

»Du bist zu früh gekommen, Mutter. Unsere Vorbereitungen sind noch nicht abgeschlossen.«

Diese Auskunft überraschte Arikka. »Dann beende sie *jetzt*. Selbst deine Sullurh-Narren brauchen sicher nicht viel Zeit, um den K'Vin-Pöbel zu veranlassen, über den Föderationsabschaum herzufallen.«

Arikka beobachtete, wie es in Lekhors Augen gleißte — die Zurechtweisung weckte Zorn in ihm. Wenigstens hatte der Aufenthalt bei den degenerierten Sullurh nicht seinen Blutinstinkt beeinträchtigt.

»Wir *alle* sind Narren«, sagte er.

Kopf- und Schwanzhaare Arikkas sträubten sich, aber sie brachte genug Selbstbeherrschung auf, um ihren Gesichtsausdruck unter Kontrolle zu halten. Lekhors Antwort klang gefährlich beleidigend; es war alles andere als typisch für ihn, so achtlos zu sein.

»Ein Kriegsschiff der Föderation ist auf dem Rückweg nach Kirlos«, fuhr er fort. »Und die K'Vin-Botschaft hat einen Schlachtkreuzer aus der Hegemonie angefordert. Wenn sich die beiden Raumer begegnen, beginnen sie vermutlich mit einem Kampf — es sei denn, sie hören von einem Angriff auf den Planeten. Eine von dritter Seite drohende Gefahr könnte sie veranlassen, ihre Feindseligkeiten zu vergessen; vielleicht verbünden sie sich gegen uns.«

»Und wenn schon! Meine Kinder können es gar nicht abwarten, in die Schlacht zu ziehen.« Arikka wollte auf keinen Fall Sorge oder gar Furcht zeigen. Ihre Abkömmlinge waren jung und unerfahren, aber das Blut von Ariantu-Jägern floß in ihren Adern. Wenn der richtige Zeitpunkt kam, würden sie den Feind allein mit Hilfe ihres Instinktes töten.

»Deine Einheiten können es unmöglich mit zwei Kriegsschiffen aufnehmen«, sagte Lekhor. »Aber eine Konfrontation ist gar nicht notwendig. Zieh dich mit der Flotte zurück und warte hinter dem Mond Demodron ...«

»Genug! Kirlos gehört mir. Ich verstecke mich nicht.« Lekhor verzichtete darauf, Arikka zu widersprechen.

Er entblößte den Hals und bestätigte damit ihr Recht auf die endgültige Entscheidung. »Wie du wünschst, Mutter. Welche Anweisungen hast du für mich?«

Thul hatte die Ariantu erst vor einigen Stunden verlassen, aber Tage schienen vergangen zu sein. Unruhig wanderte er in seinem Quartier umher, das nicht größer oder komfortabler war als die Unterkünfte anderer Sullurh — obgleich er einen hohen Rang bekleidete. Doch bei den Sullurh gab es keine verschiedenen Klassen. Der einzige Unterschied zwischen Thuls Heim und den Wohnungen seiner Artgenossen bestand in Einsamkeit.

Die Sullurh legten großen Wert auf das Familienleben. Bei ihnen galt es als Freude, das Verwalteramt einer neuen und arbeitseifrigen Generation zu übergeben; erhebliches Vertrauen kam darin zum Ausdruck.

Doch Thuls andere Pflichten hinderten ihn ständig daran, zu heiraten und Kinder zu haben. Die Angelegenheiten der Gemeinschaft verlangten viel Zeit, und das *Enio'lo*-Ritual stellte dabei nur einen kleinen Teil seiner Bürde dar. Die Sullurh hatten sich eigene Gesetze gegeben, um Streit zu schlichten; als ihr gewähltes Oberhaupt mußte Thul jene Vorschriften interpretieren und gerechte Entscheidungen fällen, die alle zufriedenstellten.

Darüber hinaus nahm er auch außerhalb der Gemeinschaft Verantwortung wahr. Zum Beispiel seine Tätigkeit für Nassa Coleridge, die es ihm ermöglicht hatte, Informationen über die Föderation jenseits von Kirlos zu sammeln — Daten, die er nicht auf eine andere Art und Weise gewinnen konnte.

Natürlich war es keineswegs unangenehm gewesen, für die Terranerin zu arbeiten. Manchmal hatte Thul sogar Gefallen daran gefunden, auch an ihrer Gesellschaft. Nach ihrem Tod empfand er aufrichtige Trauer, einen Kummer, der nicht auf List und Tücke basierte.

Dennoch verlor er nie das Ziel aus den Augen. Er vergaß nicht, daß er in Wirklichkeit für *sein Volk* arbeitete, daß die Anstrengungen jenem Tag galten, an dem die Ariantu zurückkehrten.

Aber warum fühlte er sich nun diesem Zweck entfremdet, als sei er ihm plötzlich genommen worden? Schlimmer noch — als sei er von Anfang an *sinnlos* gewesen.

Dieses Gefühl vergrößerte die Last der Einsamkeit, und es erschien ihm plötzlich unerträglich, keine Familie zu haben.

Seltsam: Ständig versuchte ein ganz bestimmtes Gesicht, die Leere in ihm zu füllen — die Miene von Nassa Coleridge. Aber war das so sonderbar?

Andere Sullurh konnten bei ihren Verwandten Trost suchen, doch in Thuls Erinnerungen nahm die menschliche Archäologin einen zentralen Platz ein.

Sie hatte ihn gut behandelt. Viele der Fremden ignorierten die Sullurh oder beschränkten sich darauf, ihnen Anweisungen zu geben. Sie beachteten Thuls Volk nicht — was seinen Wünschen entgegenkam. Aber Coleridge bildete eine Ausnahme. Sie hatte Thul respektiert, ihn sogar gemocht oder zumindest diesen Anschein erweckt.

Und er hatte ihre Gefühle erwidert. Warum es nicht zugeben? Wenn ihm bekannt gewesen wäre, daß der nächste Anschlag dem Museum galt, hätte er alles versucht, um sie vor dem Tod zu bewahren.

Leider behielt Lekhor derartige Informationen für sich und vertraute sie nicht einmal Thul an. Für ihn spielte Professor Coleridges Tod überhaupt keine Rolle; er sah nur eine unerwünschte Fremde in ihr, einen von vielen Eindringlingen, die getötet oder von Kirlos vertrieben werden mußten.

Thul stellte fest, daß er Vorwürfe gegen die Ariantu zu erheben begann. Coleridge war für ihn das Äquivalent einer Familie gewesen, und Lekhor hatte sie ihm genommen. Derartige Überlegungen erschienen dem Sullurh zunächst absurd, doch als er sich darauf konzentrierte, präsentierten sie sich ihm als unleugbare Wahrheit.

Nein, widersprach er sich selbst. *Das ist doch verrückt. Coleridge* war *eine Fremde, und die Ariantu sind unser Volk.* Verwandtschaft ging nicht auf Wahl zurück. Sie betraf das Blut, den Kern des Wesens.

Er fühlte sich nicht sehr zu den Ariantu hingezogen; sie hatten ihn sogar enttäuscht. Aber an ihrer gemeinsamen Abstammung bestand kein Zweifel. Außerdem mußte er sich davor hüten, seinen Ärger auf Lekhor und die anderen mit derartigen Empfindungen zu rechtfertigen.

Die Ariantu hatten ihre Pflicht erfüllt, nicht mehr und nicht weniger. Sie hielten sich an ihren Teil der Übereinkunft, und es war nur angemessen, daß Thul ihrem Beispiel folgte.

Die Wände der Wohnung schienen sich näher zu schieben, um ihn langsam zu zerquetschen. Plötzlich konnte Thul nicht mehr geduldig warten, während Lekhor die nächsten Ereignisse einleitete.

Er wollte helfen, Pläne zu entwickeln und sie in die Tat umzusetzen. Wenn anschließend etwas schiefging ... Dann traf die Schuld allein ihn.

Diesmal brauchte Thul nicht anzuklopfen. Als er den Arm ausstreckte, öffnete sich die Tür.

Lekhor schien ebenso verblüfft zu sein. Er holte zum Schlag aus, bevor er Thul erkannte. Dann ließ er die Hand wieder sinken und trat die Stufen zur Straße hoch. Pirrus, Eronn und Naalat folgten ihm, schenkten dem Sullurh überhaupt keine Beachtung.

»Wohin gehen Sie?« fragte Thul und versuchte, nicht den Anschein zu erwecken, um eine Auskunft zu *betteln.* »Ist etwas geschehen?«

Naalat sah ihn an und zögerte gerade lange genug,

um zu knurren: »*Etwas*, ja. Wir verlassen Kirlos. Man hat uns zurückbeordert.«

Die Bedeutung dieser Worte wurde Thul nicht sofort klar. Als er sie zu verstehen begann, blieben die Ariantu mitten auf der Straße stehen. Einer von ihnen — Pirrus — blickte zum dunklen Felshimmel empor.

»Was soll das heißen?« fragte der Sullurh. »*Warum* verlassen Sie uns?«

Lekhor musterte ihn kühl. Seine roten Augen glühten unheilvoll unter der Kapuze.

»Weil es hier gefährlich geworden ist. Bestimmt kommt es zu mehr Gewalt, zu weiteren Zerstörungen. Da wir hier alles erledigt haben, wäre es falsch, ein Risiko einzugehen.« Die Lippen teilten sich und offenbarten spitze Zähne. »Hast du mich verstanden, Sullurh?«

Eine niederschmetternde Erkenntnis reifte in Thul heran. »Was ist mit *uns?* Mit Jenen-die-blieben? Wir werden ebenfalls in Sicherheit gebracht, nicht wahr?«

Naalat lachte — ein abscheuliches Geräusch. »Nur Ariantu sind an Bord von Ariantu-Schiffen willkommen.« In seinen scharlachroten Augen loderte Verderbensfeuer. »Und du bist kein Ariantu. Habe ich mich deutlich genug ausgedrückt?«

Lekhor warf seinem Artgenossen einen kurzen Blick zu, der den arroganten Naalat zum Schweigen aufforderte. Aber er verstummte nicht. »Der Winzling soll ruhig Bescheid wissen. Es macht jetzt ohnehin keinen Unterschied mehr.«

Thul wandte sich an Lekhor, und ein Kloß entstand in seinem Hals. »Was meint er damit?«

Der Ariantu knurrte heiser, doch irgend etwas in ihm schien nachzugeben.

»Naalat meint, daß wir euch benutzt haben«, erklärte er und sprach fast sanft. »Die Sullurh sind nie gleichrangige Partner gewesen, nur Werkzeuge.«

»Werkzeuge?« wiederholte Thul. Hitze entstand in ihm, breitete sich im Bauch aus und erfaßte auch das

Gesicht. »Aber wir sind Jene-die-blieben! Wir haben uns geopfert!« Er fauchte. »Niemand ist mehr Ariantu als wir!«

Lekhor schnaubte abfällig. »Glaubst du? Sieh dich an.« Er zog die Kapuze zurück. »Und dann betrachte uns. Willst du auch weiterhin behaupten, daß *du* ein Ariantu bist?«

Thul schüttelte den Kopf. »Sie hatten also nie die Absicht, uns an Ihren Eroberungen zu beteiligen? Uns als Brüder in Ihrem Reich aufzunehmen?«

Lekhor richtete einen durchdringenden Blick auf ihn. Zeigte sich so etwas wie Scham in seinen Augen? »Nein«, antwortete er. »Und als wahrer Ariantu hättest du das von Anfang an gewußt.«

Dann begann Lekhors Gestalt von innen heraus zu funkeln. Die vier Ariantu verwandelten sich in Säulen aus rubinroter Energie.

Sie kehrten zu den Raumschiffen zurück, überließen die Sullurh der Gefahr, die von der Flotte drohte, zusammen mit den Fremden, den Eindringlingen. In den Augen der Ariantu waren auch die Sullurh eine fremde Spezies ohne irgendwelche Rechte.

Lekhor und seine Artgenossen hielten alle Nicht-Ariantu für Ungeziefer, das man achtlos tötete — so wie Nassa Coleridge im Museum.

Die Hitze in Thul nahm weiter zu. Er gab ihr nach, sprang vor und streckte die Hände nach Lekhor aus, um ihn an seinem Umhang festzuhalten, um … was? Wollte er ihn daran hindern, zu seinem Schiff zurückzukehren? Oder wünschte er sich, mitgenommen zu werden?

Zu spät. Der Ariantu hatte sich bereits in eine energetische Matrix verwandelt — ein Phantom, das wie die Glut eines erloschenen Kaminfeuers leuchtete. Eine Sekunde später war er verschwunden, ebenso wie seine drei Gefährten.

Thul kniete mitten auf der Straße. Er spürte eine brodelnde Mischung aus Zorn und Furcht, und hinzu kam das schreckliche Gefühl, verraten und mißbraucht worden zu sein.

Er dachte an die anderen Sullurh. Was sollte er ihnen sagen? Daß die Brüder von den Sternen sie hintergangen hatten? Daß es ein Fehler gewesen war, den Ariantu zu vertrauen? *Es ist deine Schuld,* flüsterte es in Thul. *Durch die Zusammenarbeit mit ihnen hast du Schande auf dich geladen.*

Konnte er sich den Konsequenzen stellen? Nein, dafür fehlte ihm die Kraft. Er hatte nur die Gemeinschaft. Ohne sie war er nichts.

Es gab nur eine Möglichkeit — Rache an jenen, die sein Volk gedemütigt hatten. Thul mußte eine gewisse Selbstachtung für die Sullurh zurückgewinnen.

Aber auf welche Weise?

Plötzlich fiel ihm die Antwort ein, wie ein Geschenk der Götter. Er erhob sich, und von einem Augenblick zum anderen stand seine Entscheidung fest.

KAPITEL 18

Stephaleh musterte den Androiden. Inzwischen mochte sie den neugierigen und redseligen Data. Die allgemeine Hektik ließ sie manchmal vergessen, daß er eine Maschine war.

Doch mit einer solchen Frage hatte sie nicht gerechnet. Wenn eine erfahrene Diplomatin wie sie, die alle rhetorischen Tricks kannte, die Ariantu nicht dazu überreden konnte, auf Waffengewalt zu verzichten — wie sollte dann ein künstliches Wesen dazu in der Lage sein?

Was soll's? dachte die Botschafterin. *Seine Bemühungen können auch nur scheitern, so wie meine.*

»Einverstanden«, sagte sie schließlich. »Sie haben meine Erlaubnis, Commander Data.«

Der Androide nickte. »Danke, Botschafterin.« Er nahm am Schreibtisch Platz, drückte eine Taste und öffnete damit den Kom-Kanal.

LaForge stand auf der einen Seite und beobachtete das Geschehen mit stummer Aufmerksamkeit. Er schien sich zurückzuhalten, bemerkte Stephaleh. Der Chefingenieur erweckte den Eindruck, als hätte er gern Rat angeboten, doch er beherrschte sich. Die Andorianerin dachte darüber nach. Warum schwieg er? Aus Respekt vor Datas Rang? Oder gab es einen persönlichen Grund? Wollte er dem Androiden neue Erfahrungen ermöglichen?

»Ariantu«, sagte der Maschinenmann. »Hier spricht Commander Data. Bitte antworten Sie.«

Der Bildschirm zeigte plötzlich den Kontrollraum des

Ariantu-Herzschiffes. Eine einzelne Gestalt dominierte die Darstellung, obgleich andere im Hintergrund standen oder arbeiteten.

»Hier ist Arikka, Paac-Mutter«, sagte die Frau. Sie ähnelte der kleinen Statue, die Coleridge als Geschenk für Captain Picard zur *Enterprise* gebeamt hatte. Stephaleh erinnerte sich deutlich daran. *Ich habe das Kunstwerk bewundert, aber offiziell ignoriert.* Arikka war hochgewachsen und anmutig; über der wolfsartigen Schnauze glühten feurige Augen. Sie trug ein Gewand, das sowohl schlicht als auch protzig wirkte — die Kleidung eines Kriegers, in jeder Kultur erkennbar.

»Es wurde auch Zeit, daß sich jemand mit militärischer Autorität meldet«, sagte die Ariantu. »Es liegt mir nichts daran, mit einer unwichtigen Zivilistin zu sprechen, die überhaupt keine Macht hat, um ihren Worten Nachdruck zu verleihen.«

Stephaleh verzog andeutungsweise das Gesicht, als sie diese Beleidigung hörte, doch ansonsten reagierte sie nicht darauf. Derzeit hatten andere Dinge weitaus mehr Bedeutung.

Offenbar respektiert man Data wegen seines Rangs und der Uniform, dachte die Botschafterin. *Interessant.*

»Paac-Mutter ...«, erwiderte der Androide, und dünne Falten formten sich in seiner Stirn. »Ich gehöre nicht zum ...«

Geordi hob die Hände und unterbrach ihn. Seine Lippen bewegten sich lautlos: *Verzichten Sie darauf, der Ariantu zu widersprechen. Sie sind jetzt ein militärischer Repräsentant.*

Data wählte sofort eine andere Formulierung, um den Dialog zu beginnen.

»Paac-Mutter, es ist unsere Hoffnung, daß wir diesen Konflikt ohne Blutvergießen lösen können.«

Arikka kniff die Augen zusammen. »Das klingt seltsam aus dem Mund eines Kriegers«, entgegnete sie.

»Trotzdem betone ich diesen Wunsch.«

Die Ariantu sah ihn an. »Nun gut, Commander. Sie möchten Blutvergießen vermeiden? Dann verlassen Sie Kirlos. *Sofort.*«

Davon ließ sich Data nicht beeindrucken. »Zuerst einmal: Das ist unmöglich. Es sind nicht genug Transportschiffe in der Nähe, um alle Bewohner zu evakuieren. Zweitens: Wir *möchten* den Planeten gar nicht verlassen. Wir bleiben mindestens so lange hier, bis sich herausgestellt hat, ob Sie rechtmäßigen Anspruch auf Kirlos erheben können.« Eine kurze Pause. »Um diese Frage zu klären, schlage ich eine direkte Begegnung zwischen uns vor, zum Beispiel hier in der Botschaft.«

Stephaleh war beeindruckt. Sie hätte sich kaum besser ausdrücken können.

Die Ariantu auf dem Bildschirm schien über Datas Ausführungen nachzudenken. Erwog sie wirklich die Möglichkeit, sich auf beziehungsweise *in* den Planeten zu beamen? Hatte der Androide einen Erfolg erzielt?

»Sie sind kein Krieger«, sagte die Paac-Mutter schließlich.

Enttäuschung erfaßte Stephaleh, und Geordi schien es ebenso zu ergehen, wenn sie seine Miene richtig deutete.

»Sie faseln den gleichen Unsinn wie die Frau«, fügte Arikka hinzu. »Wie jene Person, die Sie ›Botschafterin‹ nennen.« Sie drehte den Kopf und spuckte. »Es gibt nichts mehr zu besprechen. Entweder verschwinden Sie von Kirlos — oder Sie sterben. Uns ist es gleich.«

»Sie lassen keinen Spielraum für einen Kompromiß«, kommentierte Data. »Wenn es eine Chance gibt, um unnützes Leid zu verhindern ...«

Der Schirm wurde dunkel.

»Nun«, murmelte Geordi, »wenigstens nehmen die Ariantu kein Blatt vor den Mund.«

Data wandte sich an die Botschafterin. »Ich habe nicht viel erreicht«, sagte er in entschuldigendem Tonfall.

»Schon gut«, erwiderte Stephaleh. »Sie sind weiter

gekommen als ich. Es gibt also keinen Grund für Sie, sich irgend etwas vorzuwerfen.«

Aber auch Datas Versuch endete in einem Mißerfolg. Das Gespräch hatte vielversprechend begonnen, doch das Ergebnis war ebenfalls negativ.

Stephaleh blickte aus dem Fenster. Die Panik in den Straßen wurde immer schlimmer, und sie konnte nichts daran ändern.

Etwas piepte, und LaForge berührte seinen Insignienkommunikator. »Hier Geordi.«

»Ist es Ihnen gelungen, die Ariantu zur Vernunft zu bringen?« Die Frage stammte von Worf — Stephaleh erkannte seine Stimme sofort.

»Leider nein. Sie sind sehr… stur. Aber wir versuchen es auch weiterhin, bis sich eine bessere Alternative ergibt.« Geordi runzelte die Stirn. »Oder bis die Flotte angreift.«

Worf befand sich in der K'Vin-Botschaft, und auch er sah aus dem Fenster. Die Straßen erschienen greifbar nahe, und dadurch wirkte das draußen herrschende Chaos bedrohlicher. Der Klingone knurrte leise.

»Was ist mit der Bevölkerung?« fragte er Geordi.

»Was soll mit ihr sein? Die Bürger sind außer sich vor Angst. Sie zertrümmern alles, was ihnen in die Hände fällt. Dauernd finden irgendwo wilde Prügeleien statt.«

»Die Ordnung muß wiederhergestellt werden«, grollte Worf.

»Ja. Und wie?«

Der Klingone dachte einige Sekunden lang nach. »Wir könnten unsere Waffen einsetzen und die Randalierer damit betäuben.«

Geordi schwieg kurz. »Worf«, sagte er nach einer Weile, »Starfleet Command wäre sicher nicht begeistert, wenn wir alle Bewohner des Föderationssektors von Kirlosia ins Reich der Träume schicken. Haben Sie andere Vorschläge?«

Der Sicherheitsoffizier überlegte erneut. »Ja. Powell und seine Leute sollen den Katastrophenplan Beta ausführen. Sagen Sie ihm, Einzelheiten findet er im Handbuch.«

»Verstanden. Danke, Worf. Wir halten Sie auf dem laufenden.«

Dann war der Klingone wieder allein. Nur Ärger leistete ihm Gesellschaft.

Das Loch in der Außenmauer des Botschaftsgebäudes existierte noch immer. Durch die Ankunft der Ariantu-Schiffe hatte Gregach keine Zeit gefunden, eine Reparatur zu veranlassen.

Es patrouillierten auch keine Gardisten in der Nähe — zumindest hielt Thul vergeblich nach ihnen Ausschau. Waren sie alle zum Strip beordert worden?

Der Sullurh schob sich durch die Öffnung und kletterte über geborstenes Gestein hinweg. Niemand versperrte ihm den Weg. Es dauerte nicht lange, bis er die Zelle fand, in der man ihn zusammen mit den *Enterprise*-Offizieren eingesperrt hatte.

Auch hier schien sich nichts verändert zu haben. Nach wie vor gähnte ein großes Loch im Boden, geschaffen von den Fäusten des Androiden. Allerdings verwehrte Staub den Blick in die Tiefe.

Eigentlich ein Witz: Die K'Vin hockten auf einer alten Anlage, deren waffentechnisches Potential sicher ausreichte, um die Ariantu-Flotte zu vertreiben. Doch die Rückkehr ihrer alten Feinde beunruhigte sie so sehr, daß sie keine Ermittlungen in bezug auf die Flucht der Gefangenen anstellten. Andernfalls hätten sie bestimmt den Turbolift und anschließend auch den Saal gefunden.

In dem Fall wären sicher Gardisten beauftragt worden, den Tunnelzugang zu bewachen.

Dann hätte Thul keine Möglichkeit gehabt, noch einmal die Omega-Ebene aufzusuchen. Er schwang die

Beine über den Rand des Lochs, ließ sich fallen — und stöhnte schmerzerfüllt. Er war nicht an körperliche Anstrengungen gewöhnt, und durch den Aufprall verstauchte er sich fast den Fuß. Staub wallte, geriet ihm in die Lungen, und er erlitt einen Hustenanfall.

Kurze Zeit später gelang es ihm, wieder ruhiger zu atmen. Thul beobachtete den Turbolift und erinnerte sich an seine Bedeutung. Als er vorsichtig näher trat, glitt die Tür beiseite, und er trat ohne zu zögern ein.

Der Sullurh wußte, was ihm nun bevorstand, und deshalb hätte er sich eigentlich nicht fürchten sollen. Trotzdem fühlte er sich von Angst gepackt. Als die Transportkapsel ihren horizontalen Transfer beendete und fiel, zitterten Thuls Knie so heftig, daß er auf dem Boden Platz nahm. Nach einigen Sekunden kroch er in eine Ecke und kauerte sich dort zusammen, froh darüber, daß ihn niemand in diesem Zustand sah.

Thul versuchte, das Rauschen verdrängter Luft und die enorme Geschwindigkeit der Kapsel zu ignorieren. Er lenkte sich ab, indem er die Hieroglyphen an den Wänden las — sie ähnelten der sullurhschen Schriftsprache.

Lekhor und seine Gefährten hatten kaum mehr eine Beziehung zu ihrer Geschichte. Wären sie imstande gewesen, die Symbole ebenso mühelos zu lesen?

Das Gefühl drohenden Unheils wurde plötzlich so intensiv, daß Thul seinen Tod für unausweichlich hielt. Er stellte sich vor, wie der Bremsmechanismus des Lifts versagte, wie die Transportkapsel am Boden des Schachts auseinanderplatzte und ihn zerfetzte …

Statt dessen hielt die Kabine sanft an. Die Tür öffnete sich, und dahinter erstreckte sich die Waffenebene.

Thuls Blick schweifte über glänzenden Konsolen und große gewölbte Bildschirme. Einmal mehr bewunderte er die Ausmaße des Saals und seine technische Pracht.

Wie hatte er daran zweifeln können, daß es sich um die Omega-Ebene handelte? Wieso hatte er zugelassen, daß Lekhor seinen Glauben an die Verheißung dieser Vision erschütterte?

Wenn die Ariantu bereit gewesen wären, ihn hierher zu begleiten ... *Aber dazu ist es zu spät,* dachte Thul. *Viel zu spät.*

In der Mitte des Saals blieb er stehen, zutiefst beeindruckt von dem Potential dieses Ortes — einem Potential, das er irgendwie freisetzen mußte. Die Hieroglyphen um ihn herum boten viele Daten und Hinweise, doch sie besaßen keinen unmittelbaren Nutzen. Die Worte waren vertraut, aber sie bezogen sich auf unbekannte Anwendungsbereiche.

Aufgrund der Zusammenarbeit mit Professor Coleridge konnte Thul wesentlich besser mit Computern umgehen als durchschnittliche Sullurh. Mit ein wenig Glück beruhten die Funktionen dieser Maschinen auf der gleichen Logik wie die der Föderation.

Wo sollte er beginnen? Er folgte seinem Instinkt und näherte sich einer besonders großen Konsole.

Kurz darauf sah er die Symbole des Pultes. Das Herz klopfte ihm bis zum Hals empor, als er ihre Bedeutung zu erfassen begann.

Dies war die größte aller Waffen — der ›Heulende Gott‹, wie es in den Legenden hieß. Auch in diesem Punkt entsprachen die Überlieferungen der Wahrheit!

Ehrfürchtig blieb Thul davor stehen und genoß den Anblick. Ein Schrein schien sich vor ihm zu erheben.

In gewisser Weise stimmte das auch — ein Schrein der Macht und destruktiven Fähigkeit der Ahnen.

An der Konsole wartete ein Sessel, für ihn etwas zu groß. Er nahm darin Platz und sah auf den Monitor, der nur ein leeres Gitter zeigte.

Thul fand ein mit der Bezeichnung ›Initialsequenz‹ gekennzeichnetes Kontrollsegment und berührte den runden, gewölbten Sensor darunter. Er fühlte sich warm an, als sei die Maschine eine lebende Entität.

Dann wartete der Sullurh. Er brauchte sich nicht lange zu gedulden: Das Bild auf dem Monitor blieb unverändert, doch andere Projektionsfelder in der Nähe erhellten sich. Ähnliche Gittermuster entstanden, und etwas leuchtete darin auf: ein großer weißer Fleck im Zentrum, umgeben von kleineren, bunten Punkten. Thul entdeckte keine Übereinstimmungen in den einzelnen Konfigurationen.

Verwirrt runzelte er die Stirn. Und dann verstand er.

Die alten Ariantu waren ein raumfahrendes Volk gewesen. Vermutlich symbolisierten die Darstellungen Sektoren im All — nein, Sonnensysteme! Die größeren, zentralen Flecken verkörperten Sonnen, die kleineren Punkte Planeten.

Dadurch ergaben sich ganz neue Möglichkeiten. Thul zitterte aufgeregt.

Er war mit der Absicht hierhergekommen, sich an Lekhor und seinen Gefährten zu rächen, Vergeltung für die erlittene Demütigung zu üben.

Er hielt nach wie vor an der Überzeugung fest, daß er die Ariantu mit den Anlagen des Omega-Niveaus aus dem Orbit vertreiben konnte — um ihnen mitzuteilen, daß Kirlos nicht ihnen gehörte, sondern den Sullurh, den einzigen *wahren* Ariantu.

Doch jetzt formte sich eine andere Idee in ihm. Wenn es sich *tatsächlich* um Sonnensysteme handelte, so mußte sich auch ein ganz besonderes unter ihnen befinden — das Nachbarsystem der Sonne, um die Kirlos kreiste.

Das Herz der K'Vin-Hegemonie.

Thul suchte nach der Kontrolleinheit für ›Selektion‹ und strich mit der Fingerkuppe über den betreffenden Sensor.

Fast sofort entstanden auf dem großen Bildschirm Strukturen, die denen der kleineren Monitore ähnelten. Der Sullurh wußte nichts von Astronavigation, aber er sah auf den ersten Blick, daß ihm die Punkte nicht das Zentralsystem der K'Vin präsentierten. Die am unteren

Rand des Projektionsfelds eingeblendeten Zeichen identifizierten es als Heimat eines Volkes namens Eluud.

Erneut betätigte er den Selektor, und das Bild auf dem großen Schirm wechselte. Wieder eine Enttäuschung: Diesmal erschien ein System, in dem die Pandriliten zu Hause waren, eine Spezies, die sich der Föderation angeschlossen hatte.

Zum drittenmal berührte er den Sensor, und wieder entstand eine neue Darstellung. Thul las die Daten, dazu bereit, eine weitere Selektion vorzunehmen.

Doch dafür bestand keine Notwendigkeit. *Er hatte die Ursprungswelt der K'Vin gefunden,* jenen Planeten, der das Zentrum ihrer Hegemonie bildete!

Das Herz des Sullurh pochte so heftig, daß er den Eindruck gewann, es könne ihm den Brustkasten zerreißen. Sein Gaumen wurde trocken, als er auf den Bildschirm starrte.

Das Heimatsystem der K'Vin ... *Und ich habe die Macht, es zu zerstören!*

Fragen flüsterten und raunten in ihm, manche vage, andere klar und deutlich. Wenn diese Waffe imstande war, die Zivilisation der verhaßten K'Vin zu zerstören — warum hatten die Ariantu sie nie eingesetzt? Konnte der Heulende Gott wirklich ein lichtjahrweit entferntes Ziel vernichten?

Schon nach kurzer Zeit gab es Thul auf, nach Antworten zu suchen. Von solchen Dingen wußte er nichts oder nur sehr wenig.

Spielte es überhaupt eine Rolle, wie die Maschine funktionierte? Es kam nur darauf an, daß sie die gewünschte Wirkung erzielte.

Der Sullurh befeuchtete sich die Lippen, betrachtete die Konsole und suchte nach der nächsten Sequenz. Er fand einen Sensor mit der Markierung ›Energie‹ und legte die Hand darauf.

Das hatte dramatische Konsequenzen zur Folge. Plötzlich erwachten die übrigen Aggregate aus ihrem

Schlaf, als seien sie alle diesem Pult untergeordnet, als hätten sie nur darauf gewartet, Befehle von ihm entgegenzunehmen und sie auszuführen.

Dutzende von Monitoren schimmerten, und schnell wechselnde Bilder huschten durch die Projektionsfelder. Etwas summte leise — ein uralter Mechanismus, in den nun elektronisches Leben zurückkehrte.

Thul nickte zufrieden, hielt nach der nächsten Kontrollfläche Ausschau und fand sie: ›Aktivieren‹. Er zögerte lange genug, um sich daran zu erinnern, auf welche Weise die Ariantu ihn und sein Volk mißbraucht hatten. Grimmige Genugtuung erfüllte ihn, als er daran dachte, daß Lekhor und seinen Gefährten eine große Überraschung bevorstand.

Er tastete nach dem silbrig glänzenden Segment.

Und dann erlebte *er* eine Überraschung. Die ganze Omega-Ebene begann zu vibrieren — nicht nur die Konsolen und Maschinen, sondern auch Boden und Wände.

Keine Sorge, beruhigte er sich. *Diese Anlagen sind alt. Bestimmt lassen die Vibrationen bald nach.*

Doch das war nicht der Fall. Ganz im Gegenteil: Während der nächsten Sekunden wurden sie immer heftiger.

Thuls Sessel *bebte.* Der Sullurh stand auf, um nicht zu Boden geschleudert zu werden.

Aber es fiel ihm schwer, das Gleichgewicht zu wahren. Er fühlte die Vibrationen in den Knochen, mit einer fast schmerzhaften Intensität. Mehr noch: Ein dumpfes Grollen erklang. Das Grundgestein des Planeten schien sich zu verschieben, als bräche Kirlos langsam auseinander.

Mit einer Sicherheit, die über nackte Fakten hinausging, die aus seiner Magengrube stammte und nicht vom Gehirn, begriff Thul, daß er einen schrecklichen, *entsetzlichen* Fehler gemacht hatte.

KAPITEL 19

Gregach taumelte, und nur Worfs starke Arme verhinderten, daß er auf den Boden stürzte.

Sie wankten zum Fenster und blickten über Kirlosia hinweg. Das gleichmäßige Vibrieren dauerte an, als pulsiere enorme, kaum kontrollierte Energie durch den Planeten. Gebäude erzitterten. Gregach und Worf beobachteten, wie Bürger fielen oder nach einer Sicherheit suchten, die nicht mehr existierte.

»Was ist los?« fragte der K'Vin-Botschafter.

»Bei den Gottheiten: Was passiert jetzt?« Stephaleh sprach sanft, aber ihre Stimme klang trotzdem drängend.

Sie sah auf die Stadt, und ihr bot sich der gleiche Anblick dar wie Gregach. Die Kopffühler der Andorianerin neigten sich hin und her, als die Vibrationen stärker wurden. Hinter ihr starrten sich Geordi und Data verwirrt an.

»Irgendwo entsteht Energie«, sagte der Androide.

»Und woher kommt sie?« fragte der Chefingenieur.

Datas Gedanken rasten, als er auf und ab marschierte. »Energie ... immer mehr Energie. Von einer externen Waffe? Möglicherweise haben die Ariantu damit begonnen, Kirlos zu vernichten. Aber warum? Es ergibt keinen Sinn. Sie erheben Anspruch auf diese Welt; ihnen liegt nichts daran, sie zu zerstören.«

»Vielleicht doch«, erwiderte Geordi. »Wer weiß?«

»Nein, das glaube ich nicht«, widersprach Data. »Wir

können davon ausgehen, daß sie die Integrität von Kirlos bewahren wollen, um sich selbst hier niederzulassen. Das würde bedeuten, daß die Energie aus dem Innern des Planeten stammt und nicht von außerhalb.«

»Aber das ergibt noch weniger Sinn«, meinte LaForge. »Wo sollte eine derart intensive energetische Aktivität stattfinden, und ...«

Er unterbrach sich und begriff eine Sekunde nach Data, was geschah.

»Die von uns entdeckte Ebene«, sagte der Androide. »Der Saal mit den Konsolen und Blastern ...«

»Glauben Sie, dort gibt es eine Waffe, die dazu bestimmt ist, den Planeten zu vernichten? Weshalb? Eine Selbstzerstörungsvorrichtung?«

»Ich weiß es nicht«, antwortete Data. Trotz der bedrohlichen Situation wirkte er wieder völlig gelassen. »Allerdings bezweifle ich, ob es nur um eine schlichte Selbstzerstörung geht. Wir wissen inzwischen, daß die Ariantu ein sehr aggressives und kriegerisches Volk sind. Wenn sie Kirlos vernichten wollen, so nicht ohne einen triftigen Grund. Und jener Grund verbirgt sich in dem Saal. Wir müssen uns beeilen.«

»Noch einmal nach unten?«

»Noch einmal nach unten.« Der Androide klopfte auf seinen Insignienkommunikator. »Data an Worf.«

»Hier Worf«, erklang die Stimme des Klingonen.

Die Lage spitzte sich immer mehr zu, und Data sah sich mit der Notwendigkeit konfrontiert, sofort zu handeln, die Pflichten des Anführers und Commanders wahrzunehmen. »Wir kehren zur K'Vin-Botschaft zurück.«

»Das halte ich nicht für besonders klug.«

»Aber es ist erforderlich. Erwarten Sie uns in der untersten Ebene, bei der Zelle D. Data Ende.«

Er unterbrach die Kom-Verbindung, bevor Worf Fragen stellen konnte.

»Was haben Sie vor?« erkundigte sich Stephaleh.

Data sah sie ernst an. »Wir versuchen, diese Welt zu retten«, erwiderte er.

Es ging alles so schnell, daß die Kommandanten der Ariantu-Schiffe weder reagieren noch die Ereignisse rechtzeitig verstehen konnten.

Das als ›Tal‹ bekannte runde und flache Gebiet auf der Nachtseite von Kirlos begann plötzlich zu glühen. Am Rand waberten energetische Entladungen, und ihre Aktivität nahm rasch zu. In den Raumschiffen der Föderation, K'Vin und Ariantu wuchs die Besorgnis.

Von einem Augenblick zum anderen erzitterte der ganze Planet, als würge er etwas Massives aus sich heraus. Ein gewaltiger Kegel aus purer Energie zuckte empor und verharrte im All, Hunderte von Kilometern über Kirlos.

Das energetische Gebilde schimmerte bunt, und seine Emissionen waren so stark, daß die Ortungssensibilität der Sensoren rasch verringert werden mußte. Picard und der Captain des K'Vin-Kreuzers gelangten zu dem Schluß, daß sie der Spitze des Kegels *viel* zu nahe waren — ihre Schiffe wichen zurück.

Wenige Sekunden später verzerrte sich das Raum-Zeit-Gefüge über dem Kegel; er schien ein Loch in das Gewebe der Realität zu bohren.

Für das bloße Auge blieb der Riß im Raum unsichtbar, aber die Scanner erfaßten ihn sofort und projizierten schematische Darstellungen auf Bildschirme. Graphische Strudel und Wirbel entstanden, zeigten ein Loch in ihrer Mitte. Zuerst war es klein und durchmaß nur einige Dutzend Kilometer, doch es dehnte sich schnell aus.

Die Deflektoren des K'Vin-Schiffes glühten in einem matten Rot. Hinter diesem flirrenden Nebel zeichneten sich die torpedoförmigen Konturen des Kreuzers ab.

Runde Metallzylinder ragten aus seiner Außenhülle, und einer davon spie eine Feuerkugel.

»Hart Backbord!«

Picards Stimme übertönte das Heulen der Triebwerke. Er hielt sich an den Armlehnen des Kommandosessels fest, um auf eine jähe Veränderung des künstlichen Schwerkraftfelds vorbereitet zu sein, doch nichts dergleichen geschah.

»Steuermann!«

Das Deck hob sich und schleuderte den Captain zu Boden. Die *Enterprise* hatte sich zur Seite geneigt, aber wesentlich langsamer als erwartet. Picard wußte mit lähmender Gewißheit, daß die Photonenentladung sein Schiff treffen würde. Ein einfaches Ausweichmanöver, das normalerweise genügt hätte, um die *Enterprise* in Sicherheit zu bringen, war fehlgeschlagen. Der Captain hoffte inständig, daß die Schilde hielten, nutzte die wenigen noch verbleibenden Sekunden, um über die unvermeidlich gewordenen offensiven Gegenmaßnahmen zu entscheiden.

Ein unheilverkündendes Gleißen füllte den Wandschirm.

»Navigation, alle Energie auf ...«

Picard unterbrach sich.

Der Energieblitz erreichte das Ziel überhaupt nicht.

Seltsamerweise verfehlte er die *Enterprise*, raste in einem Bogen an ihr vorbei und verschwand ...

Im Nichts.

»Wieso ...«, begann Riker. Er beugte sich vor und deutete zum großen, gewölbten Bildschirm an der vorderen Brückenwand.

Das Kriegsschiff der K'Vin trudelte durchs All, drehte sich um die eigene Achse und glitt fort. Es schien zu schrumpfen, als die Entfernung zwischen den beiden Schiffen größer wurde.

»Was hat das zu bedeuten?« Picard starrte ins Projektionsfeld und versuchte zu verstehen, warum die *Enter-*

prise noch immer unbeschädigt war und der Gegner ganz offensichtlich manövrierunfähig. Er hätte erleichtert sein sollen, doch diese Anomalie beunruhigte ihn.

»Etwas zieht uns an!« rief Fähnrich Nagel von der Operatorstation. Ihre Finger huschten über die Kontrollen. »Turbulenz voraus.«

»Kurs halten«, sagte Picard.

Das Licht der Brückenlampen flackerte, und auf dem rückwärtigen Oberdeck erklang eine warnende Stimme. »Reserveenergie wird in die Triebwerke geleitet.«

»Warum?« fragte Picard. »Was geht hier vor?«

»Captain!« Ein bleicher Lieutenant Dean sah von den Anzeigen der Scanner auf. »Sir... Dort draußen hat sich ein Wurmloch gebildet.«

»Merde.« Der Captain sehnte sich plötzlich nach der sofort einschätzbaren Gefahr, die von einem Photonentorpedo ausging. Ein Wurmloch war weitaus heimtückischer.

»Schilde senken!« befahl er. »Notenergie-Restriktionen erster Priorität. Alle zur Verfügung stehende Energie in die Triebwerke.«

Es wurde dunkler auf der Brücke. Das elektronische Zirpen der Konsolen verwandelte sich in ein kaum mehr hörbares Flüstern.

»Wir halten die Position«, sagte Fähnrich Nagel und führte mehrere Schaltungen durch. »Gerade so.«

Picard stand auf und trat zum wissenschaftlichen Offizier. »Lieutenant?«

Dean schüttelte den Kopf und beantwortete die unausgesprochene Frage so leise, daß nur der Captain seine Stimme vernahm. »Wir sind zu nahe. Selbst mit der Energie von zehn Raumschiffen wären wir nicht imstande, aus dem Gravitationssog des Wurmlochs zu entkommen. Der Wirbel durchmißt inzwischen viele tausend Kilometer, dehnt sich rasch weiter aus und setzt dabei unglaubliche Energiemengen frei. Es dauert nicht mehr lange, bis...« Er zögerte kurz und fügte

Zwischendurch: [redacted]

Die Energie scheint aus dem Inneren des Planeten zu stammen... Doch woher kommt unsere Energie? [redacted] Richtig – aus unserer Nahrung. Und so ist es nur vernünftig, für eine regelmäßige Zufuhr an neuer Energie zu sorgen. Dies ist in unserer Welt problemlos auch zwischendurch möglich – mit der... [redacted]

dann hinzu: »Es dauert nicht mehr lange, bis der Strudel Kirlos aus dem sydonischen Orbit zieht.«

Picard versuchte, die Katastrophe zu verstehen, doch die ungeheuren Kräfte, die sich nun entfalteten, schienen einen Teil seines Selbst zu lähmen. Er merkte kaum, daß der Erste Offizier neben ihm stehenblieb.

»Die K'Vin sind sture Narren«, sagte Riker. »Sie schützen sich noch immer mit Deflektoren, anstatt das energetische Potential ihres Triebwerks zu verstärken.«

Eine diffuse schwarze Wolke umhüllte einen Teil des Kriegsschiffes. Von einem Augenblick zum anderen verschwand das Glühen der Schilde, und der Kreuzer sauste durchs All — aber nicht weit genug, um der hungrigen Leere zu entgehen, die noch immer an ihm nagte.

»Zu spät.« Picard wußte, daß nur wenige Minuten die *Enterprise* und ihre Besatzung von dem gleichen Schicksal trennten. Die K'Vin hatten sein Schiff angegriffen, und deshalb fühlte er sich ihnen gegenüber nicht verpflichtet. Andererseits ... »Navigation! Richten Sie einen Traktorstrahl auf das Kriegsschiff.«

»Das hat wohl kaum einen Sinn, Sir«, meinte Riker leise. »Wir schieben das Unvermeidliche nur hinaus — für uns alle.«

»Wenn wir sterben müssen, so gehen wir als zivilisierte Wesen in den Tod«, erwiderte Picard halblaut.

Der Captain und sein Erster Offizier beobachteten stumm, wie der Traktorstrahl nach dem K'Vin-Schiff tastete und es aus der finsteren Wolke zerrte. Der Kreuzer schwebte am Rand des Strudels, glitt jedoch nicht in ihn zurück.

Statt dessen näherte sich die *Enterprise* dem Schlund.

»Wo ist der verdammte Turbolift, von dem Sie mir erzählt haben?« donnerte Worf. Er freute sich nicht gerade darüber, daß der Boden immer heftiger zitterte.

Worf, Geordi und Data befanden sich nun unter der Zelle. Weit über ihnen, in den Straßen der Stadt, erklangen die Geräusche einer sich rasch ausbreitenden Panik. Die Männer achteten nicht darauf und dachten nur an ihr Ziel.

Data stand verwirrt vor der Lifttür, die sich hartnäkkig weigerte, beiseite zu gleiten. »Ich weiß es nicht«, antwortete er.

»Zur Seite«, knurrte Worf und zog den Phaser, um die Tür zu zerstrahlen. Aber Data ignorierte die Aufforderung des Klingonen, betrachtete einen schmalen Spalt zwischen den beiden Schotthälften und bohrte die Finger hinein. Mit seiner Androidenkraft gelang es ihm, die Tür zu öffnen.

Dahinter erstreckte sich gähnende Leere, ein tiefer, dunkler Schacht. Von der Transportkapsel war weit und breit nichts zu sehen.

»Wir haben ein Problem«, sagte Geordi.

»Um die Katastrophe zu verhindern, müssen wir unverzüglich zum Arsenal«, stellte der Androide fest. »Ich kenne nur eine Möglichkeit, die es uns erlaubt, das Omega-Niveau innerhalb kurzer Zeit zu erreichen.«

Er sah Geordi an, und der Chefingenieur begann zu ahnen, worauf Data hinauswollte. »O nein, bitte nicht«, ächzte er.

»Vor dem Botschaftsgebäude habe ich einige gesehen.«

»Gnade«, stöhnte LaForge.

»Einige was?« fragte Worf.

Fünf Minuten später hockte Geordi erneut auf einem Antigravschlitten und fürchtete um sein Leben.

Data flog das Ding mit maschinenartiger Präzision, und Worf saß am Steuer des zweiten Schlittens dicht hinter ihnen. Die Wände des Schachtes rasten atemberaubend schnell vorbei.

Der horizontale Tunnel fand ein jähes Ende und ging in einen vertikalen über. Geordi fühlte sich wie von einer unsichtbaren Faust gepackt, die ihn in den Sitz preßte. Verzweifelt klammerte er sich fest — wenn er in der Lage gewesen wäre, die Hand zu heben, hätte er sich das VISOR von den Augen gerissen.

Er preßte die Lippen zusammen und stellte sich eine schadenfroh lächelnde Nassa Coleridge vor.

Der halsbrecherische Sturzflug ging weiter, und schließlich übermittelte das VISOR eine Warnung. »Der Boden des Schachtes!« rief LaForge und hoffte, daß ihn seine Gefährten trotz des Fauchens der verdrängten Luft hörten. »Direkt unter uns!«

Seine Besorgnis erwies sich als ungerechtfertigt. Datas akustische Rezeptoren registrierten die Worte, und Worf vernahm sie ebenfalls. In perfekter Synchronisation wurden die beiden Schlitten langsamer, neigten den Bug nach oben und landeten sanft auf dem glänzenden Metall der Transportkapsel.

Unter Datas Füßen befand sich die Luke eines Notausstiegs. Der Androide griff danach und riß sie auf — der Stahl löste sich mit lautem Knacken und Knirschen. Die drei Starfleet-Offiziere verloren keine Zeit und kletterten in die Kabine des Turbolifts hinab.

Die Tür stand offen und gewährte Zugang zum Saal mit den Konsolen. Dort blieben Geordi und seine beiden Begleiter verblüfft stehen.

Alle Bildschirme glühten. Einer von ihnen zeigte das Tal mit dem wabernden Energiekegel, und in einem anderen Projektionsfeld leuchtete die graphische Darstellung eines wachsenden Wurmlochs. Ein dritter Monitor präsentierte die *Enterprise* und ein K'Vin-Schiff — beide Raumer liefen Gefahr, von dem weit aufgerissenen Rachen der Raum-Zeit-Verzerrung verschlungen zu werden. Geordi bemerkte auch die Darstellung eines Sonnensystems, das er zunächst nicht identifizieren konnte. Überall blinkten Kontrollampen. Die Vibrationen waren hier nicht ganz so stark, aber LaForge spürte, wie sie zunahmen, während sich im All über Kirlos der Gravitationsstrudel ausdehnte und die *Enterprise* bedrohte.

Thul stand in der Mitte des Saals, beugt sich über ein Pult und schüttelte wie benommen den Kopf. Nach einigen Sekunden drehte er sich zu den Starfleet-Offizieren um, und seine Augen lagen tief in den Höhlen.

»Ich wollte sie vernichten«, murmelte er. Seine monotone Stimme hallte gespenstisch dumpf von den Wänden wider. »Ich wollte sie auslöschen, aber statt dessen habe ich den Tod meines Volkes heraufbeschworen und Kirlos in den Untergang geführt!«

»Daaata ...«, sagte Geordi langsam und gedehnt. »Was ist hier los?«

Der Androide nutzte seine ganze Elaborationskapazität, nahm Daten auf und verarbeitete sie. Er betrachtete die Hieroglyphen und entdeckte Symbole verschiedener Sprachen in ihnen. Er beobachtete die Bildschirme, deutete die graphischen Schemata, empfing Informationen über eingesetzte Energie, Astronavigation und Gravitationsfelder ...

»Natürlich!« platzte es aus ihm heraus. »Es ist elementar!«

Worf trat mit einem kehligen Knurren näher, und Geordi hielt ihn am Arm fest. Data schien die Reaktion des Klingonen überhaupt nicht zu bemerken.

Der Androide vollführte eine umfassende Geste. »Der ganze Planet ist eine Waffe. Sehen Sie ...« Er deutete auf die Sternenkarte, in der bunte Linien schimmerten. »Das Zentralsystem der Hegemonie. Jener Planet ist die Heimatwelt der K'Vin. Er wird angepeilt.«

»Angepeilt?« wiederholte Geordi. »Aber *warum?*« Dann verstand er. »O mein Gott.«

»Genau«, sagte Data. »Diese Maschinen erzeugen das Wurmloch.«

»Und es zieht uns an«, hauchte LaForge.

»Ja«, bestätigte der Androide. »Das andere Ende des Raum-Zeit-Tunnels entsteht *dort.*« Er streckte die Hand aus. »In unmittelbarer Nähe der K'Vin-Heimatwelt. Eine recht erstaunliche Technologie. Wenn das Wurmloch groß genug ist, nimmt es Kirlos auf und schleudert den Planeten über mehrere Lichtjahre hinweg. Im Zentralsystem der K'Vin entsteht fast gleichzeitig eine zweite Anomalie, die den Retransfer ermöglicht. Das Ergebnis: Kirlos kollidiert mit der Zielwelt.«

»Wir können hier nicht einfach herumstehen und diesen Vorgang bewundern!« entfuhr es Geordi. »Wir müssen etwas dagegen unternehmen.«

»Selbstverständlich«, erwiderte Data. »Und wir sollten schnell handeln.« Er berührte mehrere Kontrollsegmente und fuhr fort: »Die *Enterprise* benutzt ganz offensichtlich einen Traktorstrahl, um zu verhindern, daß der K'Vin-Kreuzer dem Gravitationssog erliegt. Aber dadurch verliert sie Energie und kann sich nicht mehr lange schützen. Wenn die beiden Schiffe in das Wurmloch geraten, bevor es sich stabilisiert hat, droht ihnen vollständige Zerstörung in dem Schwerkraftwirbel. Doch selbst wenn es ihnen gelingt, die gegenwärtige Distanz beizubehalten — sie befinden sich zwischen Kirlos und der Anomalie. Woraus folgt: Der Transfer erfaßt sie ebenfalls, und anschließend werden sie zwischen uns und dem Heimatplaneten der K'Vin zermalmt. In beiden Fällen wäre Tod die Folge.« Er nickte in Richtung einer anderen Konsole. »Gehen Sie zu den Kontrollen dort, Geordi. Und halten Sie sich genau an meine Anweisungen.«

KAPITEL 20

Staubpartikel, die seit Äonen träge im All schwebten, stießen nun aneinander, als sie dem Riß im Raum-Zeit-Kontinuum entgegenstürzten. Asteroiden und Meteoriten folgten ihnen, eine dichter werdende Wolke aus Materie, die das Wurmloch dem Sydon-System entriß. Hier und dort am Rand des Gravitationsstrudels gerieten die Raumschiffe verschiedener Welten — Xanthricit, Randrisian, Andor — in die kosmische Flut und versuchten, dem Verderben zu entrinnen.

Manche von ihnen schafften es nicht.

Auch die Ariantu-Schiffe fielen den Maschinen ihrer Vorfahren zum Opfer. Das ganze Paac wurde angesaugt, und die Entfernung zum Schlund des Wurmlochs schrumpfte immer mehr. Baruks Raumer verschwand als erster darin.

Arikka saß auf der Brücke des Herzschiffes und beobachtete den wogenden Strudel. Ariantu-Technologie hatte den Mechanismus geschaffen, der das Wurmloch entstehen ließ. Ariantu-Geräte registrierten seine Präsenz.

»Der Heulende Gott lebt!«

»Natürlich, Mutter«, erwiderte Teroon. »Wir alle kennen ihn aus den Legenden.«

»Ja, aber ich hielt sie für Lügen, mit denen die Hohen Paacs leichtgläubige Bauern erschrecken und ihren Gehorsam erzwingen.«

Entsetzen erfaßte Arikkas Familie. Die Ariantu im Kontrollraum rührten sich nicht, starrten gebannt auf den Wirbel aus brodelnder Energie. Nur Teroon blieb ruhig, sein Schwanzfell glatt. »Die Ahnen konnten das Universum nach ihrem Willen formen«, sagte er sanft. »Sie drohten mit ihrer Macht, um das Reich zu verteidigen. Um ihre Sicherheit zu gewährleisten, waren sie bereit, Kirlos zu zerstören — diesem Zweck diente der Planet.«

Worte einer halb vergessenen Geschichte flüsterten in Arikkas Gedächtnis. Zunge und Lippen bewegten sich von ganz allein. »Aber die Ariantu-Konstrukteure empfanden zu großen Stolz auf die von ihnen geschaffene Welt. Als sich die K'Vin gegen sie erhoben, brachten sie es nicht fertig, Kirlos der Vernichtung preiszugeben.«

Die Anspannung an Bord nahm zu, als der Mahlstrom nach einem zweiten Schiff der Flotte tastete. Es trachtete danach, ihm zu entfliehen, erbebte wie gequält und verschwand in der finsteren Wolke.

»Wir sind erledigt«, raunte Arikka. Ihr fehlte nicht der Mut, gegen die K'Vin zu kämpfen, aber es gab keine Möglichkeit, dem Fluch der Vorfahren zu widerstehen.

»Es ist nur ein Tunnel, Mutter«, sagte Teroon. »Ein Tunnel durchs All. Bis Kirlos davon erfaßt wird, können wir ihn passieren und sicher das andere Ende erreichen.«

Arikka glaubte zunächst, Wahnsinn in diesen Worten zu hören, doch dann entsann sie sich an Teroons Verwandtschaft mit einem der weniger wichtigen Hohen Paacs. Zum erstenmal in ihrem langen Leben erkannte sie die Natur wahren Adels: Teroon hatte die alten Legenden nicht nur gehört, sondern sie auch verstanden.

»Wohin führt der Tunnel?«

Der Schiffmeister fletschte die Zähne. »Zur Heimatwelt der K'Vin.«

»Ahh!«

Die Mutter fragte sich, ob er die Wahrheit sagte, ob nach fünftausend Jahren irgendein lebender Ariantu über den Heulenden Gott Bescheid wissen konnte. Vielleicht spielte die Antwort gar keine Rolle. Arikka wollte nicht auf den Tod warten. Sie zog es vor, ihm mit gezücktem Dolch zu begegnen.

»Herzmeister, leite das Sprungmanöver ein.«

Geordi nahm Datas Anweisungen entgegen und bediente die Kontrollen, so schnell er konnte. Der Androide bemühte sich unterdessen, Computercodes zu entschlüsseln, die Waffensysteme zu blockieren und das energetische Niveau zu senken.

Thul hatte in zwei Fällen ebenso erstaunliches wie fragwürdiges Glück gehabt. Erstens: Es war ihm gelungen, die Wurmloch-Maschinerie zu aktivieren. Geordi vermutete in diesem Zusammenhang, daß man schon beim Bau der apokalyptischen Waffe ständige Einsatzbereitschaft geplant hatte.

Zweitens: Der Sullurh lebte noch. Dieser Umstand überraschte LaForge. Worf hatte bereits gebrummt, daß Thul als erster sterben sollte, wenn ihnen allen der Tod bevorstand — zweifellos ein weiteres Beispiel für klingonischen Humor.

Data hielt inne.

»Was ist los?« rief Geordi. Die unheilverkündenden Geräusche wurden mit jeder verstreichenden Sekunde lauter.

»Der Computer weist meinen Desaktivierungscode zurück«, erwiderte Data. »Es bleibt mir nichts anderes übrig, als nach Alternativen zu suchen. Außerdem können wir uns nicht mit einer Rejustierung des Zielanpeilungssystems begnügen — wir müssen es vollständig neutralisieren. Sonst schleudert uns das Wurmloch nur woanders hin.«

»Wie lange brauchen Sie dafür?« fragte LaForge.

Der Androide arbeitete noch schneller, und auf einem der Bildschirme verlor die *Enterprise* vielleicht ihr letztes Gefecht. Sowohl das Föderationsschiff als auch der

K'Vin-Kreuzer wurden vom Wurmloch immer stärker angezogen.

»Wie lange?« drängte Geordi.

»Ich weiß es nicht genau«, antwortete Data.

LaForge hatte das Gefühl, plötzlich den Boden unter den Füßen zu verlieren. »Sie *wissen* es nicht genau! Wieviel Zeit hat die *Enterprise?*«

Der Androide blickte auf ein Instrument, das Auskunft über die Wachstumsrate des Wurmlochs gab. »Zwei Minuten und vierunddreißig Sekunden.«

Geordis Lippen formulierten stumme Worte; er brachte es nicht fertig, sie laut auszusprechen.

Datas Hände sausten über die Kontrollen, während er verzweifelt nach einer Lösung suchte. Er betrachtete die Hieroglyphen und berechnete eine Million Kombinationen pro Sekunde.

»Schaffen Sie es?« erkundigte sich Worf.

»Ich bin mir nicht sicher«, sagte Data. »Vielleicht dauert es drei oder vier Minuten, bis ich den Apokalypsenmechanismus stillegen kann.«

»Zu lange!« stöhnte Geordi.

Data legte keine Pause ein. »Möglicherweise nimmt es nicht ganz soviel Zeit in Anspruch. Es kommt darauf an.«

»Beeilen Sie sich. Sonst sterben die Besatzungsmitglieder der *Enterprise* — und wir ebenfalls.«

»Ich gebe mir alle Mühe.«

»Data!«

Sekunden verstrichen.

Geordi stand neben dem Androiden, nahm knappe Anweisungen von ihm entgegen und führte sie sofort aus. Aber die erhoffte Wirkung stellte sich nicht ein — das energetische Niveau stieg auch weiterhin.

»Der Computer lehnt nach wie vor den Code ab«, sagte Data, und seine Stimme klang unmenschlich ruhig. »Inzwischen ist mir bekannt, daß die Sequenz aus achtzehn verschiedenen Symbolen besteht und ...«

»Data!«

Irgend etwas schien die *Enterprise* auf dem Bildschirm zu verzerren. Ihre Warpgondeln dehnten sich, ebenso das Diskussegment. Langsam glitt das Schiff dem hungrigen Gravitationsschlund entgegen. Geordi glaubte, die Schreie seiner Freunde zu hören. *»Data! Schalten Sie die Anlage endlich ab!«*

Der Androide hob den Kopf, sah die *Enterprise* in Gefahr, fühlte die Vibrationen und stellte fest, daß noch mehr Energie freigesetzt wurde. Er brauchte nur den richtigen Code zu finden, um das Entsetzen zu beenden. Vielleicht gelang es ihm.

Vielleicht auch nicht.

Die *Enterprise* erzitterte und neigte sich dem Wurmloch entgegen. Der K'Vin-Kreuzer folgte dicht hinter ihr. Es blieben nur noch wenige Sekunden.

»Bitte um Erlaubnis, etwas unternehmen zu dürfen, Sir«, knurrte der Klingone.

Vielleicht reicht die Zeit noch, dachte Data. *Und wenn nicht?*

Was hatte Worf vor? An der Antwort auf diese Frage konnte kein Zweifel bestehen. Aber wenn er ebensowenig Erfolg hatte wie Data, würden sie alle sterben. Andererseits: Wenn Data wartete und das Rätsel löste, schafften sie es vielleicht, die Katastrophe zu verhindern.

Oder auch nicht.

Zeit.

Keine Zeit mehr.

Jetzt, dachte der Androide. *Entscheide dich* jetzt.

Er brauchte weniger als eine Sekunde, um die Lage zu beurteilen. Scheinbar ohne zu zögern wandte er sich an Worf.

»Einverstanden«, sagte er.

Der Klingone hob den Phaser und feuerte.

Ein Energiestrahl zuckte zu den Konsolen auf der anderen Seite des Saals. Worf nahm den Finger nicht vom

Auslöser, und weitere Entladungen kochten durch Instrumentenbänke. Geordi und Data ließen sich fallen, während ihr klingonischer Gefährte das Zerstörungswerk fortsetzte. Funken stoben, als Schaltkreise zischten. Metall schmolz. Explosionen krachten tief im Innern der Maschinerie.

Nach einer Weile drehte Worf sich um und schoß auf die übrigen Installationen. Bildschirme platzten; schwarze Kontrollpulte barsten. Hieroglyphen verschwanden in der Glut, ohne jemals übersetzt zu werden. Computerterminals brachen auseinander, während weitere Detonationen donnerten und Geordis Trommelfelle zu zerreißen drohten.

Thul schrie, aber die Explosionen und Phaserstrahlen übertönten seine Schreie. Schließlich sank auch Worf zu Boden, als enorme Druckwellen Verkleidungsplatten durch den Saal schleuderten. Flammen leckten aus den Konsolen, und beißender Qualm wogte. Absolutes Chaos herrschte. Das Ende der Welt stand unmittelbar bevor.

Es schien eine Ewigkeit lang zu krachen, obwohl in Wirklichkeit nur wenige Sekunden vergingen, erfüllt von Furcht, Hoffnung, stummen Gebeten und der Gewißheit, daß niemand mit dem Leben davonkommen würde. *Ein vollkommen sinnloser Tod,* dachte LaForge. *Wir sterben, weil vor vielen Jahrtausenden jemand einen Planeten als Waffe schuf ...*

Dann wuchsen die Abstände zwischen den Explosionen, und schließlich kehrte Stille zurück.

Noch immer zogen dichte Rauchschwaden durch den Saal, doch der Boden vibrierte nicht mehr.

Geordi hustete und stemmte sich langsam hoch. Neben ihm richtete sich Data auf. Thul bebte am ganzen Leib, doch sie schenkten ihm keine Beachtung. Ruß und Asche klebten in ihren Gesichtern.

»Worf?« flüsterte LaForge. »Alles in Ordnung mit Ihnen?«

Jemand keuchte und knurrte: »Ja.«

Sie saßen schweigend, als sich die Qualmwolken auflösten. Worf hockte in der Nähe, und auch sein Gesicht war schmutzig.

Er richtete einen finsteren Blick auf Data.

»Gute Arbeit, Lieutenant«, sagte der Androide hoffnungsvoll.

Worf gab keine Antwort, erhob sich und klopfte Staub von seiner Uniform.

»Sie hatten nun Ihr erstes eigenes Kommando, Data«, meinte der Chefingenieur. »Haben Sie etwas daraus gelernt?«

Der Androide überlegte kurz. »Ich glaube schon. Ich mußte die Erfahrung machen, daß Kommandopflichten wesentlich schwieriger sind, als ich zunächst annahm. Und Sie, Geordi?«

LaForge zuckte mit den Schultern. »Ich werde in Zukunft versuchen, bei kritischen Situationen einen kühleren Kopf zu bewahren — und eine Möglichkeit zu finden, das VISOR besser vor den Augen zu befestigen.«

»Auch ich habe etwas gelernt«, brummte Worf.

Die beiden anderen Starfleet-Offiziere musterten ihn erstaunt.

»Meine Erkenntnis lautet: Wenn man mir gleich erlaubt hätte, mit meinem Phaser zu schießen, wären viel weniger Probleme für uns entstanden.« Der Klingone drehte sich um und schritt in Richtung Turbolift.

KAPITEL 21

Der Sprung des Herzschiffs in den Rachen des Heulenden Gottes verblüffte die übrigen Ariantu. Schwänze zuckten und Herzen klopften schneller, als die Besatzungen der anderen Schiffe schrien und beobachteten, wie der Raumer im Gravitationswirbel verschwand. Mit ihrem kühnen Handeln schuf die Paac-Mutter eine neue Heldensaga, die man sich noch viele Generationen später erzählen würde.

Doch Tote konnten nicht von dieser einzigartigen Tapferkeit berichten. Vielleicht verzichteten Arikkas Kinder deshalb darauf, ihrem Beispiel zu folgen. Ihr Mut erfüllte die Schiffsmeister mit Stolz, doch sie leiteten nach wie vor alle Energie in die Triebwerke, um nicht in den Strudel gezogen zu werden.

Dann kollabierte das Wurmloch.

Licht blitzte aus den Tiefen des Schlundes. Eingefangene Objekte gerieten in die Wellenfronten sich überlappender Schwerkraftfelder und zerfielen zu Staub. Von einer Sekunde zur anderen existierte die Verzerrungszone nicht mehr, doch die plötzlich zurückgekehrte Ruhe war nur von kurzer Dauer.

Zwölf Schiffe hatten Ariant vor einigen Monaten verlassen, und nur sieben blieben übrig. Trotz ihrer stark geschrumpften Flotte erinnerten sich die überlebenden Ariantu daran, Jäger zu sein. Sie verschwendeten keine Zeit damit, sich Erleichterung darüber hinzugeben, daß der Zorn des Heulenden Gottes sie verschont hatte. Statt dessen hielten sie sofort nach Beute Ausschau.

Diesmal brauchten sie nicht weit zu reisen. Die Waffe ihrer Vorfahren hatte ihnen Mühe erspart — ein Föderationsschiff befand sich in der Nähe. Um vom Feind nicht für feige gehalten zu werden, begannen die Ariantu sofort mit einem offensiven Manöver, das der *Enterprise* galt.

Irgendwann verlangte das Triebwerk auch die Energie des Lebenserhaltungssystems. Die Wärme blieb im Schiff — mehrere Isolierschichten hinderten sie daran, ins All zu entweichen —, aber schon nach wenigen Minuten erschien die Luft zum Schneiden dick. Picard kämpfte gegen die Benommenheit aufgrund des Sauerstoffmangels an, als er hörte, wie das laute Summen des Antriebs verklang. Eine jähe Beschleunigung preßte ihn in den Sessel.

Jetzt ist es soweit. Er stellte sich vor, wie die *Enterprise* in den Gravitationsschacht fiel und dort zerrissen wurde.

Das Schiff glitt jedoch weiterhin durchs All.

Nach einer Weile fiel dem Captain das Atmen leichter, und der mentale Nebel lichtete sich. Um ihn herum glühte wieder helles Licht, und das elektronische Raunen der Computer gewann vertraute Intensität.

»Statusbericht«, brachte Picard heiser hervor. Mehrere Stimmen erklangen, und er konzentrierte sich auf eine davon.

»Es ist verschwunden«, sagte Dean ungläubig. »Das Wurmloch hat sich geschlossen.«

»Wir treiben mit Subwarp!« rief Riker vom rückwärtigen Oberdeck. »Kein Triebwerksschub. Unsere Energiereserven sind fast erschöpft, aber die Akkumulatoren werden bereits geladen. Sensorkapazität in drei Minuten.« Er atmete tief durch und füllte die Lungen mit frischer Luft. »Verdammt, das war knapp.«

»In der Tat, Nummer Eins.« Picard sah zum Wandschirm, der nun wieder den Weltraum zeigte — und das

Schiff der K'Vin. Auch der Schlachtkreuzer driftete antriebslos, aber am Rumpf blinkten erste Lichter. *Sie haben es ebenfalls überstanden,* dachte der Captain erleichtert.

Ein Schatten raste durchs Projektionsfeld.

»Schilde hoch!« befahl Picard instinktiv, aber es war bereits zu spät. Ein Phaserstrahl traf die *Enterprise* und ließ das Brückendeck erbeben.

Unmittelbar darauf heulten die Sirenen der Alarmstufe Rot, und das Licht flackerte, als die Verteidigungssysteme Energie aufnahmen. Eine zweite Phaserentladung zerstob an den Deflektoren, doch das Schiff erzitterte. Kleine Kampfeinheiten huschten über den Wandschirm. Unter normalen Umständen hätten sie keine Gefahr dargestellt. Aber derzeit konnte sich die *Enterprise* kaum zur Wehr setzen.

»Was ist mit unseren Waffen?« fragte Picard.

»Das energetische Niveau reicht nicht aus«, antwortete Riker. »Wenn wir das Feuer erwidern, verlieren wir die Schilde. Und jeder Treffer schwächt unser defensives Potential.«

Erneut schüttelte sich das Schiff.

»Strukturlücken in den Heckdeflektoren, Captain«, meldete Burke. Er starrte auf seine Konsole und runzelte die Stirn. »Wir können sie nicht mit der Notenergie schließen, ohne das Lebenserhaltungssystem zu beeinträchtigen.«

Aus den Augenwinkeln sah Picard neue Bewegungen auf dem Wandschirm: Der K'Vin-Kreuzer näherte sich. Das rote Schimmern seiner Schilde trübte sich, doch der abgefeuerte Photonentorpedo glänzte hell.

»Himmel, wir haben sie gerettet!« entfuhr es Riker. »Das ist der Dank dafür ...«

Die Explosion des Torpedos tauchte den Kontrollraum der *Enterprise* in weißes Gleißen — und vernichtete einen Angreifer. Die anderen zogen sich rasch zurück.

»Offenbar haben Sie die K'Vin falsch eingeschätzt«, kommentierte Picard mit einem Lächeln. Aber auch er hatte zuerst vermutet, daß der Kreuzer das Föderationsschiff unter Beschuß nahm.

»Sir«, sagte Burke. »Wir empfangen eine Nachricht von Captain Shagrat, dem K'Vin-Kommandanten der *Kehlenzerfetzer.*«

»Mut, Captain Picard! Gemeinsam schicken wir die Ariantu in den Tod!«

»Die Ariantu?« wiederholte Picard, verwirrt von dem Hinweis auf jenes legendäre Volk. Dann fiel es ihm plötzlich wie Schuppen von den Augen. »Natürlich.«

»Ich erkenne die Schiffe jenes aasfressenden Ungeziefers! Seit fünftausend Jahren sind die Konfigurationen unverändert geblieben. Bestimmt stecken die Ariantu hinter den Unruhen auf Kirlos.«

Shagrats Kreuzer feuerte einen zweiten Photonentorpedo ab und pulverisierte eins der kleinen Kampfschiffe, das sich zu nahe herangewagt hatte. Der Wandschirm zeigte die übrigen Raumer, die nun wieder zur *Enterprise* flogen. Picard fragte sich, ob die Ariantu dumm oder selbstmörderisch genug waren, um den Angriff fortzusetzen.

»Captain, die Ariantu setzen sich mit uns in Verbindung.«

»Ich verstehe«, murmelte Picard. »Der Gegner sieht ein, daß er keine Chance hat. Deshalb gelangt er zu dem Schluß, daß Kapitulation fataler Tapferkeit vorzuziehen ist.«

»Hier spricht Lekhor, Paac-Oberhaupt der Ariantu.«

Die Stimme klang arrogant, aber der Captain versuchte, diesen Eindruck zu ignorieren und unvoreingenommen zuzuhören.

»Kirlos gehört den Ariantu«, fuhr Lekhor fort. »Wir berufen uns hiermit auf das Recht der Einheimischen, eine Kolonisierung abzulehnen. Wir fordern, daß uns die Föderation den Status eines Protektorats verleiht. Darüber hinaus erwarten wir, daß Sie uns vor dem Imperialismus der K'Vin-Hegemonie schützen.«

»Was? Sie haben mein Schiff angegriffen, und jetzt ...«

»Das spielt keine Rolle«, sagte Lekhor. Diesmal zweifelte Picard nicht mehr an der Arroganz, die in den Worten des Ariantu zum Ausdruck kam. »Sie müssen uns Hilfe gewähren — die Föderationspolitik verpflichtet Sie dazu.«

Die *Kehlenzerfetzer* feuerte einen dritten Photonentorpedo ab, der die Schilde der *Enterprise* streifte und das Ziel verfehlte. Einige Sekunden später öffnete der K'Vin-Kommandant einen Kom-Kanal.

»Ich bitte um Entschuldigung, Captain Picard. Mein Waffenoffizier hatte es zu eilig, ein weiteres feindliches Schiff zu vernichten. Ich habe ihm einen strengen Verweis erteilt.«

»Danke, Captain Shagrat«, erwiderte Picard und verbannte den Ärger aus seiner Stimme. »Bitte halten Sie sich *auch weiterhin* zurück.«

»Sir, ein neuerlicher Kommunikationskontakt ...«

»Hier spricht Matat, Paac-Mutter der Ariantu! Ich habe gehört, welche Ansprüche der Hochstapler namens Lekhor erhebt. Er ist ein Mann und hat keine Autorität in unserer Familie. Ich habe den Befehl über das Herzschiff und bin für alle Verhandlungen in Hinsicht auf den Protektoratsstatus zuständig ...«

Die Verbindung wurde kurz unterbrochen, als Phaserstrahlen zwischen den beiden Ariantu-Schiffen hin und her rasten. Dann ertönte erneut Matats Stimme, untermalt von statischem Knistern.

»Ich verlange, daß der Verräter Lekhor unverzüglich von Repräsentanten der Föderation verhaftet wird!«

»Eintreffende Kom-Signale, Captain.«

»Lassen Sie mich raten.« Picard seufzte. »Lekhor will, daß wir Matat unter Arrest stellen.«

»Hier spricht Keriat, wahres Paac-Oberhaupt der Ariantu! Ich fordere ...«

Picard winkte und befahl damit ein Ende der Kom-Kontakte. Stille senkte sich auf die Brücke hinab, als er im Kommandosessel Platz nahm und einige Falten in seiner Uniform glättete.

»Erstatten Sie der Föderationsbotschaft auf Kirlos Bericht. Ich glaube, wir sollten diese Angelegenheit Stephaleh überlassen.«

Die Welt existierte noch. Stephaleh blickte aus dem Fenster und sah Bürger, die in den Straßen umhereilten — nicht in Panik, sondern voller Freude darüber, am Leben zu sein.

Offenbar hatten die Starfleet-Offiziere einen ganzen Planeten gerettet, obgleich das Wie ein Rätsel für Stephaleh blieb. Von Sicherheit konnte natürlich keine Rede sein. Nach wie vor befanden sich Ariantu-Schiffe über Kirlos, vermutlich dazu bereit, eine neue Katastrophe auszulösen.

Sie lehnten es noch immer ab, mit der Botschafterin zu sprechen. Es fand überhaupt keine Kommunikation statt.

Stephaleh beschloß, die Gelegenheit zu nutzen, um im Föderationssektor von Kirlosia die Ordnung wiederherzustellen. Mit dieser Absicht wandte sie sich vom Fenster ab, um Zamorh Anweisungen zu erteilen — und stellte einmal mehr fest, daß er nicht zugegen war.

Seit wann fehlte er? Die Andorianerin wußte es nicht genau. Er mußte verschwunden sein, bevor ihr das *Enterprise*-Trio mitteilte, daß sich Zamorh mit Gregachs Assistenten verschworen hatte und an dem Anschlag beteiligt gewesen war, der zur Verhaftung von Data, Worf und LaForge führte. Und die folgenden Ereignisse rückten jene Vorwürfe in den Hintergrund: das Eintreffen der Ariantu, der Beginn des Bebens, das Kirlos zu zerreißen drohte.

Stephaleh berührte eine Taste der Schreibtischkonsole. »Sicherheitschef Powell, hier spricht die Botschafterin. Wie ist die Lage bei Ihnen?«

Es verstrichen einige Sekunden, bevor Powells tiefe Stimme aus dem Lautsprecher drang. Im Hintergrund hörte Stephaleh laute Geräusche. »Derzeit scheint überall Erleichterung zu herrschen — *große* Erleichterung. Die Tavernen und Kneipen haben gerade geöffnet, und das lenkt die meisten Bürger ab. Aber es ist nur eine Frage der Zeit, bis sie sich an die Raumschiffe über uns erinnern, und dann müssen wir mit einer neuen Panik rechnen.«

Die Andorianerin seufzte leise. »Haben Sie Zamorh gesehen?«

»Nein, Botschafterin. Da fällt mir ein: Ich habe schon seit einer ganzen Weile keine Sullurh mehr bemerkt. Weder in der Botschaft noch in den Straßen ...«

Seltsam, dachte Stephaleh. Weit und breit keine Sullurh mehr. Dann entsann sie sich daran, daß die Starfleet-Offiziere von Sullurh überwältigt worden waren. Sie hatte zunächst an die Aktion einer radikalen Gruppe geglaubt, aber wenn *alle* Sullurh den Anschein erweckten, verschwunden zu sein ...

Die Erkenntnis wirkte wie ein Schlag mitten ins Gesicht.

»Treffen Sie alle notwendigen Vorbereitungen dafür, daß ich in dreißig Minuten zur Bevölkerung sprechen kann. Halten Sie gleichzeitig nach den Sullurh Ausschau. Wenn Sie welche finden, so bringen Sie die Betreffenden unverzüglich hierher.« Stephaleh zögerte. Die Worte klangen selbst jetzt noch falsch. »Ich habe Grund zu der Annahme, daß sie zumindest einen Teil der Verantwortung für die jüngsten Ereignisse tragen. Fragen Sie mich bitte nicht nach Einzelheiten und beginnen Sie sofort mit der Suche.«

Powells Schweigen deutete darauf hin, daß es auch dem Sicherheitschef schwerfiel, eine Verschwörung der

Sullurh in Erwägung zu ziehen. »Na schön«, sagte er schließlich. »Wie Sie meinen, Botschafterin.«

»Dreißig Minuten«, betonte die Andorianerin noch einmal.

»Dreißig Minuten«, bestätigte der Mensch.

Stephaleh lehnte sich zurück. Und nun? Wenn ihr Verdacht gerechtfertigt war...

Sie überraschte sich selbst, als sie plötzlich einen Kontakt zur K'Vin-Botschaft herstellte. Diesmal wurde sie sofort mit Gregach verbunden, der gerade einige Datenscheiben ins Regal legte und das Bereitschaftszeichen am Kom-Schirm übersah.

»Botschafter Gregach«, sagte Stephaleh.

Er drehte sich um, als er die Stimme der Andorianerin hörte, schluckte mehrmals und unterdrückte den Ärger über die Verletzung seiner Privatsphäre. »Offenbar geht es Ihnen gut. Das freut mich.«

»Ja«, erwiderte Stephaleh. »Es geht mir gut. Und Ihnen?«

Er hob die Schultern. »Wie Sie sehen, geriet mein Arbeitszimmer durch das Beben in Unordnung. Aber sonst ist nichts passiert.« Er schob die letzten Datenscheiben an ihren Platz im Regal. »Ich nehme an, wir haben es Worf und den anderen zu verdanken, daß Kirlos nicht zerstört wurde.«

»So sieht es aus.« *Wenn du deinen Willen durchgesetzt hättest,* dachte die Botschafterin, *säßen die drei Offiziere noch immer in einer Zelle — und dann wäre Kirlosia jetzt ein Trümmerhaufen.* Sie widerstand der Versuchung, einen solchen Vorwurf an Gregach zu richten. »Ich möchte Sie aus einem bestimmten Grund sprechen.«

Der K'Vin schnitt eine Grimasse und nickte. »Ich weiß. Die Sullurh.«

Diese Bemerkung verwirrte Stephaleh. »Sie sind zu dem gleichen Schluß gelangt?«

»Ja. Seit dem Beginn der Vibrationen ist Gezor verschwunden, und das gilt auch für alle anderen Sullurh, die hier in der Botschaft gearbeitet haben. Darüber hinaus hat mir Ilugh mitgeteilt, daß nirgends in der Stadt Sullurh zu sehen sind. Diese beiden Fakten und Worfs Schilderungen ...« Gregach schüttelte den Kopf. »Ganz offensichtlich gibt es eine direkte Verbindung zwischen den Sullurh und ... was? Dem Beben und der Ankunft der Ariantu? Oder stehen sie mit beiden Ereignissen in Zusammenhang?«

»Gute Fragen«, lobte Stephaleh. Es erfüllte sie mit Zufriedenheit, wieder ein sinnvolles, vernünftiges Gespräch mit ihrem alten Freund zu führen. Noch immer war eine gewisse kühle Distanz zu spüren, aber sie erzielte mehr Fortschritte, als sie zu hoffen gewagt hatte.

Ich habe Ilugh angewiesen, alle Sullurh hierherzubringen, die er finden kann«, sagte Gregach. »Vielleicht sollten Sie die gleiche Anordnung geben.«

»Das ist bereits geschehen.«

Sie musterten sich gegenseitig, voller Respekt. *Unsere Intellekte ähneln sich,* dachte Stephaleh. *Wir denken in den gleichen Bahnen.* Auch diesen Gedanken behielt sie für sich.

»Bitte rufen Sie mich an, wenn Sie glauben, wichtige Informationen zu haben«, sagte der K'Vin. »In einem solchen Fall melde ich mich ebenfalls bei Ihnen.«

»Einverstanden«, sagte die Andorianerin und beendete den Kom-Kontakt.

Sie bedauerte sehr, daß ihre Beziehungen zu Gregach gelitten hatten, aber sie durfte sich jetzt nicht davon belasten lassen. Stephaleh begann damit, jene Worte zu formulieren, mit denen sie sich an die Bürger des Föderationssektors von Kirlosia wenden wollte — um sie zu beruhigen und gleichzeitig ihre Autorität wiederherzustellen.

Sie nahm sich vor zu betonen, daß die Rettung des Planeten in erster Linie den Starfleet-Offizieren zu verdanken war. Man hatte sie zu Unrecht verdächtigt.

Nach den ersten Sätzen piepte der Kommunikator, und eine rote Kontrollampe leuchtete. Stephaleh begriff sofort die Bedeutung dieses visuellen Hinweises, strich eine Strähne zurück und bereitete sich innerlich vor.

Picards Gesicht erschien auf dem Schirm. »Ich grüße Sie, Botschafterin.«

»Ich erwidere ihren Gruß«, sagte die Andorianerin. »Schon seit einer ganzen Weile versuche ich, Sie zu erreichen.«

»Was ist mit meinen Offizieren — mit der Landegruppe, die sich nach wie vor auf Kirlos befindet?«

»Ich hoffte, in Kürze Nachricht von Data, Worf und LaForge zu bekommen«, entgegnete Stephaleh. »Es freut Sie bestimmt zu hören, daß Ihre Leute Kirlos vor dem Wurmloch gerettet haben.« Sie erklärte die Details. »Sie sollten stolz auf sie sein, Captain.«

Picard nickte. »Ja. Hoffentlich finde ich bald Gelegenheit, ihnen meine Anerkennung auszusprechen.«

»In der Zwischenzeit ...«, sagte Stephaleh. »Wie ist die Situation bei Ihnen?«

»Außerordentlich ... interessant. Wissen Sie, mit wem wir es zu tun haben?«

»Ja«, antwortete die Andorianerin. »Mit den Ariantu.«

Das nahm Picard den Wind aus den Segeln. »Natürlich. Ich hätte damit rechnen sollen, daß Sie Bescheid wissen. Sicher standen Sie mit ihnen in Verbindung.«

»Nicht mehr«, widersprach Stephaleh. »Sie ignorieren die Kom-Signale.«

Picard brummte leise. »Was mich betrifft ... Die Ariantu sind regelrecht *versessen* darauf, mit mir zu sprechen. Drei ihrer Schiffe — unter ihnen auch der Raumer des Paac-Oberhaupts — sind dem Wurmloch zum Opfer gefallen. Die übrigen Kommandanten erheben nun Anspruch auf den Befehl über den Rest der Flotte.« Der Captain verzog andeutungsweise das Gesicht. »Außerdem behaupten sie, daß Kirlos nach wie vor den Ariantu gehört. Sie verlangen eine Evakuierung aller Bewohner.«

»Die Evakuierung wurde sofort nach dem Eintreffen der Ariantu gefordert«, sagte Stephaleh. »Aber der Rest ist tatsächlich interessant. Offenbar haben wir nicht nur bessere Überlebensaussichten, sondern auch eine gute Verhandlungsposition.«

Picard zuckte mit den Achseln. »Nun, es gibt jetzt weniger Ariantu — wenn Sie das meinen. Aber wir sollten die von ihnen ausgehende Gefahr nicht unterschätzen. Hinzu kommt die Präsenz des K'Vin-Kriegsschiffes; dadurch wird alles noch komplizierter. K'Vin und Ariantu fochten damals eine Blutfehde aus; selbst nach Jahrtausenden sind sie nicht bereit, Frieden zu schließen.«

»Das könnte zu erheblichen Problemen führen.« Stephaleh ahnte, worauf der Captain hinauswollte.

»Probleme, für deren Lösung Ihre diplomatischen Erfahrungen erforderlich sind, Botschafterin.«

Das dachte ich mir.

»Bisher waren die Ariantu nicht bereit, auf mich zu hören«, sagte die Andorianerin. »Warum sollten sie ihre Meinung ändern?«

»Vielleicht gelingt es mir, die Kommandanten davon zu überzeugen, daß Sie die zuständige Autorität sind«, meinte Picard.

Stephaleh nickte. »Na schön. Ich akzeptiere die Verantwortung.«

»Danke. Ich gebe die Nachricht weiter. Picard Ende.«

Die Botschafterin holte tief Luft und ließ den Atem mit einem leisen Zischen entweichen. Sie legte die Hände flach auf den Tisch und bemerkte einige zusätzliche Falten, die sich während der vergangenen Monate — oder Tage? — darin gebildet hatten.

Die Ariantu. Ja, die Ariantu.

Stephaleh beschloß, sich besondere Mühe zu geben. Dies war das Ende ihrer beruflichen Laufbahn, und man würde sie nicht nach den ersten Leistungen beurteilen, sondern nach den letzten.

Sie hätte sich viel besser gefühlt, wenn ihr bekannt gewesen wäre, welche Rolle die Sullurh bei den zurückliegenden Ereignissen spielten. Immer deutlicher gewann sie den Eindruck, daß eine Verbindung existierte. Das Beben begann kurz nach dem Erscheinen der Ariantu, und im Anschluß daran verschwanden die Sullurh. Es *mußte* einen Zusammenhang geben.

Stephaleh hielt es für notwendiger denn je, einen Sullurh zu finden, um sich die Hintergründe erklären zu lassen.

Thul betrat das Haus, in dem seine Schwester wohnte, und die drei Starfleet-Offiziere folgten ihm. Es brannte kein Licht in der Wohnung, doch die Unordnung war auf den ersten Blick erkennbar.

»Ein ziemliches Durcheinander«, kommentierte Geordi und meinte damit die umgestürzten Möbel. Data und Worf sahen sich schweigend um.

Thul gestand sich ein, daß er durch sein Verhalten großen Schaden angerichtet und den Bürgern der Stadt Leid beschert hatte. Kummer bedrückte ihn, und er begriff, daß er vor dem Leben im Jenseits seine Seele läutern mußte. Er hatte dem *Enterprise*-Trio versprochen, alles zu versuchen, um wieder Ordnung in Kirlosia zu schaffen — mit Hilfe der anderen Sullurh.

Auf dem Weg nach oben zur Stadt hatte Thul dem VISOR-Träger Geordi erklärt, daß dieses Haus als Treffpunkt während einer Krise diente. Er hielt es für wahrscheinlich, daß sich auch Gezor und Zamorh hier aufhielten.

Worf ließ den Sullurh nicht aus den Augen und war ständig bereit, von seinem Phaser Gebrauch zu machen. Während des Wurmloch-Zwischenfalls ging sein Vorrat an Geduld zur Neige; nur der Umstand, daß ihm die Ereignisse recht gaben, hielt den Zorn in ihm unter Kontrolle. Er mochte Thul nicht. Er wollte die Mission beenden und zur *Enterprise* zurückkehren.

»Freunde, ich bin's, Thul. Seid ihr hier?« Seine Stimme klang leise und unsicher. Data erhöhte die Sensibilität der akustischen Sensoren und lauschte. Nach wenigen Sekunden hörte er, wie einige Personen das Hinterzimmer verließen. Zehn Sullurh näherten sich: ein kleines Mädchen, mehrere Frauen — eine von ihnen schwanger — und Männer, unter ihnen Gezor und Zamorh.

»Warum hast du die Fremden mitgebracht, Meister Thul?« fragte Gezor. Die anderen Sullurh hielten sich hinter ihm. Gregachs Assistent neigte zu einer gewissen Aggressivität, und deshalb überließ man ihm gern die Führung.

»Weil es keinen Sinn mehr hat, das Geheimnis zu wahren. Die Ariantu-Brüder haben uns im Stich gelassen, uns für untauglich erklärt. Jetzt müssen wir für das eintreten, was wir sind und wollen. Es geht nun darum, einen eigenen Weg zu beschreiten. Diese Repräsentanten der Föderation haben Kirlos gerettet, und wir... nein, *ich* bin dazu verpflichtet, unsere Fehler wiedergutzumachen.«

Thul musterte seine Artgenossen und spürte ihre gemischten Gefühle.

»Hast du wirklich die Omega-Ebene entdeckt, Meister Thul?« fragte das Mädchen.

»Ja, Glora. Und dort habe ich eine fürchterliche Waffe aktiviert, die Kirlos fast vernichtet hätte — den Heulenden Gott.«

»Dann stimmen die Legenden also«, sagte Thuls Schwester langsam. Die anderen Sullurh verstanden die Bedeutung ihrer Worte und sprachen aufgeregt miteinander.

»Ruhe!« donnerte Worf. Von einem Augenblick zum anderen herrschte wieder Stille.

Data trat vor. »Wir möchten wissen, wer die Sullurh

wirklich sind und in welcher Beziehung Sie zu den Ariantu stehen. Nur mit solchen Informationen sind wir imstande, die notwendigen Entscheidungen zu treffen.«

Zamorh sah Gezor an, dessen Gesicht ernst blieb und keine Emotionen verriet. Offenbar wollte Gregachs Assistent weder etwas mit Außenweltlern zu tun haben noch Thul dabei helfen, sich von der Bürde seiner Schuld zu befreien.

Doch Zamorh teilte Gezors Einstellung nicht. »Du solltest mit dir selbst zu Rate gehen«, sagte er zu ihm. »Ich glaube, daß wir uns und dem Planeten genug geschadet haben. Wenn die Föderationsoffiziere Hilfe gewähren können, so besteht unsere Pflicht darin, ihnen eine Möglichkeit dazu zu geben. Bitte sprich, Meister Thul.«

Der Sullurh nickte dankbar und wandte sich wieder dem *Enterprise*-Trio zu. »Es ist zweifellos am besten, mit dem Anfang zu beginnen — mit dem Aufbruch der Ariantu.«

Thul erläuterte den Untergang des alten Ariantu-Reiches, das seiner eigenen Macht zum Opfer fiel: Es war zu schnell zu groß geworden. Nur eine kleine Gruppe, die Ahnen der Sullurh, blieben auf Kirlos zurück, um die Aufgaben von Hütern wahrzunehmen — bis das Reich eine neue Blüte erlebte und wieder Anspruch auf den Planeten erhob.

»Eigentlich sollte unser Verwalteramt nur kurze Zeit dauern«, sagte Thul. »Aber aus Jahren wurden Jahrzehnte, aus Jahrzehnten Jahrhunderte, aus Jahrhunderten Jahrtausende. Wir veränderten uns, teils durch Degeneration, teils durch gezielte Maßnahmen. Uns war klar, daß die K'Vin irgendwann nach Kirlos kommen würden, und wenn das geschah, wollten wir nicht als Nachkommen ihrer alten Feinde erkannt werden.«

Schließlich trafen die K'Vin *tatsächlich* ein. »Auch die Angehörigen anderer Völker ließen sich auf diesem Planeten nieder. Sie alle hielten uns für Sullurh und ahnten nichts von unserer ruhmreichen Vergangenheit. Schon lange vor der Teilung Kirlosias galten wir als vertrauenswürdig, fleißig und bescheiden, bestens geeignet für die Arbeit in den Botschaften. Es fiel uns nicht schwer, einflußreiche Posten zu bekleiden und als Assistenten der Botschafter tätig zu werden.

Doch bei unseren Anstrengungen und Bemühungen dachten wir in erster Linie an die Rückkehr. Wir waren sicher, daß die Ariantu als Volk überlebt hatten und Kirlos als ihre Welt beanspruchen würden.« Thul schüttelte den Kopf. »Schließlich ging unser Wunsch in Erfüllung. Vier von ihnen kamen und erneuerten unsere Hoffnung. Sie waren Ariantu — *wahre* Ariantu, wie Götter! Sie gaben uns die Chance, unser Erbe zurückzuverlangen, und wir ergriffen sie, so wie ein Verhungernder nach einer Brotkruste greift.«

Thul beobachtete die Sullurh und ihre Reaktionen. Die kleine Glora hörte aufmerksam zu, und ein Lächeln umspielte ihre Lippen. Thuls Schwester nickte nur; sie hatte diese Geschichte bereits gehört, bevor alles begann.

»Als Lekhor uns mitteilte, der Zeitpunkt sei gekommen, alle Fremden von Kirlos zu vertreiben, entwickelten wir einen Plan, um die Feindseligkeiten zwischen Föderation und Hegemonie zu vergrößern.« Einmal mehr sah er die *Enterprise*-Offiziere an. »Zusammen mit Ihnen fand ich das legendäre Omega-Niveau. Ich erkannte es sofort als Kern unseres Glaubens, als den Grund dafür, warum dieser Planet für die alten Ariantu so wichtig gewesen war. Ich wußte nicht, daß ich etwas Schreckliches entdeckt hatte, etwas, daß die Vernichtung unserer Welt heraufbeschwören würde.«

Thul unterbrach sich und senkte den Kopf. Zu viele Emotionen erschütterten ihn, zuviel Reue. Die Empfindungen drohten ihn zu überwältigen, und er versuchte, sich wieder zu fassen.

Er berichtete vom Erscheinen der Flotte, davon, daß

Lekhor und seine Gefährten die Sullurh nur als Werkzeuge benutzt hatten, sie nicht für echte Ariantu hielten. Er schildete seine Empörung, den Wunsch, sich für die erlittene Schmach zu retten, beschrieb schließlich die Aktivierung der apokalyptischen Waffe.

»Inzwischen geht keine Gefahr mehr von ihr aus«, warf Data ein. »Sie können also mit einem neuen Leben beginnen. Der erste Schritt besteht darin, diese Informationen den Botschaftern Stephaleh und Gregach zu bringen, ihnen alles zu erklären.«

»Nein!« entfuhr es Gezor. Wut — und vielleicht auch Furcht — ließ ihn erzittern. »Ich will von der Föderation nicht wegen Verschwörung vor Gericht gestellt und verurteilt werden! Dadurch würde ich von meiner Familie getrennt und alles verlieren, was mir lieb und teuer ist!«

Thul trat langsam zu dem bestürzten Sullurh und umarmte ihn. »Sieh mich an, Gezor«, sagte er. »Ich habe als Gewissen für unser Volk agiert, auf eine Weise, von der ich glaubte, sie entspräche den Traditionen wahrer Ariantu. Aber ich mußte lernen, daß viel Zeit verstrichen ist und sich die Dinge verändert haben. Die Schuld gräßlicher Verbrechen lastet auf uns. Wir müssen uns den Konsequenzen ehrenvoll stellen, mit jener Würde, die den raumfahrenden Ariantu fehlt. Wir müssen zu den Botschaften zurückkehren und diese Angelegenheit in Ordnung bringen.«

Thul sprach in einem sanften, tröstenden Tonfall und erzielte damit die beabsichtigte Wirkung. Er stimulierte Mut und Verantwortungsgefühl.

»Und nun ...«, fügte er hinzu. »Wir gehen jetzt. Gezor, Zamorh und ich.« Stolz verließ er das Zimmer und erwartete, daß ihm die anderen folgten.

Data hielt Worf und Geordi zurück, bis sich Gezor und Zamorh in Bewegung setzten. Dann schlossen sich die Starfleet-Offiziere den Sullurh an.

Thul führte die Gruppe aus dem Haus und über die

Straße zur nächsten Transmitterzelle. Unterwegs fragte LaForge den Androiden, was er nun von Thul hielt.

»Allem Anschein nach ist er das geistige Oberhaupt seines Volkes«, antwortete Data. »Damit habe ich nicht gerechnet. Was meinen Sie?«

»Die Sache wird immer seltsamer«, murmelte Geordi. Sie erreichten die Transmitterzelle, und Thul programmierte das Ziel.

»Seltsamer? Warum verwenden Sie einen derartigen Ausdruck in diesem Kontext?«

»Nun, zuerst erwecken die Dinge einen ganz bestimmten Eindruck, und dann — *zack!* Plötzlich verändert sich alles. So ist es seit unserer Ankunft auf Kirlos.«

»Oh, für mich stellt das keineswegs etwas Ungewöhnliches dar. Wenn ich die Menschen an Bord der *Enterprise* beobachte, muß ich meine Erwartungen ständig revidieren.«

»Hat Sie nichts auf diesem Planeten überrascht?« erkundigte sich LaForge.

»Doch«, erwiderte Data. »Ich habe insgesamt drei Überraschungen erlebt. Die erste kennen Sie bereits — Thul. Zweitens: das Wurmloch.«

»Und drittens?« fragte Geordi, als sie auf die Plattform der Transmitterzelle traten.

»Lieutenant Worf. Seine Instinkte in bezug auf die Lösung der hiesigen Probleme waren weitaus besser, als ich zunächst annahm. Ich werde daran denken, wenn ich das nächstemal eine Landegruppe leite.«

Als das Transporterfeld summte, hörten sie die Stimme des Klingonen. »Beim nächstenmal schicke ich Keenan.«

KAPITEL 22

Das stimmt, Captain«, sagte der Androide. »Die Besprechung beginnt nun. Ich erstatte Ihnen später Bericht.«

»In Ordnung, Data.« Die aus dem Kom-Lautsprecher dringende Stimme des Captains klang ruhig, trotz der noch immer recht angespannten Lage. »Bitte halten Sie mich auf dem laufenden.«

»Aye, Sir.«

Dann kamen die Botschafter herein.

Als Stephaleh und Gregach eintraten, gerieten sie sofort ins Zentrum der Aufmerksamkeit. Sechs Personen saßen am Tisch: die drei Offiziere von der *Enterprise* sowie Thul, Zamorh und Gezor.

Die Andorianerin mied Zamorhs Blick. Als Privatperson konnte sie dem Sullurh nicht verzeihen, daß er sie hintergangen und durch die Mitwirkung an den Anschlägen den Tod mehrerer unschuldiger Personen verursacht hatte.

Doch als Diplomatin durfte sie sich davon nicht beeinflussen lassen. Die Gesetze der Föderation konnten weder auf Zamorh noch auf sein Volk angewandt werden — die Aktionen der Sullurh ähnelten mehr einer Guerilla-Kriegsführung als strafbaren Verbrechen. Inzwischen beanspruchten sie das Recht der Selbstbestimmung, und Stephaleh mußte unter allen Umständen vermeiden, daß ihre Gefühle eine gerechte Lösung des Problems erschwerten.

Auch Gregach achtete dieses Prinzip, obwohl es ihm

sichtlich schwerfiel, nicht aus der Rolle zu fallen. Er starrte Gezor an, als hätte er ihn am liebsten an den Daumen aufgehängt.

Sie setzten sich ans Ende des Tisches und musterten Thul. »Wir haben eine Entscheidung getroffen«, sagte Stephaleh. »Mehr als nur eine, um ganz genau zu sein. Und wir möchten auch einige Empfehlungen aussprechen.«

»Zuerst einmal ...«, begann Gregach. »Der Sullurh-Anspruch auf Kirlos scheint gerechtfertigt zu sein. Zumindest haben wir nichts gefunden, was dagegen spricht.«

»Also können sich die Sullurh nach den Föderationsgesetzen auf das Recht zur Selbstbestimmung berufen«, fügte Stephaleh hinzu. »Dies ist ihr Planet, und sie dürfen damit nach Belieben verfahren. Wenn sie verlangen, daß alle anderen Bewohner Kirlos verlassen, so führt die Föderation eine Evakuierung durch.«

Gregach brummte. »In der K'Vin-Hegemonie gibt es keine Gesetze, die auf eine solche Situation anwendbar sind. Wir erkennen das Recht auf Selbstbestimmung nicht an. Andernfalls wären wir kaum zu Eroberungen imstande — und darauf basiert unsere Kultur.« Er hob die breiten, grauen Hände. »Aber nichts *zwingt* uns, zu erobern und andere Welten zu beherrschen. Bisher hatte Kirlos große Bedeutung für uns: Der Handel ermöglichte hohe Profite. Doch jetzt wissen die K'Vin-Händler, was Kirlos darstellt, und sie kennen auch die von den Ariantu ausgehenden Gefahren. Woraus folgt: In ganzen Scharen fliehen sie von unseren Märkten, und dadurch haben wir keinen Grund mehr, auf dem Planeten zu bleiben.«

»Die Ariantu befinden sich noch immer in der Umlaufbahn und erheben ebenfalls Anspruch auf Kirlos«, sagte Stephaleh. »Nicht ohne eine gewisse Legitimität. Aber aus zwei Gründen halte ich es für unangebracht, ihnen diese Welt zu überlassen. Erstens, und dieser

Punkt ist der wichtigste: Ihre Vorfahren verließen Kirlos, während Sie blieben. Jemand — ein Mensch, glaube ich — hat einmal gesagt, Besitz sei neun Zehntel des Rechts. Zweitens: Die Ariantu sind unfähig, hier eine stabile Regierung zu bilden. Angesichts ihrer Uneinigkeit würden sie Kirlos vermutlich zerstören, und sich selbst ebenfalls. Die Einheimischen hingegen wären imstande, das Fundament für eine friedliche Gesellschaft zu legen.«

Gregach nickte »Mit anderen Worten: Kirlos gehört Ihnen — wenn Sie den Planeten wollen. Wir schlagen jedoch vor, daß Sie der Hegemonie und Föderation erlauben, Ihnen zu helfen und den Übergang zur Sullurh-Verwaltung zu erleichtern.

Dieses Anliegen ist nicht ganz uneigennützig. Wir K'Vin finden keinen Gefallen daran, von einer Waffe bedroht zu werden, und Kirlos bleibt eine Waffe, bis der Wurmloch-Generator vollständig demontiert ist. Was die Föderation betrifft... Nun, vielleicht hat sie den Wunsch, die K'Vin noch etwas länger im Auge zu behalten.«

»Doch der größte Vorteil durch einen friedlichen Übergang ergibt sich für die Sullurh«, warf Stephaleh ein. »Wenn die Ariantu von unserer Entscheidung erfahren, sind sie sicher verärgert. Und vielleicht brauchen die Sullurh Hilfe, um ihre Welt zu verteidigen — zumindest einige Jahre lang.«

»Deshalb haben wir folgenden Plan entwickelt«, fuhr Gregach fort. »Fünf Jahre lang bleibt Kirlos unter dem Schutz von Hegemonie und Föderation. Danach können uns die Sullurh fortschicken.«

»Das ist noch nicht alles«, meinte die Andorianerin. »Im Föderationssektor und auch auf der K'Vin-Seite wohnen viele Leute, die den größten Teil ihres Lebens auf Kirlos verbracht haben. Sie sind hier zu Hause; ihre Kinder wuchsen hier auf. Sie sollten in Erwägung ziehen, ihnen eine permanente Aufenthaltserlaubnis zu geben — obwohl Sie natürlich nicht dazu verpflichtet sind.« Sie zögerte kurz, dachte an Lars Trimble und ihr Versprechen. »An Ihrer Stelle würde ich den entsprechenden Personen die Möglichkeit geben, auf diesem Planeten zu bleiben.«

Stille folgte, und Thul wechselte Blicke mit Gezor und Zamorh. Offenbar fand er Zustimmung bei ihnen, denn einige Sekunden später nickte er den Botschaftern zu. »Wie können wir irgend etwas ablehnen? Ihre Entscheidungen sind fair und gerecht. Und weitaus großzügiger, als wir es verdienen.«

»Wir haben auch Vorschläge in Hinsicht auf Ihre Regierung«, sagte Gregach. »Nur einige Anregungen, die Sie selbstverständlich nicht zu beachten brauchen. Mir erscheint es logisch, Thul zum Gouverneur zu ernennen, mit Zamorh als Innen- und Gezor als Außenminister. Botschafterin Stephaleh und ich hatten viel Zeit und Gelegenheit, unsere früheren Assistenten zu beobachten, und daher sind wir der Ansicht, daß solche Aufgaben ihren jeweiligen Fähigkeiten am besten gerecht werden.«

Thul und Zamorh schienen die Empfehlungen zu akzeptieren, während Gezor ein wenig skeptisch wirkte — womit Gregach gerechnet hatte. Aber er lehnte nicht ab, und daraufhin beendete Stephaleh die Versammlung.

Jetzt geht es nur noch darum, die Ariantu zu informieren, dachte sie.

Ihre Assistenten — natürlich jene, die nicht zu den Sullurh gehörten — hatten alles vorbereitet. Acht Bildschirme glühten, zeigten sowohl die einzelnen Ariantu-Anwärter auf die Paac-Führung als auch Captain Picard von der *Enterprise*.

Gregach hatte verstanden, als Stephaleh ihn darum bat, diesmal nicht zugegen zu sein. Durch seine Präsenz wäre eine kritische Situation noch schlimmer geworden.

Thul stand rechts von ihr und repräsentierte die Sullurh. Wenn sein Volk die Verantwortung für Kirlos übernehmen wollte, so mußte es gleich damit beginnen.

Im Hintergrund warteten die drei Starfleet-Offiziere. Um »moralische Unterstützung« zu gewähren, wie sich LaForge ausgedrückt hatte.

»Ariantu«, sagte Stephaleh. »Wir haben sowohl Ihre Ansprüche als auch die der Sullurh geprüft. Unserer Meinung nach gebührt es den hiesigen Nachkommen der alten Ariantu, auf Kirlos zu regieren.«

»Nein«, widersprach Matat und schnitt eine wütende Grimasse. »Sie sind *nichts*, gewiß keine *Ariantu*.«

»Aber sie sind *hier*«, stellte Stephaleh fest. »Und zwar schon seit Jahrtausenden. Sie können nicht einfach hierherkommen und Ihre Brüder beiseite schieben.«

»Damit sind wir nicht einverstanden«, zischte ein anderer Ariantu — Keriat, glaubte die Andorianerin. »Wir lehnen Ihre Entscheidung ab.«

»*Wir?*« wiederholte Stephaleh. »Wer von Ihnen soll über den Planeten herrschen?«

Mehrere Antworten erklangen, und jede kam von einem anderen Ariantu-Schirm. Die Botschafterin wartete, bis es wieder still wurde.

»Sehen Sie?« sagte Stephaleh. »Wenn es kein *wir* gibt — wie wollen Sie dann Ihren Forderungen Nachdruck verleihen, ob sie gerechtfertigt sind oder nicht? Ich schlage vor, Sie kehren heim und überwinden Ihre Differenzen. Später beschließen Sie vielleicht, noch einmal nach Kirlos zu kommen und einen friedlichen Antrag zu stellen — bei der Sullurh-Regierung.

Die Betonung liegt auf *friedlich*. Föderation und K'Vin-Hegemonie werden diese Welt schützen, und uns stehen viel mehr Raumschiffe zur Verfügung als die beiden, die sich derzeit in Ihrer Nähe befinden.«

Die Ariantu beantworteten diese Warnung mit weiteren Flüchen und — leeren — Drohungen. Offenbar wußten die einzelnen Kommandanten um ihre Schwächen. Ohne ein Paac-Oberhaupt konnten sie überhaupt nichts ausrichten.

Die einzige Gefahr für Kirlos bestand aus irrationalem Verhalten. Wenn sich einer der Ariantu aus Zorn zu einem selbstmörderischen Angriff hinreißen ließ ...

Nacheinander unterbrachen sie die Kom-Verbindungen, und schließlich blieb nur einer der betreffenden Monitoren hell. Das kleine Projektionsfeld präsentierte Lekhors Züge.

»Ich komme zurück«, sagte er zu Thul. Es klang nicht drohend, eher wie ein Versprechen.

Dann verschwand auch sein Gesicht.

»Gute Arbeit, Botschafterin«, lobte Picard. Er drehte sich kurz um und sprach mit jemandem, der nicht auf dem Bildschirm zu sehen war. Der Captain lächelte, als er sich wieder an die Andorianerin wandte. »Die Ariantu-Schiffe schwenken aus der Umlaufbahn. Ich glaube, wir brauchen uns keine Sorgen mehr zu machen.«

Stephaleh zuckte kurz mit den Schultern. »Wahrscheinlich kehren sie nie zurück, weder in Frieden noch mit feindlichen Absichten. Der Planet Kirlos war wichtig für die Ariantu, solange er sie mit dem Reiz des Geheimnisvollen lockte. Aber diese Eigenschaft hat er inzwischen verloren.«

»Ja«, pflichtete ihr Picard bei. »Zum Glück.«

Endlich waren sie allein. Die Sullurh hatten das Botschaftsgebäude verlassen, und die drei *Enterprise*-Offiziere erstatteten dem Captain Bericht.

Gregach saß am Tisch und starrte in sein Glas. Irgendwie erschien er Stephaleh jünger und vitaler als vorher.

Hat sich aus all dem Durcheinander auch etwas Positives ergeben? Überlegte die Andorianerin.

»Meine Regierung wird mir nicht erlauben, auf Kirlos zu bleiben«, sagte der K'Vin.

Stephaleh nickte. »Ich weiß. Für einen Botschafter

gibt es hier kaum mehr etwas zu tun — die Sullurh nehmen jetzt alle Verwaltungspflichten wahr. Wo setzen Sie Ihre Arbeit fort?«

Gregach hob die Schultern. »Keine Ahnung. Vielleicht habe ich genug Verdienste erworben, um selbst über die Versetzung zu einer anderen Welt zu bestimmen. In dem Fall wähle ich die Grenze.« Er zögerte. »Und Sie?«

Stephaleh lächelte. »Andor. Oh, wahrscheinlich bleibe ich noch eine Zeitlang, um sicherzustellen, daß alles seine Ordnung hat. Dann lasse ich mich pensionieren, kehre in die Heimat und zu meiner Familie zurück. Um festzustellen, ob meine Kinder mit ihrer Mutter sprechen, die sie für eine Karriere zwischen den Sternen aufgab.«

»Es war eine *gute* Karriere«, sagte Gregach. »Und sie endete mit einem großen Erfolg.«

Das Lächeln der Botschafterin wuchs in die Breite. »Danke. Ich hoffe, meine Vorgesetzten teilen Ihre Ansicht.«

»Eins steht fest: Andorianer sind seltsame Leute.« Gregach schnaubte leise, trank einen Schluck und leckte mit der Zunge nach einem Tropfen am Hauer.

»Nicht seltsamer als die K'Vin.« Stephaleh rieb sich die Hände, um vage Taubheit aus ihnen zu vertreiben. »Glauben Sie, daß es jemals zu einem Bündnis zwischen unseren Völkern kommt?«

»Ich bezweifle es. Und ich möchte Ihnen auch den Grund dafür nennen. Wir K'Vin ziehen das Handeln vor; Föderationsmitglieder denken zuviel. Wir müssen uns mit einer friedlichen Koexistenz zufriedengeben und können nur hoffen, daß es niemals zu Kontroversen kommt, die eine direkte Konfrontation zur Folge haben.«

»Ich verstehe.« Stephaleh musterte Gregach. »Ich werde Sie vermissen, Botschafter.«

Er beugte sich etwas vor. »Und ich *Sie*, Botschafterin.«

Entspanntes Schweigen folgte.

»Ich habe noch eine letzte Bitte«, sagte der K'Vin nach einer Weile.

»Und die wäre?«

»Uns bleibt nicht mehr viel Zeit. Erlauben Sie mir, wenigstens *eine* Dyson-Partie zu gewinnen.«

Stephaleh lachte. »Versuchen Sie es, Gregach. Versuchen Sie es nur.«

KAPITEL 23

Burke sah von der taktischen Konsole auf. »Commander, die K'Vin-Botschaft setzt sich mit uns in Verbindung.«

»Schon? Das ist eine angenehme Überraschung.« Will Riker stand auf, wandte sich vom Kommandosessel ab und ging einige Schritte. Er war bereit gewesen, stundenlang auf eine Antwort von Kirlos zu warten, aber Burke hatte die Nachricht erst vor rund sechzig Minuten der Sullurh-Botschaft übermittelt.

Gezors vertraute Züge erschienen auf dem Wandschirm, und der Erste Offizier verneigte sich höflich. »Minister, es ehrt mich, daß Sie ...«

»Nennen Sie mich nicht so!« erwiderte Gezor scharf und hob die verdrießlich klingende Stimme, um das beständige Piepen der Kom-Konsole auf seinem Schreibtisch zu übertönen.

Das dicke, lockige Haar des Sullurh wirkte feucht und zerzaust, erinnerte Riker an Datas Bericht in bezug auf Fehlfunktionen in den Klimatisierungssystemen. Die Erzeugung des Wurmlochs blieb für die Infrastruktur von Kirlosia nicht ohne Folgen. Starke Stoßwellen entfalteten die gleiche destruktive Energie wie ein Erdbeben und führten überall in der subplanetaren Stadt zu umfassenden Schäden.

Gezor winkte mit einigen Computerausdrucken. »Was soll das alles?«

»Ich habe mich nur an die üblichen Vorschriften gehalten, die den Retransfer unserer Landegruppe betreffen«, antwortete Riker. »Ausreiseanträge für Personen, Listen des zu transferierenden Materials ...«

»Ja, ja, ich weiß, worum es sich handelt. Ich selbst habe die verdammten Formulare entworfen.« Gezor warf die Unterlagen beiseite und wischte sich Schweiß von der Stirn. »Aber ich will sie nicht. Regeln Sie diese Angelegenheiten direkt mit der K'Vin-Botschaft.«

Riker schüttelte den Kopf. »Das diplomatische Personal von Föderation und Hegemonie besteht darauf, daß die Sullurh-Botschaft für Ein- und Ausreisen zuständig ist ...«

»Himmel, laß mich in Ruhe!« Gezor winkte einen Assistenten fort, der dicht neben ihm stand und an seinem Ärmel zupfte. Dann sah er wieder den Ersten Offizier an. »Halten Sie mich nicht mit derartigen Anträgen auf, Commander. Ich bin viel zu beschäftigt, um mit derartigem Unsinn Zeit zu verlieren. Beamen Sie die Landegruppe zurück, wann immer es Ihnen gefällt.«

»Danke«, sagte Riker und verbeugte sich erneut. »Ich wünsche Ihnen und Ihren Verwandten viele kühle Tage, Minister Gezor.«

Der Sullurh verschwand vom Schirm.

»Bitte entschuldigen Sie, Sir.« Burke blickte auf die Anzeigen der Kommunikationskonsole, und eine gewisse Zufriedenheit erklang in seiner Stimme, als er hinzufügte: »Offenbar haben wir den Kontakt mit der Botschaft verloren. Ich versuche, ihn wiederherzustellen.«

»Das ist nicht nötig«, entgegnete Riker. »Ich möchte darauf verzichten, den Minister bei der Wahrnehmung seiner neuen Pflichten zu stören. Er hat viel zu tun.« Aus seinem Lächeln wurde ein breites Grinsen, als er zum leeren Wandschirm sah. »O ja, er hat *viel* zu tun.«

»Und noch etwas«, sagte Beverly Crusher. Sie strich mit dem Finger über die Liste auf ihrer Datentafel und hob den Blick nicht vom medizinischen Bericht. »Der letzte

Patient, ein gewisser Lars Trimble, ist heute morgen aus der Intensivstation entlassen worden. Die Medo-Einrichtungen Kirlosias bekamen erste Rekonstruktionspriorität, und inzwischen können dort mehr Verletzte behandelt werden. Mr. Riker hat bereits dafür gesorgt, daß alle Kirlosianer auf den Planeten zurückkehren.«

»Ausgezeichnet«, erwiderte Picard.

Crusher sah auf, als sie seine Stimme hörte. Doch eine Bewegung des Fisches im Aquarium des Bereitschaftsraums lenkte sie vom Gesicht des Captains ab.

»Unmittelbar nach dem Retransfer unserer Landegruppe verläßt die *Enterprise* den Orbit. Wir sollten Tehuán in einigen Tagen erreichen.«

»Das wird Counselor Troi freuen«, sagte die Ärztin und stand rasch auf. »Die Kolonisten können es gar nicht abwarten, in ihre Heimat zurückzukehren — sie wissen jetzt, daß von den Ariantu keine Gefahr mehr droht.«

Crusher war bereits auf halbem Wege zur Tür, als sie sich noch einmal umdrehte und hinzufügte: »Oh, ich habe eine Nachricht für Sie, von Wesley.«

»Ja?«

Beverly runzelte nachdenklich die Stirn, und nach einigen Sekunden schüttelte sie den Kopf. »Es ging dabei um ernste Erhabenheit und würdevolle Säulen.«

Picard überlegte kurz, nickte dann und berührte mehrere Kontrollflächen des Computers. Ein elektronisches Buch erschien auf dem Schirm, und der Captain blätterte darin, bis er die richtige Stelle fand. Er las den Abschnitt laut vor.

»›Mit ernster Erhabenheit stand er auf,
erhob sich
Als würdevolle Säule. Tief in seine Stirn gemeißelt
Zeigte sich Bedächtigkeit und Liebe zum Volk.
Fürstlicher Rat leuchtete noch in seinem Gesicht,
aber

Das Majestätische fiel von ihm ab: Weise stand er,
Mit breiten Atlas-Schultern, dazu bereit.
Das Gewicht der mächtigsten Monarchien zu tragen.«

Picard betrachtete die Seite. »Aus dem zweiten Buch von Miltons *Das verlorene Paradies.* Allem Anschein nach hat Fähnrich Crusher seine klassischen Studien nicht vernachlässigt. Aber ...«

Er sah die Ärztin an und wölbte fragend eine Braue.

Diesmal mied sie Jean-Lucs Blick nicht. »Ich nehme an, es ist eine Art ... Entschuldigung«, sagte sie leise. »Für den Zweifel an der Weisheit des Captains.«

»Ich verstehe.« Picard musterte Beverly eine Zeitlang, bevor er den Computer ausschaltete. »Ich akzeptiere die Entschuldigung.«

Data legte nicht einmal eine Pause ein, um Luft zu holen. Als er am Tisch des Bereitschaftsraums saß und mit dem Bericht begann, schildete er alle Einzelheiten und gab seinen Zuhörern keine Gelegenheit, ihn zu unterbrechen.

Die Rückkehr der Landegruppe erleichterte den Captain so sehr, daß er sich die Ereignisse auf Kirlos ohne irgendein Anzeichen von Ungeduld erläutern ließ. Geordi fügte gelegentlich einen Kommentar hinzu, doch auch er schien bereit zu sein, den Androiden gewähren zu lassen. Worfs Zugeständnis an den Befehlshaber der Landegruppe war weniger enthusiastisch, aber für einen Klingonen angemessen stoisch: Stumm und reglos stand er im Hintergrund.

»Zahlreiche Sullurh nehmen bereits Schlüsselpositionen in der Verwaltung des Planeten ein«, sagte Data schließlich. »Da viele von ihnen in den Botschaften der K'Vin und Föderation arbeiteten, sollte der Herrschaftswechsel ohne große Probleme vonstatten gehen.«

»Minister Gezor scheint nicht ganz so optimistisch zu sein«, sagte Picard. Er sprach rasch weiter, bevor Data

Fragen stellen konnte — die Geduld des Captains hatte ihre Grenzen. »Wie dem auch sei: Kirlos betrifft uns nicht mehr. Es wird Zeit, den Flug fortzusetzen.«

»Ja«, brummte Worf. Sein Blick glitt zur Tür des Bereitschaftsraumes und kehrte dann zu Picard zurück. »Sir.«

Der Captain stand auf und beendete damit die Besprechung. »Commander Data, Lieutenant Commander LaForge, Lieutenant Worf — Sie haben gute Arbeit geleistet.«

Der Klingone reagierte nicht auf das Lob und verließ das Zimmer, doch die beiden anderen Offiziere lächelten.

»Commander LaForge ...«, sagte Picard, um den Chefingenieur daran zu hindern, Data zur Brücke zu begleiten. »Geordi.«

Der Captain trat hinter seinem Schreibtisch hervor und griff nach der Arizit-Statue, die einen Ariantu-Krieger darstellte.

Er reichte sie Geordi. »Vielleicht möchten Sie dies behalten. Als Andenken an Nassa Coleridge.«

LaForge streckte langsam die Hand aus, berührte den glatten Stein und zog die Finger so hastig zurück, als hätte er sich verbrannt.

»Danke, Captain. Aber dieses Kunstwerk ist zu ... kalt.« Picard fürchtete, Schmerz in dem Chefingenieur geweckt zu haben, indem er ihn an den Tod der Professorin erinnerte. Doch dann lächelte Geordi. »Behalten Sie es, Sir. Nassa freut sich bestimmt, wenn die Statue bei jemandem bleibt, der sie zu schätzen weiß.«

»Äh, ja«, murmelte Picard. »Da haben Sie sicher recht.«

Er lächelte, wurde jedoch wieder ernst, als sich das Schott des Bereitschaftsraums hinter LaForge schloß. Seltsam, daß Geordi im Präsens von der Professorin sprach ... Der Captain beschloß, später mit Deanna Troi darüber zu reden.

Eine gewisse Erleichterung darüber, daß LaForge sein Geschenk abgelehnt hatte, konnte er nicht leugnen. Das Angebot war ernst gemeint gewesen, obwohl sich in Picard alles dagegen sträubte, die Statue herzugeben. Vielleicht rief sie unangenehme Assoziationen bei Geordi hervor, doch für den Captain stand sie in unmittelbarem Zusammenhang mit den Ereignissen, die von der Entdeckung der tehuánischen Steinbrüche bis zum Wurmloch über Kirlos führten. Während jener von großen Sorgen geprägten Reise hatte Picard einen Talisman in dem Artefakt gesehen, das ihm feste Substanz anbot, während er mit ungreifbaren Dingen rang.

Er ging zum Ende der Couch, stellte die Statue dort auf dem kleinen Tisch ab, trat zurück und betrachtete sie.

Der Anblick überraschte ihn nicht: Das Kunstwerk schien genau am richtigen Platz zu stehen, umhüllt von sanftem Licht, das die farbigen Adern im Marmor hervorhob. Trotz der glänzenden Schönheit bedauerte Picard den unbekannten Ariantu-Krieger — er blieb in einem ewigen Kampf erstarrt, sprang für immer einem unsichtbaren Feind entgegen.

Während der letzten Tage hatte der Captain seinen eigenen privaten Kampf ausgefochten — und gewonnen.

EPILOG

Es herrschte wieder Ruhe. Thul saß allein in seinem Haus, auf einem Stuhl, der das Beben unbeschädigt überstanden hatte.

Wenn er die Augen schloß und die zerbrochenen Dinge auf dem Boden ignorierte, konnte er fast glauben, daß überhaupt nichts geschehen, daß er Lekhor nie begegnet war. Explosionen und Anschläge, die nie stattgefunden hatten. Ein Heulender Gott, der sich nie anschickte, Kirlos zu vernichten …

Aber Thul konnte die Augen nicht für immer geschlossen halten. Wenn er sie öffnete, offenbarte sich ihm wieder die Realität. Er mußte sich den Fakten stellen — und auch der Schuld, die das Gewissen der Sullurh belastete.

Wir haben Unheil gestiftet und getötet. Wir haben Leid und Schmerz verursacht.

Das durfte nicht in Vergessenheit geraten. Durch die Föderationsgesetze konnten die Sullurh nicht zur Rechenschaft gezogen werden, aber jedes Individuum mußte sich seiner Verantwortung bewußt sein.

Ich sorge dafür, dachte Thul.

Was in diesem Zeitalter der Rückkehr geschehen war, sollte nicht hinter den Schleiern der Geschichte verborgen werden. Man würde sich daran erinnern, das Wissen von einer Generation zur nächsten weitergeben. Auf diese Weise mochte es den Sullurh gelingen, sich nach und nach von ihrer Schuld zu befreien — und vielleicht mehr Weisheit zu erringen.

So etwas darf sich nie wiederholen. Weder in unserem Leben noch in dem der Nachkommen.

Sie hatten eine zweite Chance bekommen. Thul hoffte inständig, daß die Sullurh sie klug nutzten.

STAR TREK™

in der Reihe
HEYNE SCIENCE FICTION & FANTASY

Vonda N. McIntyre, Star Trek II: Der Zorn des Khan · 06/3971
Vonda N. McIntyre, Der Entropie-Effekt · 06/3988
Robert E. Vardeman, Das Klingonen-Gambit · 06/4035
Lee Correy, Hort des Lebens · 06/4083
Vonda N. McIntyre, Star Trek III: Auf der Suche nach Mr. Spock · 06/4181
S. M. Murdock, Das Netz der Romulaner · 06/4209
Sonni Cooper, Schwarzes Feuer · 06/4270
Robert E. Vardeman, Meuterei auf der Enterprise · 06/4285
Howard Weinstein, Die Macht der Krone · 06/4342
Sondra Marshak & Myrna Culbreath, Das Prometheus-Projekt · 06/4379
Sondra Marshak & Myrna Culbreath, Tödliches Dreieck · 06/4411
A. C. Crispin, Sohn der Vergangenheit · 06/4431
Diane Duane, Der verwundete Himmel · 06/4458
David Dvorkin, Die Trellisane-Konfrontation · 06/4474
Vonda N. McIntyre, Star Trek IV: Zurück in die Gegenwart · 06/4486
Greg Bear, Corona · 06/4499
John M. Ford, Der letzte Schachzug · 06/4528
Diane Duane, Der Feind — mein Verbündeter · 06/4535
Melinda Snodgrass, Die Tränen der Sänger · 06/4551
Jean Lorrah, Mord an der Vulkan Akademie · 06/4568
Janet Kagan, Uhuras Lied · 06/4605
Laurence Yep, Herr der Schatten · 06/4627
Barbara Hambly, Ishmael · 06/4662
J. M. Dillard, Star Trek V: Am Rande des Universums · 06/4682
Della van Hise, Zeit zu töten · 06/4698
Margaret Wander Bonanno, Geiseln für den Frieden · 06/4724
Majliss Larson, Das Faustpfand der Klingonen · 06/4741
J. M. Dillard, Bewußtseinsschatten · 06/4762
Brad Ferguson, Krise auf Centaurus · 06/4776
Diane Carey, Das Schlachtschiff · 06/4804
J. M. Dillard, Dämonen · 06/4819
Diane Duane, Spocks Welt · 06/4830
Diane Carey, Der Verräter · 06/4848
Gene DeWeese, Zwischen den Fronten · 06/4862
J. M. Dillard, Die verlorenen Jahre · 06/4869
Howard Weinstein, Akkalla · 06/4879
Carmen Carter, McCoys Träume · 06/4898

STAR TREK™

in der Reihe
HEYNE SCIENCE FICTION & FANTASY

Diane Duane & Peter Norwood, Die Romulaner · 06/4907 (in Vorb.)
John M. Ford, Was kostet dieser Planet? · 06/4922 (in Vorb.)
J. M. Dillard, Blutdurst · 06/4929 (in Vorb.)
Gene Roddenberry, Star Trek (I): Der Film · 06/4942 (in Vorb.)
J. M. Dillard, Star Trek VI: Das unentdeckte Land · 06/4943

STAR TREK: DIE NÄCHSTE GENERATION:

David Gerrold, Mission Farpoint · 06/4589
Gene DeWeese, Die Friedenswächter · 06/4646
Carmen Carter, Die Kinder von Hamlin · 06/4685
Jean Lorrah, Überlebende · 06/4705
Peter David, Planet der Waffen · 06/4733
Diane Carey, Gespensterschiff · 06/4757
Howard Weinstein, Macht Hunger · 06/4771
John Vornholt, Masken · 06/4787
David & Daniel Dvorkin, Die Ehre des Captain · 06/4793
Michael Jan Friedman, Ein Ruf in die Dunkelheit · 06/4814
Peter David, Eine Hölle namens Paradies · 06/4837
Jean Lorrah, Metamorphose · 06/4856
Keith Sharee, Gullivers Flüchtlinge · 06/4889
Carmen Carter u. a., Planet des Untergangs · 06/4899
A. C. Crispin, Die Augen der Betrachter · 06/4914 (in Vorb.)
Howard Weinstein, Im Exil · 06/4937 (in Vorb.)

STAR TREK: DIE ANFÄNGE:

Vonda N. McIntyre, Die erste Mission · 06/4619
Margaret Wander Bonanno, Fremde vom Himmel · 06/4669
Diane Carey, Die letzte Grenze · 06/4714

DAS STAR TREK-HANDBUCH:

überarbeitete und aktualisierte Neuausgabe!
von *Ralph Sander* · 06/4900

Diese Liste ist eine Bibliographie erschienener Titel
KEIN VERZEICHNIS LIEFERBARER BÜCHER!